rororo

HEDDA ANDERS wurde 1979 in Bremen geboren und lebt seit 2008 in Hamburg, wo sie sich mit der Durchsetzung von Grammatikregeln und der Jagd auf Deppenapostrophe über Wasser hält. Wenn sie niemand aufhält, schreibt sie auch noch selbst – in letzter Zeit gerne Kriminalromane. In der Krimi-Reihe um Wencke Dierksen verarbeitet sie ihre dörfliche Vergangenheit und ihre Vorliebe für spitzfindige Dialoge. Hedda Anders heißt eigentlich anders.

HEDDA ANDERS

Tot überm Weidezaun

Ein Elbe-Krimi

Rowohlt
Taschenbuch Verlag

Originalausgabe
Veröffentlicht im Rowohlt Taschenbuch Verlag,
Kirchenallee 19, 20099 Hamburg, April 2025

Redaktion Christin Ullmann
Covergestaltung Cordula Schmidt Design, Hamburg
Coverabbildung Kai Würbs
Satz aus der Newzald bei hanseatenSatz-bremen, Bremen
Druck und Bindung GGP Media GmbH, Pößneck
ISBN 978-3-499-01544-1

Kontaktadresse nach EU-Produktsicherheitsverordnung:
produktsicherheit@rowohlt.de

FSC
www.fsc.org
MIX
Papier | Fördert gute Waldnutzung
FSC® C014496

Für Grete und die Katze.

PROLOG

DIE TÜR WAR nicht ins Schloss gefallen, da war er sich sicher. Er kannte das klickende Geräusch, und dieses Mal hatte er es nicht gehört. Nur das Schnaufen des alten Mannes, der sich im Flur die Stiefel auszog. Der Alte war nachlässig geworden, aber oft erinnerte er sich doch noch im letzten Moment, wenn er ihn sah, und schloss die Tür ab. Wenn die Tür erst mal zu war, war es vorbei, dann würde er wieder bis zur nächsten Gelegenheit warten müssen. Er hoffte inständig, dass der Alte ihn diesmal einfach vergessen würde, und wagte nicht, sich zu bewegen. Er hatte es schon so oft versucht, und meist hatten sie ihn wieder eingefangen, bevor er sich davonmachen konnte. Aber aufgeben kam nicht infrage.

Von seinem Lager aus konnte er die Beine des Alten sehen, der ächzend die Stufen hinaufschlurfte, um ins Bett zu gehen. Endlich. Die Frau war schon vor einer Weile nach oben verschwunden. Er warf einen kurzen Blick in Richtung der Tür – sie stand noch immer auf. Aufmerksam lauschte er den Geräuschen aus dem Flur und dem Obergeschoss. Wasser floss, Schritte, Türen knarzten. Gleich würde das Licht ausgehen, das wusste er, und dann konnte er es endlich wieder wagen.

Er hob vorsichtig den Kopf und erspähte das Handy auf dem Tisch. Die Kordel, an der es befestigt war, ragte leicht über die Tischplatte. Das war zu gut, um wahr zu sein! Er legte den Kopf wieder ab und wartete geduldig. Das richtige Timing war entscheidend!

Einen Moment später wurde es schlagartig finster. Bootsmann, der Dackel, verlor keine Zeit. Er sprang auf, tapste durch das Dunkel zum Wohnzimmertisch, stellte sich auf die Hinterpfoten, nahm die Kordel des Handys ins Maul und zog es vom Tisch. Zufrieden mit seiner Tat lief er schwanzwedelnd in den Flur und hinaus auf den nächtlichen Hof. Freiheit! Jetzt musste die Beute nur noch vergraben werden.

Stolz marschierte Bootsmann mit dem baumelnden Handy in die Dunkelheit.

KAPITEL 1

WENIGSTENS waren die Kamele still. Selbst im Traum fand Wencke Dierksen diesen Gedanken seltsam, denn sie besaß überhaupt keine Kamele. Außerdem war es gar nicht still. Von weither hörte sie ein Schnaufen, das immer näher kam, wie durch Watte. Das Schnaufen wurde zu einem Brummen, dann zu einem empörten Schnauben. Als es schließlich direkt neben ihrem Ohr angekommen war, öffnete Wencke vorsichtig ein Auge und starrte auf ein weiches Alpaka-Maul, das ihr ins Gesicht stupste. Sie streckte eine Hand aus, schob das Maul beiseite und schielte auf den Wecker. 8:03 Uhr.

Seit einer Stunde und drei Minuten sollte sie wach sein, angezogen, und mit beiden Händen im Heu stecken. Sie holte tief Luft und tätschelte den Alpaka-Kopf. «Ja, ja, Christopher, ich komm ja. Tut mir leid, lange Nacht.»

Das Alpaka stampfte entrüstet auf und machte sofort geschäftig kehrt.

Wencke schälte sich aus dem Bett und in den Morgenmantel und folgte Christopher aus ihrem Schlafzimmer in die Küche, während sie sich grummelnd die wirren blonden Haare zusammenband. Dort stieg sie umständlich in ihre Gummistiefel und schlurfte durch die offene Tür, die direkt auf die Weide führte.

«Als ich dir erlaubt hab, ab und zu im Haus abzuhängen, galt das eigentlich nur für den Winter.»

Christopher antwortete nicht.

Es hatte geregnet in der Nacht, und das Heu auf der eingezäunten Weide quietschte, als sie drauftrat. Wencke zog die Schultern hoch und ihren Morgenmantel zu, während sie in die kleine Scheune neben dem Haus stapfte. «Du hast doch deinen eigenen Stall, da weck ich dich doch auch nicht, wenn du pennst!»

Christopher beobachtete sie seelenruhig.

Stöhnend zerrte Wencke einen Heuballen auf die rostige Schubkarre und schob beides aus der Scheune auf das Alpaka zu, das freudig trippelnd an der Küchentür wartete. Sie parkte die Schubkarre vor ihm und verbeugte sich. «Monsieur! Frühstück, trocken. Mahlzeit!»

Christopher summte, und sein Kopf verschwand im Heu.

Das Ritual war jeden Morgen gleich. Christopher bekam sein Frühstück an der offenen Tür oder, wenn es ganz ungemütlich war, in der Küche, während sie ihren ersten Kaffee trank. Er frühstückte nicht gern alleine, und wenn Wencke ehrlich war, ging es ihr genauso. Sie setzte Wasser auf.

«Sag mal, brauchst du noch was aus der Stadt? Ich wollte heute mal reinfahren.»

Christopher kaute stoisch. Er schien zufrieden.

«Na gut. Ich will einkaufen, vielleicht bring ich dir ein schickes Halfter mit. Was mit Glitzer?» Er schnaubte und versenkte sein Maul wieder im Heu. «Wusstest du eigentlich, dass du die gleiche Frisur hast wie mein Ex?»

Dieser Witz gehörte auch zum morgendlichen Ritual, und wie jeden Morgen fand Christopher das überhaupt nicht lustig. «Schwieriges Publikum, ich seh schon!», sagte Wencke und schenkte sich Kaffee ein. «Ich mein, du bist natürlich ganz anders als er. Du kannst viel besser zuhören, du willst nicht ständig Sport gucken, kommst nie zu spät, ich könnte mir vorstellen, mit dir alt zu werden …»

Das Telefon klingelte. Kurz fühlte Wencke sich an ihren Traum erinnert – Geräusche, die nicht sein können –, dann stand sie stöhnend auf und suchte danach. Sie hatte keinen Festnetzanschluss und das Smartphone, das Hosse ihr zu Weihnachten geschenkt hatte, hatte sie zuletzt im Wohnzimmer gesehen. Sie folgte dem Klingeln, fand das Smartphone, wartete absichtlich noch ein weiteres Klingeln ab, es war schließlich noch nicht mal neun, und brauchte dann drei Anläufe, um abzuheben. «Hallo?»

«Wencke? Hallo?»

«Ja? Wer ist da?»

«Na, ich! Gut, dass ich dich erreiche! Wie geht's dir denn?»

Wencke hatte keine Ahnung, wer dran war, sie hatte nur eine Festnetznummer mit Hamburger Vorwahl gesehen.

«Wer ist da?» Wo war eigentlich der Kaffee? Sie schlurfte zurück in die Küche.

«Na, ich bin's! Theo!», kam die schwungvolle Antwort, und nach einer Sekunde ein zögerlicheres «Kleist? Dein ehemaliger Kollege?»

«Ach, Theo! Na, das is ja …!» Sie ließ sich wieder auf den Küchenstuhl fallen.

Christopher sah von seinem Frühstück auf und lauschte.

«Ja, hallo, Wencke! Ich freu mich auch, von dir zu hören!»

«Ja, ich auch! Also! Von dir! Theo! Was gibt's Neues? Ist was passiert?»

«Nein, nein, also ja, doch, also. Ich wollt mal hören, wie es dir so geht …»

«Och, mir geht's wunderbar! Ich sitz grad beim Frühstück, nachher geh ich vielleicht noch ein bisschen was einkaufen …

Also, ans Landleben kann ich mich gewöhnen! Das ahnst du nicht, wie friedlich das hier ist! Der Einzige, der hier nachts rumpöbelt, ist Christopher.»

«Christopher? Hast du 'nen Neuen?»

«Nee, 'nen Alten. Christopher, der Alpaka-Hengst, weißte noch, hab ich dir doch erzählt, der Einzige, den ich nicht verkaufen konnte ...»

«Ach so, ja. Alpakas.»

«Nee, nur noch eins. Christopher. Die anderen hab ich alle untergebracht. Schon krass, wie viel Arbeit die machen können, ich hab keine Ahnung, wie Onkel Johann das geschafft hat ...»

«Ach, ich dachte, du wolltest da 'nen Selbstversorgerhof ...»

«Ja, will ich auch immer noch. Aber die Weide muss ich ihm lassen ... Sag mal, Theo, willst du nicht mal vorbeikommen, auf ein Gläschen oder zehn?»

«Ja, also, deshalb ruf ich an, also quasi, hör mal, Wencke, ich hab da einen Fall ...»

Wencke stellte ihren Kaffee ab und setzte sich auf. «Ach so. Du hast 'nen Fall.»

Christopher schnaubte verächtlich.

«Also, ich würde dich damit ja nicht nerven, wenn es nicht wirklich wichtig ...»

«Ich bin raus, Theo. Seit acht Monaten, drei Wochen, zwei Tagen und ...», sie schielte auf die Küchenuhr, «... siebzehn Stunden bin ich raus. Ich arbeite da nicht mehr.»

«Wencke, ich brauch echt deine Expertise.»

«Wofür könntest du bitte MEINE Expertise ...»

«Hast du heute Zeit? Ich komm vorbei, ich erklär dir alles, das geht nicht so gut übers Telefon.»

«Also echt, Theo ...»

«Ich komm gegen drei, okay? Die Adresse hab ich. Ich bring auch Kuchen mit!»

«Theo …»

«Bis dann!»

Wencke warf das Smartphone auf den Küchentisch und atmete aus. «Mann, Mann, Mann. Männer!»

Christopher kaute schweigend.

KAPITEL 2

DER ROTE Corolla, der ein paar Stunden später den Wirtschaftsweg hinauftuckerte, war immer noch derselbe. Von Christophers Weide, die den Weg säumte, beobachtete Wencke, wie sich das klapprige Auto die Auffahrt hinaufschob und an ihr vorbei zur Haustür rollte. Kleist winkte aus dem Inneren. Sie hob halbherzig die Hand, die sie eben noch in die Hüfte gestemmt hatte, und folgte ihm.

«Mensch, ich vergess immer, wie weit draußen das hier ist!» Kleist hatte schwungvoll direkt neben ihrem Auto geparkt, einem silbernen Seat, der mit leerer Batterie schon eine Weile auf dem Hof vor sich hin rostete. Er warf die Autotür zu, seine lederne Tasche über der Schulter, den eingepackten Kuchen in der Hand.

«Sind nur dreißig Minuten in die Stadt mit der Bahn.»

«Ich wär fast in Wyrum abgefahren.» Er lachte. «Dann fiel mir wieder ein, dass es ja Sorum ist.»

«Ja, passiert vielen. Ist auch eh quasi eins hier. Obwohl, erzähl das bloß nicht den Einheimischen, dass ich das gesagt hab!»

Kleist hatte sich nicht verändert, er war immer noch zu groß für sein Auto, zu gut gekleidet für seinen Job und zu professionell, um jemals ihr Partner gewesen zu sein.

Sie umarmten sich, wie sie das immer getan hatten. Wencke konnte sich ein Lächeln nicht verkneifen. «Na, Kurzer. Du bist ja einen ganzen Kopf größer als ich! Bist du gewachsen?»

«Haha, witzig!» Kleist drückte sie fest an sich. «Schön, dich zu sehen!»

«Komm rein», sie wand sich aus seiner Umarmung und öffnete die Haustür, «bin mal gespannt, wofür du meine Expertise brauchst.»

«Ach, schön hast du's hier!» Kleist duckte sich unter dem Türrahmen in den dunklen Hausflur hinein und stieß fast die alte Garderobe zu seiner Rechten um. Wencke machte das Licht an. «Findste das jetzt immer noch?»

Kleist blieb abrupt stehen. «Ist das ein ...»

«... röhrender Hirsch. Geil, oder? Der hing eigentlich im Schlafzimmer, aber das hältste ja nicht aus ... Hier passt er besser, find ich.»

«Sehr trendy! Unerwartet und rustikal!» Er schielte zur Tür hinter der Garderobe. «Hier?»

«Das ist das Wohnzimmer, die Küche ist hier links.» Wencke streckte einen Arm aus und deutete auf die Küche. «Komm, ich mach uns erst mal 'nen Kaffee.»

«Einen veritablen Gutshof hast du hier geerbt!» Kleist machte keine Anstalten, sich zu bewegen, er beäugte eingehend den Hirsch. «Ist sicher teuer, das alles?»

«Na ja, Onkel Johann hat mir auch sein veritables Erspartes vererbt, das passt schon.» Sie lotste ihn etwas vehementer nach links. «Und ich hab ja die Alpakas verkauft ...»

Beeindruckt folgte Kleist ihrer Aufforderung und betrat endlich die Küche, schrie auf und riss die Arme hoch. Wencke konnte den Kuchen gerade noch auffangen.

Christopher beobachtete das Geschehen von der Spüle aus.

«Das ist Christopher. Sorry, ich hätte dich warnen sollen.»

«In der Küche?!»

«Ja, ist bequemer für uns beide. Es gab hier einen fiesen Sturm im Januar, der hat mir fast die Scheune zerlegt. Lange Geschichte.»

Christopher trat auf Kleist zu, der erschrocken zurückwich, um sich hinter Wencke zu verstecken. «Gah!»

«Der tut nix. Der mag Menschen, nur andere Alpakas nicht. Da wird er richtig arschig. Keine Ahnung, wieso. Ignorier ihn einfach.» Sie schob Christopher zur Seite. «Kaffee? Setz dich doch.»

Vorsichtig setzte Kleist sich auf den Stuhl, der am weitesten von der Spüle und dem Alpaka entfernt war. «Beißt der nicht?»

«Nur, wenn er soll.»

«Die spucken doch!»

«Nur, wenn er will.» Wencke kramte geräuschvoll Teller und Besteck aus Schränken und Schubladen. «Also, dann erzähl doch mal. Aliens? Fahren ohne Führerschein? Kriminelle Alpaka-Gangs in Klein-Flottbek? Wobei kann ich dir helfen?»

Kleist starrte immer noch das Alpaka an, das nun interessiert zurückstarrte.

«Macht der nicht überall hin?»

«Nee, wir haben uns da geeinigt. Klo ist draußen.»

«Und der kommt hier einfach so rein?» Er deutete auf die Tür.

«Ja, ist praktischer. Außer ihm gibt's hier auch nichts zu holen. In Sorum schließt nie einer was ab, außer den Hühnerstall vielleicht.» Sie kicherte. «Musst ich mich auch erst mal dran gewöhnen. In Wyrum allerdings … ganz anderes Pflaster.»

Kleist reagierte nicht.

Wencke seufzte. «Jetzt erzähl doch mal.»

Er klammerte sich an seiner Tasche fest und ließ Christopher nicht aus den Augen. «Was?»

Wencke seufzte. «Soll ich euch kurz alleine lassen?»

«Was?»

Sie setzte Wasser auf, zum zweiten Mal an diesem Tag, und stellte die Milch auf den Tisch. «Theo?»

«Ja?»

«Wie kann ich dir helfen?»

«Mir? Ach so! Ja, also ich bräuchte mal deine Expertise.»

«Ja.» Sie seufzte noch mal.

«Und zwar hab ich da diesen Fall – sag mal, muss der hier in der Küche …?»

Wencke unterdrückte den nächsten Seufzer. «Ja, das ist auch seine Küche. Genau genommen schon länger, als es meine Küche ist. Aber wenn's hilft …» Sie schob Christopher sanft, aber bestimmt aus der Tür auf die Weide. «Bleib mal draußen, Puschel, der Stadtmensch fürchtet sich.»

Christopher ließ sich widerstandslos hinausschieben, drehte sich aber vor der Tür um und schaute wieder hinein.

«Sorry, aber mehr gibt's nicht. Er ist neugieriger als Frau Suhrstedt von nebenan.» Wencke setzte sich nun ebenfalls und hob jeweils ein Stück Kuchen auf die beiden Teller.

Kleist entspannte sich. Er wandte den Blick vom Alpaka ab, öffnete seine Tasche und zog einen Laptop hervor. «Das ist erst letzte Nacht passiert. Ich hab den Fall gekriegt, weil … Na ja, du weißt ja, wieso. Es wollte keiner machen, und da gibt man es halt dem Deppen, der eh schon 'ne dicke Personalakte hat und nicht mit der Waffe umgehen kann.»

«Ach, Theo …»

«Ja, ja. Also. Hier.» Er drehte den Laptop zu ihr um und drückte auf eine Taste. Auf dem Bildschirm erschien ein Video im Hochformat, dunkel und wacklig. Hecheln und Knirschen war zu hören, erkennen konnte Wencke erst mal nichts.

«Was ist das?» Wencke schob sich ein Stück Kuchen in den Mund. «Kirsch?»

«Ja.»

«Und das Video?»

«Das ist ein Handyvideo, also ein Teil davon. Achtung!» Er drückte wieder auf eine Taste, und das Bild blieb stehen. «Siehst du das?»

«Was?»

«Da, rechts, die Hand, die da hängt.»

«Da ist 'ne Hand?» Wencke nahm den Laptop und richtete den Bildschirm aus. «Ah! Tatsache!» Mit etwas Fantasie konnte sie es tatsächlich erkennen.

«Das ist das vermeintliche Mordopfer.»

Wencke kniff die Augen zusammen. «Vermeintlich?»

«Ja, anzunehmen. Das Video wurde letzte Nacht aufgenommen. Da sind so Drähte, wie bei einem Elektrozaun, siehst du das?» Er spulte etwas vor.

Wencke lehnte sich zurück und sah Kleist prüfend an. «Theo? Weiß Hajo, dass du hier bist?»

Kleist sah nicht vom Bildschirm auf. «Nein, muss er ja nicht. Ich dachte, ich komm erst mal zu dir, der Mord ist nämlich höchstwahrscheinlich hier passiert.»

«Hier? In Sorum?»

«Ja, genau. Hier in der Gegend zumindest. Auf irgendeiner Weide oder so. Sieht doch aus wie ein Weidezaun, oder?»

«Der hängt da drüber?»

«Ja, würd ich sagen. Wir sind noch dran, das aufzuhellen und so, aber es sieht doch so aus, oder?»

«Na ja. Woher wissen wir denn, dass der tot ist?»

«Wissen wir nicht.»

«Äh.»

«Es gibt keine Vermisstenfälle, keine Unfallmeldungen, ich hab die Krankenhäuser schon durch, nichts.»

«Also Theo, das ist doch ... Was soll ich da jetzt ...?»

«Ich komm nicht weiter, Wencke. Und ich muss mal was vorweisen. Und da dachte ich, du kennst doch immer alle und jeden ... Also, wird hier in Sorum jemand vermisst? Oder in Wyrum? Nee, oder? Hast du irgendwas vom Dorfarzt gehört? Flurfunk? Und weißt du vielleicht, wo genau das aufgenommen worden sein könnte?»

«Also jetzt mach mal 'nen Punkt! Du hast keine Leiche, keinen Tatort, und du weißt nicht mal, ob überhaupt was passiert ist. Und überhaupt – du kannst doch selber rausfinden, ob hier jemand vermisst wird, dafür brauchst du mich doch nicht! Wie kommst du denn drauf, dass das hier ist? Das könnte bei einem nächtlichen Jazztanz-Kurs im Alten Land aufgenommen worden sein. Oder in deinem Wohnzimmer.»

«Nein, kann es nicht.» Kleist spielte das Video noch einmal ab. «Weil das nicht alles ist. Also», seine Stimme klang plötzlich wie früher, «das Video wurde aufgenommen mit der Handykamera von Bauer Hansen hier aus Sorum. Der Hund hat ihm das Handy geklaut und ist damit stiften gegangen. Macht der wohl öfter. Und er hat irgendwie die Kamera aktiviert, als er damit unterwegs war, und hat das zufällig gefilmt.»

«Bootsmann hat das gefilmt?» Wencke stopfte sich irritiert ein Stück Kirschkuchen in den Mund.

«Du kennst den? Super!»

«Klar, Bootsmann, den Dackel kennt hier jeder. Der geht gern auf Wanderschaft, kommt aber immer wieder nach Hause. Ist halt kein sehr guter Wachhund.»

«Siehste, hat sich schon gelohnt! Weißt du, wo der sich immer so rumtreibt?»

«Nee, keine Ahnung. Hier in der Gegend halt. Wie hat der das denn ...?»

«Ja. Also der Enkel von Bauer Hansen ...»

«Leon.»

«Leon, genau, der hat mal in der Cloud nachgeguckt, als Bootsmann und das Handy heute Morgen immer noch nicht wieder da waren, und da hat er das Video gesehen. Und dann ist der Fall bei uns gelandet.»

«In der was?»

«In der Cloud. Weißte doch, da wird alles automatisch gespeichert, was mit dem Handy aufgenommen wird ...»

«Ach so, ja, hab ich schon mal gehört.» Wencke kaute auf ihrem Kirschkuchen herum, genau wie Christopher auf seinem Heu.

«Ist jetzt auch nicht wichtig. Sie haben das Video jedenfalls zur Dienststelle in Altona gebracht, ist ja am nächsten dran, und jetzt hab ich das aufm Tisch, weil Verdacht auf 'ne Straftat, aber so richtig was damit anfangen kann halt keiner.»

«Ja, logisch. Das kann ja auch irgendwie alles sein. Da hängt halt einer überm Zaun.»

«Richtig, aber ich hab da was entdeckt, das uns weiterhelfen könnte. Das wird dich interessieren.» Kleist drückte wieder auf ein paar Tasten und schob den Laptop zu Wencke über den Tisch. «Guck mal genau hin. Da, auf dem Unterarm.»

«Moment.» Wencke stand auf und wühlte in einer Schublade. Sie kramte eine Lesebrille heraus, setzte sie sich schief auf die Nase und kniff die Augen zusammen. «Ein Stempel?»

«Ich glaube, das ist ein Tattoo. Ein Anker. Und da auf dem Handrücken ist auch was, aber das kann ich noch nicht erkennen. So. Und jetzt kommst du!» Er lehnte sich zurück und klatschte triumphierend in die Hände. «Kennst du jemanden hier in Sorum mit so einem Tattoo?»

«Ach Theo, nee. So was hat hier keiner. Wir sind hier doch nicht aufm Kiez ...»

Kleists Augen leuchteten. «Exakt. Was macht jemand mit so einem Anker-Tattoo überm Zaun hängend in Sorum? Ein verrenteter Seemann? Ein Milchbauer mit 'nem Hang zur Nordsee?»

Wencke setzte die Brille wieder ab. «Ein Kiezmord. In Sorum. Also echt, Theo! Ich kann ja verstehen, dass du dich langweilst, aber das ist schon 'ne steile These!»

Christopher schnaubte zustimmend an der Küchentür.

«Wencke, ich würd dich nicht fragen, wenn ich das alleine lösen könnte. Ich brauch dein Netzwerk hier. Und vor allem deine ...»

«Expertise. Ja, ja.» Sie hielt inne und betrachtete Kleist eine Weile. Er hatte Ringe unter den Augen und eine Furche zwischen den Augenbrauen, die sie bisher nur ein einziges Mal gesehen hatte – damals, als alles schiefgegangen war. Für fünfunddreißig sah er ziemlich gebeutelt aus.

«Wieso ist das so wichtig?», fragte sie leise.

Die Furche wurde tiefer. «Du weißt doch, wieso.»

«Ach, Kurzer. Wie lange willst du das denn noch mitmachen?» Sie lehnte sich nach hinten und zog wieder eine Schublade auf, aus der sie, ohne hinzusehen, eine Schachtel Zigaretten und ein Feuerzeug zog.

«Wencke, ich sitz den ganzen Tag blöd am Schreibtisch, seit Monaten ...»

«Auch eine?» Sie steckte sich eine Zigarette an und schob die Schachtel am Laptop vorbei über den Tisch.

«Ich hab aufgehört.» Kleist zog eine Zigarette aus der Schachtel und ließ sie sich von Wencke anzünden.

Sie rauchten eine Weile schweigend. Wencke betrachtete Kleist eingehend. Sie wollte nicht wieder als Polizistin arbeiten, nie wieder, nicht nach all dem. Kleist wusste das, er war damals gerade so mit einem blauen Auge davongekommen. Aber er hatte die Wahrheit gesagt – er würde sie nicht fragen, wenn es nicht unbedingt nötig wäre. Und sie war ihm was schuldig, gerade *wegen* all dem. Sie seufzte.

Kleists Finger zitterten leicht, als er an der Zigarette zog.

«Okay», Wencke schnippte Asche in den Aschenbecher, «shoppen kann ich auch morgen noch. Ich helf dir, festzustellen, dass das da ...», sie deutete auf den Bildschirm, «nichts ist. Und schon gar kein Kiezmord.»

Kleist hustete, und die Furche verschwand. «Ehrlich?»

«Aber nur, damit in deiner Akte auch mal wieder eine Belobigung steht! Du musst ja endlich mal wieder 'nen ordentlichen Fahrraddiebstahl aufklären dürfen!»

«Haha.»

«Aber sag Hajo nichts.»

Kleist schüttelte den Kopf. «Sowieso nicht! Wenn der Chef wüsste, dass ich überhaupt mit dir spreche ...»

«Dann belassen wir's dabei. Also, auf geht's.» Sie drückte ihre Zigarette aus und stand auf.

«Wohin genau?»

«Na, zu Bauer Hansen.»

«Jetzt? Aber der hat doch schon ...»

«Aber nicht mit uns, oder? Du weißt doch, immer erst selbst ein Bild machen! Auf geht's! Christopher, ich bin mal kurz weg!» Sie rauschte aus der Küche in Richtung Flur, hielt jedoch an der Haustür inne und machte kehrt. «Ah!» Beinahe hätte sie Kleist umgerannt, der ihr gefolgt war und sich geschickt in die Garderobe zurückzog.

«Das hast du dir so gedacht!» Sie nahm den Kuchen vom Küchentisch und schob ihn in den Backofen. «Davon kriegst du eh nur Bauchschmerzen!» Christopher beobachtete sie missbilligend und schnaufte. «Bis gleich, Puschel! Auf geht's, Kurzer! Wenn wir uns beeilen, erwischen wir den alten Hansen noch, bevor er zu den Kühen fährt.» Sie rauschte wieder an Kleist vorbei und hielt ihm die Tür auf. Kleists Blick wanderte vom Alpaka in der Küchentür, über den röhrenden Hirsch im Flur, zu den Gummistiefeln an Wenckes Füßen, bis zu der Lederjacke, die sie sich übergeworfen hatte. Er lächelte verhalten. «Los geht's.»

Kapitel 3

ZUM HOF DER Hansens am Südrand des Dorfes war es nicht weit. Wenn die Ampel an der einzigen Kreuzung im Ort grün war, konnte man ganz Sorum mit dem Auto in drei Minuten durchqueren, Wencke hatte das selbst ausprobiert. Gemächlich rollte Kleist die Hauptstraße des Ortes entlang, fast so, als wollte er den Ort nicht verschrecken.

Sie fuhren vorbei an der Bäckerei Wiedemann zur Linken mit der verblassten Brezel auf dem Schaufenster, am kleinen Supermarkt der Familie Budelmann, der zu dieser Tageszeit gut besucht war; sie passierten das «Hamburger Tor» zur Rechten – den Ortsgasthof, dessen rostiges «Fremdenzimmer»-Schild faul im Wind schaukelte –, dann den Blumenladen mit den Tulpen vor der Tür, das Versicherungsbüro, in dem nie jemand saß, das griechische Restaurant namens «Poseidon», in dem Wencke schon des Öfteren mit Hosse versackt war. «Gutes Gyros», sagte sie zu Kleist und winkte in Richtung des Restaurants. Es folgte der «Salon Piersich», der Friseur des Ortes, der seit den Siebzigern nicht mehr renoviert hatte, wie man an der ausgeblichenen Haarspray-Werbung im Schaufenster erkennen konnte – «Das fänden die Hipster toll hier, ich sag's dir! Nierentischchen haben die!» –, und schließlich die einzige Tankstelle des Ortes kurz vor dem Hof der Hansens.

Um diese Zeit waren die Dorfbewohner beschäftigt, die Kinder waren von der Schule auf dem Weg zu den Pfadfindern in Sorum oder der Freiwilligen Feuerwehr in Wyrum, die Bauern fuhren mit ihren Treckern auf die Weiden und Äcker, in den Häusern wurde das Abendessen vorbereitet. Ein paar Menschen waren unterwegs, hauptsächlich wohl um einzukaufen und andere Besorgungen zu machen. Wenckes Nachbarin, Frau Suhrstedt, marschierte geschäftig, ihr Fahrrad schiebend, vom Supermarkt nach Hause. Normalerweise sah Wencke sie nur von der Hüfte aufwärts, weil sie stets wie zufällig am Gartenzaun oder am Fenster auftauchte, sobald Wencke das Haus verließ oder Besuch bekam. Vorhin war sie nicht dagewesen – jetzt wusste Wencke auch, wieso. Frau Suhrstedt grüßte pflichtbewusst die alte Frau Noltemeyer, die ihren Einkauf wohl noch vor sich hatte, denn sie zog schlurfend einen leeren, alten Einkaufstrolley hinter sich her. Halbherzig winkte sie mit einer schlaffen Hand in Frau Suhrstedts Richtung. Frau Noltemeyer war schon steinalt gewesen, als Wencke noch ihren Onkel Johann regelmäßig hier besucht hatte. Sie trug immer noch dieselbe geblümte Kittelschürze.

Ein Trecker kam ihnen entgegengetuckert, aber Wencke konnte den Bauern, der wippend am Steuer saß, nicht erkennen. Vielleicht war es einer aus Wyrum, die kannte sie nicht so gut. Obwohl die beiden Orte direkt nebeneinander lagen und sich Schule, Feuerwehr und das Fehlen eines Polizeireviers teilten, herrschten klar getrennte Verhältnisse zwischen Sorumern und Wyrumern – man kam sich nicht in die Quere. Deshalb kannte Wencke sich, obwohl sie schon seit ihrer Kindheit auf dem Hof ein- und ausgegangen war, in Sorum viel besser aus als in Wyrum. Den meisten Sorumern ging es genauso, und niemand hatte wirklich Interesse daran, das zu ändern. «Durch Wyrum fährt man durch, um nach Sorum zu kommen», hatte Onkel Johann immer gesagt, wenn wieder jemand falsch abgefahren war. Die Wyrumer hätten ihm sicherlich widersprochen.

Hansens Hof lag am Ortsausgang. Ein Schild an der Straße wies darauf hin, dass man sich hinter dem Hof im Niemandsland zwischen Sorum und Wyrum befand; noch ganze fünfhundert Meter Straße, die von Hansens Kuhweiden gesäumt wurde, dann fing der Nachbarort an.

Trotz der kurzen Fahrtzeit streckte sich Kleist stöhnend, als er ausstieg. Bauer Hansen begutachtete ihn finster vom Trecker aus.

«Nee, de Wencke! Dat is ja'n Ding!», rief er, bevor Kleist sich vorstellen konnte. «Kumm man rin!» Bauer Hansen hustete von sehr tief unten, drehte sich um, stellte die Milchkanne ab und stapfte ins Haus. «Kaffe?», grunzte er jetzt und führte sie, ohne sich umzusehen, in die Küche, wo er eine Illustrierte und einen Aschenbecher beiseiteschob, um Platz auf der Wachstuchtischdecke zu schaffen. Er ging leicht gebückt, mit der Entschlossenheit eines Mannes, der stets eine Aufgabe nach der anderen abarbeitet.

«Au ja, Hinnerk, aber man bloß 'n Snuten full!», antwortete Wencke und setzte sich schwungvoll auf einen der klapprigen Küchenstühle. Kleist stand verwirrt in der Küche, bis Wencke ihm lächelnd bedeutete, sich ebenfalls zu setzen. Die anderen Stühle waren belegt, einer mit einem Eimer voller grüner Bohnen, der andere von einer quadratischen, schwarz-weißen Katze, die Kleist genauso finster anstarrte wie Bauer Hansen zuvor. Wencke schob ihre Hand unter den runden Bauch der Katze und hob sie vom Stuhl.

«Sett di man daal!», grunzte Bauer Hansen und stellte drei braune, alte Kaffeebecher nebst Kaffeesahne und Zucker auf den Tisch. Als Kleist nicht reagierte, schob Wencke ihm den Stuhl hin. «Setz dich hin.» Er nahm die Hände aus den Jackentaschen, und vorsichtig tat er, wie ihm geheißen.

«Wat mokt di Alpakas?» Bauer Hansen goss Kaffee aus einer angelaufenen Thermoskanne in die Becher. Über dem Küchentisch baumelte ein Fliegenfänger an einer staubigen Lampe.

«Is ja bloß noch ein Alpaka, Hinnerk, die anderen hab ich doch verkauft.»

«Jo, is better. Nee, nee, nee, de Johann. Alpakas ...» Bauer Hansen schien sich lieber an Milchkühe und Schweine zu halten.

«Och, früher fand ich die auch toll, aber die machen echt viel Arbeit!»

«Jo, so is datt wohl. Hebbt ji vun Bootsmann höört?»

«Ja, wegen Bootsmann sind wir hier. Kein Zucker, Hinnerk, ich muss auf meine Linie achten!»

Bauer Hansen lachte und hustete gleichzeitig und schaufelte Zucker in einen der Becher. Kleist beobachtete beide verhalten und hob höflich die Hand, als er ihm den Becher über den Tisch schob. «Für mich schwarz, bitte.»

Bauer Hansen zuckte mit den Schultern. «In Hamborg mutt man ook op sien Lien achten, wa?»

Kleist sah verwirrt zu Wencke, die ihm lächelnd zuzwinkerte. «Stimmt das, Theo? In Hamburg muss man auf seine Linie achten?» Bevor Kleist antworten konnte, wandte sie sich wieder an Hansen. «Das ist Theo, ein früherer Kollege.»

«Büst du wedder bi de Polizei?»

«Nee, nee, ich fang da nich wieder an, ich helf nur aus!»

«Och so.»

«Nee, nee. Ich bin raus da. Theo ist aber Kommissar, in Altona ...»

«Jojo, ein Hamborger, ausser Stadt!»

«Mein Name ist Kleist», wagte dieser sich jetzt vor, «ich arbeite für die Kripo ...»

«Lisbeth! De Polizei is hier wegen dat Dackel!», rief Bauer Hansen und hustete noch einmal ausufernd.

Kleist zuckte erschrocken zusammen.

«Watt?» Eine kleine, ältere Frau, die ihre faltigen Hände an ihrer geblümten Schürze abwischte, erschien in der Tür. «Watt is los?»

«De Wencke is hier wegen Bootsmann.»

«Tach, Lisbeth!» Wencke prostete der Frau mit ihrem Kaffee zu. «Wie geit di datt?»

«Die Wencke! Och, muss ja.» Lisbeth trippelte auf Kleist zu, der sie und ihren Mann mit der gleichen verhaltenen Faszination beobachtete wie zuvor Christopher in Wenckes Küche. «Büst du wedder bi de Polizei?» Auch sie ging gebückt, aber weitaus vorsichtiger als ihr Mann.

«Nee, nee, ich helf nur aus!»

«Och so. Un wer is datt?»

«Das ist Theo, mein früherer Kollege!»

«'n Hamborger?»

«Jau.»

«Ausser Stadt! Ui! Tach! Hansen!» Lisbeth streckte Kleist eine faltige Hand entgegen, und er schüttelte sie höflich. «Nett, Sie kennenzulernen, Frau Hansen.»

«Na dat is ja wat!» Sie richtete ihren grauen Dutt vorsichtig mit zittrigen Fingern. «De Polizei aus Hamborg! Kiek ma an!»

Bauer Hansen nahm den Eimer grüne Bohnen vom Stuhl, und seine Frau setzte sich umständlich hin. «Hebbt ji min Dackel funnen? Wer he danzen op de Reeperbahn?»

Kleists Gesicht war leer. Wencke konnte sehen, dass er sich Mühe gab – seine Augenbrauen zuckten, als drehten sich Zahnräder hinter seiner Stirn, und seine Lippen wurden immer schmaler. So guckte er immer, wenn er rechnen musste. Sie sprang ihm schnell zur Seite. «Nee, Lisbeth, tanzen auf der Reeperbahn darf Bootsmann ja noch nicht, der ist ja noch keine achtzehn! Ist er denn noch nicht wieder da?»

«Nee», Frau Hansen seufzte schwer, «wo is he bloß?»

Wencke nahm eine der faltigen kleinen Hände von Frau Hansen und hielt sie fest. «Er kommt bestimmt zurück!»

«De olle Dösbaddel!» Bauer Hansen stellte seiner Frau ebenfalls einen randvollen Becher Kaffee auf den Tisch.

«Hinnerk!»

«Ja nu! De olle Hibbelmors! Hett min Handy klaut!»

«Och, Du ulle!»

Kleist horchte auf und räusperte sich vernehmlich, das hatte er wohl verstanden. «Ja, apropos Handy – wir sind wegen des Videos da, das Sie in der Cloud gefunden haben ...»

«Ach, datt Video!» Bauer Hansen winkte ab. «Datt war Leon, de kann sowat!»

«Ja, der Leon», nickte Wencke in Kleists Richtung, «genau, der hat das gefunden.»

«Ja, können wir das mal sehen?»

«Nee.»

Kleist zwinkerte hilflos.

«Is datt nich bi de Polizei?», fragte Frau Hansen leise. «In Altona?»

«Ja, einen Teil haben wir schon gesehen, in Altona auf der

Wache», antwortete Wencke, und Kleist nickte. «Allerdings war das nicht das ganze Video, da scheint ein Teil zu fehlen.»

«Och so. Jo, also de Leon is bi de Pfadfinners. De kann sowat. Wi köönt dat nich.»

Kleist zwinkerte immer noch.

«Leon ist gerade bei den Pfadfindern», übersetzte Wencke jetzt der Einfachheit halber, «der kann so was, die beiden können das nicht.»

Kleist zwinkerte etwas weniger. Dann zog er ein kleines Notizbuch aus der Tasche und klappte es auf. «Wann genau ist Ihr Hund denn verschwunden?»

«Och, de olle Dösbaddel!»

«Hinnerk!»

«Ja nu!»

«Frau Hansen?» Kleist machte sich Notizen.

«Um Middernacht rum. Wi wör jo all in Bett, wi mött jo zu de Viechers morgens!»

«Mitternacht?» Kleist notierte, Wencke nickte und diktierte. «Sie waren schon im Bett, sie müssen ja morgens früh zu den Kühen.»

«Mit min Handy!»

«Mit dem Handy ... und er klaut das öfter?»

«Jo, ümmer klaut he dat, ik kann datt narms liggen laten!»

«Ja, immer, er kann das nirgendwo liegen lassen», übersetzte Wencke in ihren Kaffee. Kleist warf ihr einen Seitenblick zu, nickte und kritzelte angestrengt weiter.

«Wi hebbt ja nu so ne Kordel dran, doar dregt he datt jümmers dran», ergänzte Lisbeth Hansen und zog ihr Handy an einer rosafarbenen Kordel aus der Brusttasche ihrer geblümten Schürze. «Datt hat de Leon getüdelt. Sonst verliern wi datt jo jümmers.»

Kleist hatte den Faden verloren, Wencke legte ihm beruhigend eine Hand aufs Knie und beugte sich zu ihm. «Das Handy hängt an so einer Kordel, damit es nicht so leicht verloren geht. Siehste, das ist so ’ne Hülle mit Band dran. Das hat der Enkel da drangemacht. Und an der Kordel trägt Bootsmann das Handy dann gern.»

Kleist schluckte und nickte mit grimmigem Blick. Er setzte den Stift wieder an. «Und wo treibt er sich dann rum?»

«Och, mol hier, mol doar.» Frau Hansen nippte an ihrem Kaffee.

Wencke zuckte mit den Schultern in Kleists Richtung. «Überall.»

«Hat er einen Lieblingsplatz?», fragte Kleist weiter in sein Notizbuch.

«Nee, he geit ja man bloß spazieren. Un he kümmt jo jümmers wedder, bloß vondaag nich!»

Wencke schüttelte den Kopf in Kleists Richtung. «Nee, er geht nur spazieren. Und er kommt immer wieder, nur heute nicht.»

Kleist kritzelte. «Kein ... bevorzugter ... Aufenthaltsort.»

«Hett he watt anstellt?» Bauer Hansen stopfte seine Pfeife.

Kleist hielt inne.

«Nee», sprang Wencke wieder ein, «Bootsmann hat nichts angestellt. Ist vermutlich auch gar nichts. Aber falls er oder das Handy wieder auftauchen, sagt uns bitte sofort Bescheid. Ihr wisst ja, wie ihr mich erreichen könnt, nech?»

«Jo. Noch was Kaffe?»

«Nein, danke, ich glaube, das ist erst mal alles.» Kleist steckte sein Notizbuch wieder ein und stand auf. «Vielen Dank für Ihre Hilfe.»

«Na gut ...»

Wencke stand ebenfalls auf und schob ihren Stuhl zurück an den Tisch. «Ja, wir müssen weiter, wir müssen ja auch nach Bootsmann suchen, nech!»

«Jo, wo is he bloß …»

«De Dösbaddel!»

«Hinnerk!»

«Ja nu!»

Kleist setzte den Corolla eilig zurück. Wencke hatte gerade noch Zeit, sich anzuschnallen, da bog er auch schon von der Hofauffahrt auf die Straße und trat aufs Gaspedal.

«Mach doch das Blaulicht an!»

«Was?»

«Hier ist Ortschaft.»

Kleist bremste ab. «'tschuldigung.»

«Atmen, Theo. Atmen.»

Kleist atmete ein paarmal laut ein und aus. Er hatte hektische Flecken auf dem Hals.

«Geht doch.» Wencke tätschelte vorsichtig seinen Arm. Gemächlich rollten sie nun wieder die Hauptstraße entlang. Der Supermarktparkplatz war leer, es ging auf fünf Uhr zu – um sechs machte er zu. Die alte Frau Noltemeyer war immer noch unterwegs, dieses Mal aber in die andere Richtung. Ein paar Pendler kamen ihnen entgegen, die wohl ins Neubaugebiet nach Wyrum wollten, ansonsten war die Hauptstraße ausgestorben.

Als sie nach ein paar Minuten wieder in Wenckes Einfahrt einbogen und vor dem Haus hielten, drehte sie sich zu Kleist um. Er hatte sich wieder beruhigt, aber die Furche zwischen den Augenbrauen war noch immer da.

«Theo?»

«Ja.»

«Noch was Kaffe?»

Endlich lächelte er, wenn auch verhalten. «Auf keinen Fall!»

Wencke lachte und zerzauste sein Haar. «Schick mir das Video, ja? Ich will mir das noch mal in Ruhe angucken.»

Kleist nickte.

«Ich helf dir, Kurzer. Und wenn's nur Übersetzen ist.»

Er nickte wieder, dann lehnte er sich plötzlich über die Mittelkonsole und zog sie in einer schiefen Umarmung zu sich heran. «Danke, Wencke.» Er roch nach Schweiß und dem Aftershave, das sie ihm immer zu Weihnachten schenkte, nachdem er sich mal nach einem missglückten Date ausschweifend über die «olfaktorischen Rasierwasser-Attacken der heutigen Männerwelt» ausgelassen und anschließend dreimal erwähnt hatte, welches ihm besonders gefalle.

«Danke für den Kuchen, Kurzer.» Sie gab ihm einen feuchten Kuss auf die rasierte Wange und stieg aus.

Der Corolla verließ den Hof im schwungvollen Rückwärtsgang und wurde erst langsamer, als er die Zufahrtsstraße erreichte.

KAPITEL 4

«WENCKE! DAS ESSEN wird kalt! Jetzt mach doch mal den Krach aus!»

«Ja, ich komm ja. Ich muss nur noch eben ...»

«Also, so hab ich mir das nicht vorgestellt. Ich hab extra eingekauft und den Laden früher ...»

«Ja, ja!» Wencke machte die Musik aus, klappte ihren Laptop zu und schlurfte vom Wohnzimmer in die gegenüberliegende Küche. Dort stand Christopher kauend in der Tür zur Weide und beobachtete Hosse, der mit hochgekrempelten Hemdsärmeln in der Bolognese rührte. Wencke tat es Christopher ein paar Sekunden nach. «Steht dir gut, son Herd.»

«Ich versteh gar nicht, wie du dich bei dem Krach überhaupt konzentrieren kannst. Ich mein, nichts gegen gepflegten Death Metal, aber ... War das hier ... Dings, Demolition Squad?»

«Fast. Cannibal Corpse. Das ist sehr strukturierter Krach, förderlich für meine Konzentration.»

Hosse schnaubte und klang dabei wie Christopher. «Setz dich und gib mir mal deinen Teller!»

Als er sich umdrehte, musste Wencke laut lachen, denn Hosse hatte einige Spritzer Tomatensoße auf dem Hemd. Und im ansonsten sehr gepflegten Bart. «Wen hast du denn umgebracht?»

Er bemerkte ihren Blick und sah stirnrunzelnd an sich herunter. «Och nö, das Hemd ist neu! Das hab ich heute zum ersten Mal an!»

«Soll ich mal gucken, ob ich noch eine alte Küchenschürze auf dem Dachboden finde?» Sie nahm ein Küchentuch und wischte ihm die Tomatensoße aus dem Bart. «Da oben sind bestimmt noch diverse Aussteuerkisten.»

Hosse nutzte die Gelegenheit, sie zu küssen, hielt ihr im nächsten Augenblick aber sofort einen Löffel Bolognese unter die Nase. «Probier mal! Neues Rezept!»

Während Wencke den Löffel an sich nahm, versuchte er vergeblich, die Flecken aus dem Hemd zu wischen. «Mist. Ich sollte wohl mal ein paar Klamotten hier deponieren, was?»

Wencke ignorierte die Bemerkung gekonnt und setzte sich. «Lecker! Wie war's denn heute in der Bar?»

Hosse schüttelte lächelnd den Kopf und befüllte zwei Teller mit Spaghetti und Bolognese-Soße. «Och, da hab ich mir heute beim Anschließen fast ein halbes Fass Pils über die Hose geschüttet, aber zum Glück darf ich da Wechselklamotten lagern. Hat der Chef mir erlaubt.»

Er zwinkerte ihr zu und stellte die Teller auf den Tisch.

«Da hast du ja Glück gehabt mit dem Chef. Theo war heute da.»

«Kleist? Ach? Wie geht's dem so?» Hosse füllte einen dritten Teller mit Spaghetti, garnierte ihn mit Petersilie und stellte ihn Christopher vor die Hufe, der sofort begann, daran zu knabbern.

«Gut geht's dem. Hat 'nen neuen Fall. Apropos ‹umgebracht›.» Wencke schaute Hosse bedeutungsschwanger über ihr Weinglas hinweg an. Der setzte sich und machte keine Anstalten, weiter nachzufragen – stattdessen hob er ebenfalls sein Weinglas und hielt es ihr entgegen. «Auf uns!»

Sie prostete ihm zu und lehnte sich zurück. Er hatte sich wirklich Mühe gegeben. Sogar eine Tischdecke hatte er gefunden, vermutlich tatsächlich in einer der Aussteuerkisten von Tante Margot auf dem Dachboden. Kerzen hatte er angezündet, und die alten vertrockneten Schnittblumen, die auf dem Tisch standen, entsorgt. Die alte Küche war so aufgeräumt wie schon lange nicht mehr. Das Hemd stand ihm wirklich ausgezeichnet, vor allem mit den hochgekrempelten Ärmeln, stellte sie fest. Es saß ziemlich eng, aber das war wohl Absicht und störte sie überhaupt nicht, und er wirkte auch sehr absichtlich gut frisiert, so insgesamt, auch bartseitig. Und sogar Christopher war merkwürdig gut gekämmt heute. Wencke verschluckte sich fast an ihrem Wein. «Was?»

«Wer umgebracht wurde, hab ich gefragt. Geht's dir gut?»

«Ja, äh. Und dir?»

Hosse zog eine Augenbraue hoch.

«Steht dir gut, das Hemd.»

«Das sagtest du schon.» Hosse lächelte.

«Ja?»

«Du darfst es dir nach dem Essen gern näher angucken.»

Jetzt war es an Wencke zu lächeln.

«Ich wollte uns eigentlich noch Birne Helene machen, ich hab extra Birnen besorgt, aber ich hab die Milch vergessen.» Er stand auf, aber Wencke winkte ab. «Ich hab keine mehr. Und Budelmann hat schon zu. Ist ja schon nach sechs.»

«Na gut.» Seiner Dessert-Pläne beraubt setzte Hosse sich wieder. «Das Landleben will es so. Dann mach ich das nächstes Mal! Willst du mir jetzt von dem Fall erzählen? Den hast du dir doch die letzten zwei Stunden angeguckt, während Christopher und ich hier geschuftet haben, oder?»

«Ja. Aber ich weiß nich …»

«Was?»

«Na, ich weiß nicht. Er hat mich gefragt, ob ich ihm helfen kann.» Wencke kurbelte eine Portion Spaghetti auf ihre Gabel. «Ich mein, ich hab's ihm versprochen, aber ich bin ja nicht umsonst raus.»

«Aber du hast es dir gerade zwei Stunden lang angeguckt.»

«Eine Stunde lang hab ich mir das Video angeguckt. Die andere hab ich nachgedacht.»

«Über den Fall. Mit musikalischer Untermalung.»

Wencke kaute länger als nötig auf ihren Spaghetti herum.

«Also?»

Wencke drehte ihr Weinglas am Stiel hin und her. «Ach», sie nahm einen Schluck Wein, «das ist vermutlich gar nichts. Theo hat ein Video bekommen, das hat der Dackel von Hansens aufgenommen …»

«Bootsmann hat ein Video aufgenommen? Im Ernst?»

«Ja …» Jetzt, da sie es Hosse erzählte, klang es noch alberner als aus Kleists Mund.

Hosse war begeistert. «Da zeigen sich ja ungeahnte Talente! Kannst du so was auch?» Er drehte sich zu Christopher um, der ihn unbeeindruckt ankaute.

Wencke fuhr fort. «Er hat das Handy geklaut, das macht er wohl manchmal, und ist damit stiften gegangen.»

Hosse lachte.

Wencke fuhr fort. «Ist auch egal. Auf dem Video ist jedenfalls jemand zu sehen, und Theo glaubt, das sei ein Toter, und …»

«Wa-?» Hosse hatte sich gerade eine große Portion Nudeln

in den Mund geschoben und sah mit großen Augen von seinem Teller hoch. Spaghetti hingen ihm aus dem Mund. «Echt? Eimoord oderwa-?»

«Ja, ein Mord. Hier, in Sorum. Na ja, oder in Wyrum. Ist nicht ganz klar. Ist das zu fassen?»

«Näh! Und Bootsmann ist Zeuge?»

«Der einzige!»

«Mann, Mann, Mann, der erlebt was!»

«Vermutlich isses gar nichts, ich meine, das Ganze klingt so bescheuert … Wir waren bei Hansens heute, aber da …»

«Du warst mit Theo bei Hansens?»

«Ja.»

«Wegen Bootsmann?»

«Ja, und wegen des Videos.»

«Und?»

«Nichts. Bootsmann ist auch immer noch auf der Walz.»

«Hm.» Hosse nahm einen herzhaften Schluck Wein. «Hoffentlich kommt der bald wieder, der alte Schwerenöter.» Er sah sie prüfend an. «Darf ich es mal sehen?»

Wencke kniff die Lippen zusammen.

«Komm schon, endlich ist hier mal was los! Tatort Sorum! Oder Tatort Wyrum! Egal, Tatort Irgendworum!»

Wencke seufzte und stand auf. «Das ist nicht witzig!» Sie marschierte aus der Küche. «Das ist ein potenzieller Mord!»

«Och, Wencke, jetzt sei nicht so, ich …»

Bevor Hosse den Satz zu Ende bringen konnte, stand sie wieder in der Tür, ihren Laptop vor sich her tragend. «Hier. Aber das ist nicht schön!»

Hosse sprang eilig auf, schob die Kerzen beiseite und seinen Stuhl neben ihren.

Der Laptop surrte laut, als sie ihn hochfuhr.

«Du brauchst echt mal einen neuen.»

«Ja, und 'nen neuen Laptop kauf ich mir auch.»

Hosse lachte und küsste sie auf die Wange. «Dann zeig mal!»

«Mir ist da was aufgefallen.» Wencke klickte auf eine Datei. «Aber ich weiß noch nicht, was das ist. Vielleicht siehst du das ja auch.»

Das Video begann mit Dunkelheit. Als Hosse die Lautstärke erhöhte, war wieder das Hecheln zu hören. Trippeln, Rascheln. Bootsmann unterwegs. Wencke richtete den Bildschirm aus. Ab und zu war ein Feldweg zu erkennen, ein paar Kieselsteine, Zweige, Erde.

«Der ist ganz schön fix!», kommentierte Hosse und angelte nach der Weinflasche, ohne vom Video aufzusehen. Wencke war schneller und füllte die Gläser. Sie reichte Hosse eines und nahm einen großen Schluck aus dem anderen. «Jetzt geht's los!»

Bootsmann war stehen geblieben, man sah nur noch Dunkelheit, begleitet vom Hecheln. Hosse und Wencke starrten gebannt auf den Bildschirm. «Hörst du das?», flüsterte Hosse und erhöhte die Lautstärke weiter.

«Ja, da reden Leute. Aber ich kann nicht verstehen, was sie sagen, Bootsmann hechelt zu laut.»

«Ja, zwei Männer. Streiten die sich?»

«Da müssten mal die Techniker ran und die Tonspur isolieren.»

Plötzlich bewegte sich das Bild wieder. Es schwenkte nach rechts und dann hoch, Hosse beugte sich weiter vor. «Er hat's auch gehört.»

Bootsmann bewegte sich auf die streitenden Männer zu. Ein Holzpfahl war zu sehen, ein Draht.

«Ist das eine Weide?»

«Ja, vermutlich.»

«Bootsmann, pass bloß auf …»

Einer der Männer schrie auf, Bootsmann schwenkte erschrocken weiter nach rechts, das Bild wackelte und plötzlich war eine Hand zu sehen, dann der zugehörige Arm, der leblos herunterhing. Das Video endete abrupt.

«Mensch, Bootsmann!», rief Hosse und lehnte sich erschüttert zurück. «Mann, Mann, Mann.»

«Ich sach ja.»

«Und was ist das jetzt?»

«Wissen wir nicht. Wir haben noch nicht rausgefunden, wo das ist. Oder ob der Mann tot ist. Aber es gibt halt so Indizien. Die Stimmen, der Weidezaun, und da ist noch dieses Ding … Das fiel mir vorhin auf, es kann aber auch nichts sein. Aber …»

Hosse fuhr sich mit der Hand durch den Bart. «Zeig noch mal.»

«Sicher?»

Hosse nickte. «Ja, los. Lass mal deine innere Mordkommission raushängen.»

Wencke spulte ohne Umschweife zurück zu der Stelle, an der die Hand zu sehen war, und pausierte das Video.

«Okay. Siehst du das da in der Ecke? Da unten rechts?» Wencke pikste mit dem Zeigefinger auf den Bildschirm.

Hosse beugte sich weiter vor. «Hm. Ja, gerade so. Sieht aus wie ein Teil von ’ner Kiste, oder so.»

«Ja, so Plastik, nech?»

Beide zogen die Nase kraus und kniffen die Augen zusammen.

«Da ist ein Aufkleber drauf, ein Logo oder so was. Da bin

ich mir ziemlich sicher», flüsterte Wencke, «ist aber nicht zu erkennen.»

«Wie so ’ne Futterkiste?»

«Hm?»

«Eine Futterkiste? Aus Plastik.»

«Hm. Ja, kann sein. Muss aber nich.»

«Nee, muss nich.»

«Aber das Logo müssten wir identifizieren, wenn das eins ist. Das könnte eine Spur sein.»

Sie starrten weiter auf den Bildschirm. Hosse setzte sich auf und griff nach seinem Handy auf dem Tisch. «Wie trägt denn ein Dackel ein Smartphone? Passt das überhaupt in so ein Dackelmaul?» Er drehte das Handy prüfend hin und her und öffnete seinen Mund, so weit er konnte.

«Na so.» Wencke nahm es ihm ab und ging zu Christopher hinüber, der beide geduldig beobachtete. «Da ist so eine Kordel dran, sagt Hansen, das müsste dann so hängen ...» Sie hielt es Christopher längs unter das Maul und zog es schnell wieder weg, als Christopher den Kopf schief legte und versuchte, hineinzubeißen. «Ey!»

Hosse nickte und sah wieder auf den Bildschirm. Plötzlich legte er den Kopf zur Seite, genau wie das Alpaka. «Sag mal, is das etwa ...»

«Ein Tattoo? Ja, sieht aus wie ein Anker.» Wencke setzte sich wieder. «Theo glaubt ja, das sei ein Kiezmo ...»

«Warzenheiner.»

«Was? Seit wann nennst du Theo denn ...»

«Nee, das ist Warzenheiner! Guck mal, da auf dem Handrücken, das is ’ne Warze.»

«Was?» Wencke griff nach hinten zur Schublade und kramte wieder ihre Lesebrille heraus. «Wo?»

«Da!» Hosse pikste den Bildschirm mit dem Zeigefinger. «Das ist Warzenheiner, hundertpro! Das Anker-Tattoo passt auch, ich sach dir, das is der!»

Wencke konnte keine Warze erkennen, aber als sie Hosse ansah, wirkte er absolut überzeugt.

«Warzenheiner. Sicher?»

«Hundertpro!»

«Sach ma!»

«Hun-dert-pro!»

«Und das siehst du mal eben so.»

«Jupp!» Hosse nahm triumphierend einen Schluck Wein.

Wencke sah ihn entgeistert an. «Ich starr da seit einer Stunde drauf! Warzenhei… woher kennst DU denn einen Warzenheiner?»

«Ich hab eine Kneipe, Wencke, ich komm unter Leute. Das da», er schnipste den Bildschirm an, «ist Warzenheiner.»

«Ein Stammkunde oder was?»

«Nee, ein Dealer. Der hat früher Gras vertickt, ich hab auch manchmal was bei dem gekauft.»

«Hosse!»

«Ach, jetzt tu mal nicht so, ich war auch mal jung und wild.»

«Also ich kenn den nich.»

«Der ist ja auch seit Jahren nicht mehr aufm Kiez unterwegs. Ich hab Gerüchte gehört, dass der sich nach Goa abgesetzt hat. Oder in die Ardennen. War wohl nich so. Vielleicht macht der jetzt in Futterkisten.»

Wencke zog ihre Zigaretten aus der Hosentasche und zündete sich eine an. «Warzenheiner. Echt jetzt.»

«Soll ich Warzentheo anrufen?»

«Nein. Das mach ich schon.»

Wortlos reichte Hosse ihr sein Handy.

«Ich kann auch meins ...»

«Ja? Wo ist das denn?» Er zwinkerte ihr zu.

Sie nahm Hosse das Telefon aus der Hand und wählte Kleists Nummer.

KAPITEL 5

«**WARZENHEINER.** Echt jetzt.»

«Ja, das hab ich auch gesagt. Hosse meint, der ist das.»

«Ein Dealer?» Kleist spulte das Video zurück. «Also, ich kenn den nicht.»

«Ich auch nicht. Der ist nicht mehr aktiv, sagt Hosse, hat früher Gras vertickt.»

Wencke war am nächsten Tag direkt nach dem Frühstück losgefahren nach St. Georg, und Kleist hatte sie sofort in sein großzügiges Arbeitszimmer gelotst. Sie war ein bisschen erleichtert, wieder in der Stadt zu sein, in einer Wohnung mit hohen Altbaudecken und Balkon und Holzfußboden und Verkehr vor dem Fenster. So beschaulich das Landleben in Sorum auch war, und so wichtig es ihr gewesen war, Distanz zwischen sich und ihren alten Job zu bringen – Hamburg löste in ihr immer noch ein wohliges Gefühl aus, jedes Mal. «Zivilisation!», hatte sie Kleist von unten durch die Gegensprechanlage zugerufen.

Jetzt spulten sie das Video vor und zurück und versuchten, Hosses Behauptung zu verifizieren.

«Ein Ex-Dealer ... Also vielleicht wirklich ein Kiezmord! Da hat Bootsmann sich ja was aufgehalst! Ich guck nachher mal in die Datenbank. Wenn der Typ gedealt hat, haben wir den doch bestimmt.»

Wencke nickte. «Und da ist noch was! Ich hab mir das Video gestern Abend bis zum Erbrechen angeguckt, und da ist mir was aufgefallen. Hier», sie drückte auf die Leertaste und das Video blieb stehen, «guck mal da unten rechts.»

Kleist stieß fast mit der Nase an den riesigen Monitor auf seinem fürchterlich aufgeräumten Schreibtisch. «Was soll da sein?»

«Das da, unten rechts. Das rote.»

«Das Dings da? Das sieht man ja kaum. Wie hast du das denn ...»

«Das ist so 'ne Ecke. Wie von einer Plastikkiste. Da ist auch ein Logo drauf, aber ich kann's nicht erkennen. Vielleicht eine Futterkiste?»

«Hm, Moment mal.» Kleist richtete den Monitor anders aus und zoomte das Video näher heran. «Das kommt mir irgendwie bekannt vor ...»

Wencke spulte die Szene geduldig immer wieder vor und zurück. Auf dem großen Monitor war viel mehr zu erkennen als auf dem Laptop; das Logo war rund, es waren schemenhaft Buchstaben zu erkennen, ein B, vielleicht ein R? Es kam ihr seltsam vertraut vor, aber sie wusste nicht, warum.

«Ich kenn das ...» Kleist kratzte sich am Kinn.

«Das Logo, nech? Geht mir auch so.»

«Ja, ich hab das schon mal gesehen.»

«Wo?»

Kleist atmete aus und wandte sich ihr zu. «Wenn ich das wüsste, würd ich's dir sagen, Wencke.»

Wencke kniff die Lippen zusammen und antwortete nicht. Dann stand sie schwungvoll auf, griff ihre Tasche und marschierte in den Flur. «Okay, vielleicht kann man das noch vergrößern oder so. Dann erst mal eins nach dem anderen. Wir müssen erst mal verifizieren, dass das wirklich Warzenheiner ist. Und dass er wirklich unsere Hilfe braucht. Auf geht's!» Sie hüpfte umständlich auf einem Bein, als sie vergeblich versuchte, möglichst elegant in ihre Sneaker zu schlüpfen.

«Äh, Wencke? Was wird das jetzt?» Kleist saß unschlüssig auf seinem Stuhl im Arbeitszimmer und machte keine Anstalten aufzustehen.

«Na, wir müssen in die Datenbank, auf die Wach- … Oh. Mist.» Sie hielt einen Moment inne und nahm dann Kleists Jacke vom Haken. «DU musst auf die Wache. Du musst überprüfen, ob das wirklich Warzenheiner sein kann.»

«Wencke …»

«… und dann musst du rausfinden, ob er wirklich tot ist. Oder verletzt.»

Kleist verzog das Gesicht. «Ich könnte Hajo auch fragen, ob du …»

«Nein. Du fährst da jetzt hin und checkst, ob wir … ob ihr den in der Datenbank habt. Hajo muss nicht wissen, dass ich dir geholfen habe. Das gibt nur Probleme.»

Kleist ging in den Flur, nahm ihr die Jacke aus der Hand und zog sie an. Er schlüpfte in seine Lederschuhe und nickte. «Ich ruf dich an. Danke!»

«Ja, ja, los jetzt, ich muss eh noch … äh, den Stall ausmisten.»

Vor dem Haus blieb Wencke einen Moment stehen und schaute Kleist hinterher, der zu seinem Corolla eilte. Die Straße war belebt, Menschen mit Einkäufen hasteten an ihr vorbei, ein Bus schob sich hupend durch den Verkehr zur Haltestelle und spülte dort eine Traube Passagiere auf den Fußgängerweg. Vom Kiosk an der Ecke hörte sie Gelächter, Musik spielte irgendwo, Absätze klackerten auf dem Asphalt, ein Kleinkind schrie. Touristen flanierten und wichen ihr träge aus. Die Tische vor den Bars und Cafés füllten sich langsam mit Kundschaft. Sie holte tief Luft. Ob Hosse wohl schon in der Kneipe war? Wahrscheinlich musste er demnächst aufschließen, verriet ihr ein Blick auf die Uhr. Sie beschloss, dass er das auf keinen Fall alleine schaffen konnte, und machte sich auf in Richtung S-Bahn, nach Ottensen.

Als Wencke in «Gisela's Bar» ankam, stand Hosse bereits hinter der Theke und sortierte klirrend Bierflaschen in die geräumigen Schubladen darunter. Einige Stühle waren bereits von den alten Holztischen geräumt, die Jukebox blinkte erwartungsvoll. Es roch nach kaltem Rauch, Wencke wusste, dass Hosse gleich den schweren Vorhang vor der Tür zurückziehen würde, um die Eingangstür aufzusperren und Luft in den Laden zu lassen, bevor das Geschäft losging. Sie nahm ihm die Aufgabe ab, als sie eintrat.

Die einzige Kundschaft in «Gisela's Bar» bestand aus einem kleinen, runden Mann in einem beigen Anorak auf einem Hocker an der Theke. Er war so weit vornübergebeugt und in sein morgendliches Bier vertieft, dass nur sein runder, beiger Rücken zu sehen war.

Hosse lächelte überrascht, als sie eintrat. «Na, hab ich dir gefehlt?»

«Ich konnt kaum an mich halten vor Sehnsucht.» Nachdem der Vorhang zurückgezogen war, setzte Wencke sich neben den beigen Anoraktäger und lehnte sich über die Theke, um sich ihren Begrüßungskuss abzuholen.

«Kriechichaucheinen?», grummelte der beige Anorak in sein Bier. Seine Stimme klang so, wie sich Bierwerbung anfühlte. Hans Hartz in einem tiefen Brunnen über ein Reibeisen gezogen.

«Nee, Dieter, du bist nich mein Typ», antwortete Hosse. «Käffchen?»

Wencke schälte sich aus ihrer Jacke. «Immer!»

«Warste bei Theo?»

«Ja, um das Video noch mal anzugucken.» Sie sah nach links zum beigen Anorak. Der beobachtete sie von seinem Bier her aufmerksam.

Hosse winkte ab. «Der hat seinen Pegel noch nich erreicht.»

Der Anorak nickte Wencke zu und reibeiserte: «Angenehm.»

«Ah. Okay. Prost?»

«Prost.»

«Noch mal?» Hosse drehte ihr den Rücken zu und drückte ein paar Knöpfe auf dem Kaffeeautomaten. «Das Video? Und was sagt er zu meinem Ermittlungsergebnis?»

«Er glaubt, du hast recht, es ist vermutlich Warz...», noch einmal ein Blick nach links. «Äh ja. Du hast den Fall natürlich gelöst!»

«Näh!», grummelte der beige Anorak.

Hosse grinste und wischte sich imaginären Dreck von der Schulter. «Haste das gehört, Dieter? Trink aus, ich mach hier dicht und werd Privatdetektiv!»

Wencke lachte. Der Anorak guckte verwirrt in sein Bier.

Hosse stellte die Tasse mit dampfendem Kaffee vor Wencke auf den Tresen. «Wo ist Theo denn jetzt?»

Jetzt tat Wencke es dem Anorak nach und starrte in ihren Kaffee. «Na arbeiten. Der checkt die Datenbanken, ob wir ... ob sie Warz...», sie sah wieder nach links, «ob dein Ermittlungsergebnis tatsächlich stimmt.»

Hosse stützte sich auf der Theke ab und sah sie prüfend an. «Und du wolltest lieber hier mit Dieter und mir abhängen?»

«Ja, ich sag doch, ich konnte kaum an mich halten. Ich mein, zwei Stunden ohne dich!»

Der Anorak lachte hustend.

Hosse lachte nicht. «Wieso machst du nicht weiter?»

Wencke kniff den Mund zusammen. «Och, Hosse, du weißt doch, wieso. Ich hab Theo versprochen, dass ich ihm helfe, und das hab ich gemacht. Jetzt muss er erst mal alleine klarkommen.»

«Und du meinst, der schafft das?» Er sah sie eindringlich an. «Ohne uns? Und willst du gar nicht wissen, ob ich wirklich recht hatte? Also, ich schon!»

«Das kann er mir ja trotzdem erzählen. Und bei so Kleinigkeiten kann ich ihm ja noch ... Ich hab eh keine Zeit dafür, ich hab den Hof und Christopher und ...»

Hosse ignorierte sie und sponn seinen Gedanken weiter. «Und was macht man eigentlich danach?»

«Wie, danach?»

«Also ich würde ja dann erst mal den Tatort suchen und da nach Spuren gucken und ...»

«Jo, ich auch», grummelte der Anorak.

«Was?»

«Na, den Weidezaun! Und dann mal gucken, ob der da noch liegt, irgendwo muss der ja sein, Bodenproben nehmen, Spuren sichern, vielleicht ein paar Bauern befragen, Kuhmist durchwühlen ...»

«Wieso das denn? Das ist doch unlogisch, wir wissen ja nicht mal, ob er tot ist!» Wencke richtete sich auf und zählte an ihren Fingern ab. «Als Erstes fährt man natürlich zu Warzenheiner in die Wohnung und checkt, ob er da ist oder ob man da Hinweise findet. Und dann geht man denen nach – eventuell führt uns das ja zum Tatort und zur Leiche, und dann fahren wir zum Bauern, dem die Weide gehört, und checken, ob es da eine Verbindung gibt, und …»

«Ja, dann mach das mal.» Hosse lächelte. «Find ich gut, den Plan.»

«Jo», grummelte der Anorak, «dasisbesser.»

«Was? Ach, Hosse, nee, ich kann doch nich …»

«Christopher wird's verkraften.»

«Hosse.»

«Und ich auch. Wenn ich ab und zu beratend tätig sein darf.»

«Hosse.»

«Und kochend.»

«Hosse.»

«Und zwischenmenschlich.»

«Darfichauchmitmachen?», hustete der Anorak.

«Nein!», antworteten beide unisono.

«Nadennnich.»

Wencke schob den Kaffee, nun kalt, zur Seite. «Ich kann da nicht einfach so … Das darf ich gar nicht! Das war eh schon nicht okay, dass Theo das mit mir besprochen hat. Und ich bin raus, verdammt noch mal. Ich hab den Dienst quittiert!»

«Und es fehlt dir so gar nicht.»

«Nein, Hosse, es fehlt mir so gar nicht», äffte Wencke ihn nach.

«Deshalb bist du jetzt auch so entspannt.»

«Och, Mensch, was soll denn das?»

«Ich mein ja nur! Du warst – du bist so gut da drin! Du hast dir gestern stundenlang das Video angeguckt! Und du hast das Opfer identifiziert!»

«Du hast das Opfer identifiziert.»

«Aber nur, weil du ihn zuerst gesehen hast.»

«Theo hat den zuerst gesehen, deshalb kam er ja zu mir, und ...»

«Wencke ...»

«Ich hab mich entschieden, Hosse, ich bin keine Kommissarin mehr! Ich hab jetzt einen Selbstversorgerhof und ein Arschloch-Alpaka!»

«Ichwarmalastrofüssicker.»

«Was?»

«Asstrofüssicker. Warichmal. Habauchndienstquittiert.»

«Was?»

«DU warst Astrophysiker, Dieter?»

«Jo. Habmichaberumentschieden. Jobgewechselt. Prost.» Der Anorak nahm einen tiefen Schluck Bier.

Wencke und Hosse starrten ihn ungläubig an.

«Was sabbelst du da, Dieter?»

«Bin jetz Pilsbeauftragter. Mussaucheinermachen.»

«Pilsbeauftragter. Sach ma, Dieter, hast du zu Hause schon vorgeglüht oder was?»

«Neeichsachjanur! Wennsenichwill, dannlassedoch!» Der Anorak rülpste. «LassedochAlpakasverarschen.»

Wencke sah Hosse entgeistert an. Der sah von ihr zu Dieter und wieder zu ihr.

Ein Telefon klingelte. Wencke rührte sich nicht. Hosse zog eine Augenbraue hoch. Das Telefon klingelte weiter.

«Willstenichrangehen?», grummelte der Anorak.

«Was?»

«Dein Handy klingelt», sagte Hosse und zog auch die zweite Augenbraue nach oben.

«Oh.» Wencke drehte und wendete ihre Jacke, bis sie ihr

Handy in einer der Taschen ausfindig gemacht hatte, und hob ab, ohne auf den Anrufer zu achten. «Hallo?»

«Ja, ich bin's!»

«Theo?»

Hosses Augenbrauen rutschten ein weiteres Stück die Stirn hinauf.

«Ja, Wencke, hör mal, du hattest recht! Es ist tatsächlich Warzenheiner! Das Tattoo passt und die Warze auch! Das reicht für einen Besuch bei ihm, ich hab die Adresse, ich hol dich ab!»

«Nee, Theo, ich kann nicht mit, ich ...» Wencke sah zu Hosse, der sich nicht gerührt hatte.

«Wie, du kannst nicht mit? Wir müssen zur Wohnung! Bist du zu Hause?»

Wencke sah nach links zum Anorak. Der prostete ihr aufmunternd zu. Sie sah wieder zu Hosse. Astrophysiker. Pilsbeauftragter. Mussaucheinermachen. Sie schüttelte sich.

«Wencke? Hallo?»

«Ich bin bei Gisela. Ich warte draußen.»

KAPITEL 6

KLEIST BOG in die Paul-Roosen-Straße ein und manövrierte elegant in die einzige freie Parklücke. «Haste auch nich oft!», murmelte er zufrieden. Um diese Uhrzeit war die Straße nicht sehr belebt, die Nähe zur Großen Freiheit und zur Reeperbahn sorgte dafür, dass sie sich meist erst abends füllte.

«Da vorne isses!» Wencke war die Gegend noch sehr vertraut, sie wusste sofort, wo Warzenheiners Wohnung sein musste, als Kleist ihr die Adresse gezeigt hatte. Sie stieg aus und wurde fast von einem Radfahrer umgefahren. «Ey, pass doch auf!», brüllte sie ihm hinterher, da war er schon in die Kleine Freiheit abgebogen. «Ach Theo, das ist auch echt wie früher!» Sie lächelte, holte tief Luft und verzog das Gesicht. «Aber echt.» Es roch auch am Vormittag nach ausgekipptem Bier und Urin.

Kleist stieg ebenfalls aus und lachte. «Hier ändert sich auch nie irgendw…»

«HALLO!» Eine Dame in einem rosafarbenen Einhorn-Onesie mit einem Bauchladen strahlte beide auffordernd an. «Babsi» stand in glitzernder Schreibschrift auf ihrer Brust, «Aussteuer» stand in der gleichen glitzernden Schrift auf dem Bauchladen.

Wencke legte den Kopf zur Seite und lächelte. «Aber so wirklich nie!»

Aus dem Takt gebracht hielt Kleist am Auto inne und beobachtete die Szene.

Die Dame strahlte immer noch. «Hallo, ich bin die ...»

«Babsi!»

«JA!» Sie strahlte noch mehr. «Woher weißt du das denn?» Sie trug knallroten Lippenstift, und der Glitzer hatte sich auch auf ihr Gesicht und in ihre hochtoupierten Haare ausgebreitet. Jedem Wort, das sie sprach, folgte eine leichte Alkoholbrise.

Wencke lachte und deutete auf den Schriftzug auf Babsis Brust. «Nur so 'ne Vermutung.»

«Ach so, ja!» Das Strahlen verfestigte sich auf ihrem Gesicht. Wencke fragte sich, ob sie das überhaupt abstellen konnte.

«Ich komm aus Bremen, ich heirate morgen!»

«Herzlichen Glückwunsch! Zu beidem!»

«Danke! Wollt ihr was kaufen?» Sie zog das letzte Wort in die Länge und klimperte glitzernd mit den Augen.

«Is das nicht ein bisschen früh?»

«Nee, wieso? Heute Abend geht nicht, da gehen wir zu den Strippern!»

Eine Horde weißer Einhörner näherte sich und kicherte hinter Babsi. Die Brautjungfern. «Wollt ihr was kaufen? Ja? Damit ich heiraten kann?»

«Kannst du sonst etwa nicht heiraten?»

Babsi kicherte wieder. «Doooch, aber muss ja! Hier, ich hab Fernet Branca und Penislollis!»

«Oh!» Wencke schielte in den Bauchladen. «Zeig mal!»

«Wencke ...» Kleist stieß sich genervt vom Auto ab. «Entschuldigung, aber wir sind von der Kri...»

«Guck mal, Theo, Penislollis!» Wencke nahm eine Handvoll aus dem Bauchladen. «Wie viel willst du denn für die?»

Babsi kicherte. «Fünfzig Cent und ein Küsschen von deinem Freund!»

Die Herde weißer Einhörner gackerte hinter ihr.

Wencke kramte in ihren Hosentaschen. «Hier, ich hab ’nen Euro. Und das is nich mein Freund, den musst du selber fragen.»

«Wencke ...»

«Theo, Penislollis!» Sie strahlte mit Babsi um die Wette.

Kleist zückte mit starrer Miene seinen Ausweis. «Ich bin im Dienst.»

Die Einhörner johlten.

«Tja, da kann man nix machen!» Wencke zuckte mit den Schultern. «Penislollis sind im Dienst nicht erlaubt. Aber ich nehm die für später mit! Viel Spaß bei den Strippern, Babsi!»

Sie folgte Kleist, der auf dem Absatz kehrtgemacht hatte. Zu «Ausziehen, ausziehen!»-Rufen der Einhörner entfernten sie sich zügig in Richtung Warzenheiners Wohnung, Wencke lutschte kichernd an ihrem Penislolli.

«Schön, dass du Spaß hast!» Kleist schüttelte den Kopf.

«Hier, die sind lecker!» Sie drückte Kleist einen der Lollis in die Hand. «Übung macht den Meister.»

«Sehr witzig.» Kleist klang genervt, nahm aber trotzdem den Lolli und steckte ihn sich in den Mund. «Hier isses.»

Sie blieben vor einem Mehrfamilienhaus stehen, dessen Fassade mit bunten Graffiti verziert war. Kleist zückte sein Notizbuch und blätterte darin. «Borchert.»

Wencke suchte mit dem Zeigefinger das heruntergekommene Klingelbrett ab. Die Namensschilder waren ausgeblichen und teilweise handgeschrieben oder überklebt. Einige fehlten ganz.

«Da.»

Der Name «Borchert» stand in ausgeblichener Kugelschreiber-Schreibschrift auf der obersten Klingel. Sie drückte darauf. Nichts. Wencke runzelte die Stirn. Bevor sie noch einmal klingeln konnte, öffnete sich die Haustür, und ein junger Mann mit Pferdeschwanz und Rennrad kam schwungvoll heraus, ohne sich für die beiden zu interessieren. Wencke schlüpfte hinter dem Mann in den Hausflur. Sie hielt Kleist die Tür auf, der sie leise ins Schloss fallen ließ.

Warzenheiner wohnte unter dem Dach. Niemand reagierte, als sie an der Tür klingelten und klopften. Kleist pustete Luft durch die Backen. «Also entweder ist er einfach nicht da, oder …»

«Schauen wir mal.» Wencke inspizierte das Türschloss. Sie schob den Penislolli in den anderen Mundwinkel, zückte ihr Portemonnaie aus der Innentasche ihrer Jacke und nahm ihre Kreditkarte heraus. «Mal sehen, ob ich das noch kann.»

«Was machst du denn jetzt?»

Wencke antwortete nicht. Sie schob die Kreditkarte über dem Schloss zwischen Tür und Rahmen und zog sie nach unten. Es klickte. Als sie sich gegen die Tür lehnte, ging diese quietschend auf.

«Wencke! Das geht nicht!» Kleist sah sich panisch um.

«Hast du das nicht gehört? Da hat eindeutig ein Baby geschrien.» Wencke war schon in der Wohnung verschwunden.

«Och, Wencke!» Kleist sah sich noch mal um und folgte ihr dann in den Flur der Wohnung. «Das gibt richtig Ärger!»

«Gefahr im Verzug, Theo.»

«Ein Baby! Bei Warzenheiner in der Wohnung.»

«Mach halt ’nen laufenden Fernseher draus.» Wencke sah sich im Flur um: eine Garderobe mit ein paar Jacken links, daneben ein angelaufener Spiegel. Auf der Pressspan-Anrichte darunter eine kleine Porzellanschüssel mit Kleingeld. «Du wolltest doch unbedingt, dass ich mitkomme», murmelte sie und ging weiter ins Wohnzimmer. «Hallo? Herr Borchert?»

Das Wohnzimmer war unordentlich und staubig. Wencke drehte sich im Kreis. Auf dem Fliesentisch vor der durchgesessenen braunen Couch, die den Raum dominierte, stand ein überquellender Aschenbecher neben einer Fernsehzeitung, einem Stapel Prospekte und mehreren leeren Bierflaschen. Darüber hing eine FC-St.-Pauli-Flagge schief an der Wand. Die Vorhänge waren zum Teil zugezogen. Es roch penetrant nach kaltem Rauch.

«Im Schlafzimmer und im Bad ist keiner.» Kleist erschien im Türrahmen. «Der ist wirklich nicht da.»

Vor der Schrankwand rechts von der Couch hielt Wencke an. «Eichenfurnier. Klassiker.» Mit einem Plopp zog sie den Lolli aus dem Mund und fuchtelte damit vor der Schrankwand herum. «Ich guck hier mal rein.»

«Also nee ...» Kleist erinnerte sich an seinen eigenen Lolli und wickelte ihn hektisch in ein Taschentuch. «Mir ist nicht wohl dabei, Wencke. Ich mein, Nachgucken ist eine Sache, aber Durchsuchen ...»

«Jetzt sind wir schon mal hier! Vielleicht finden wir ein Tagebuch oder so was.»

Kleist seufzte und zog zwei Paar Einmalhandschuhe aus der Jackentasche. Er reichte ihr eines davon. «Wencke. Wenn, dann ordentlich.»

«Ah!» Wencke zog eilig die Handschuhe an. «Danke! Guck doch mal in der Küche nach.» Sie öffnete die erste Schublade. Alte Zeitungen, Papierkram. Sie sah sich um. «Einen Computer scheint er jedenfalls nicht zu haben. Oder hast du einen gesehen?»

«Nee», rief Kleist nun aus der Küche, «der ist wohl old-school.»

Wencke zog die nächste Schublade auf. «Sehr sympathisch. Aber Literatur mag er.» Sie zog einen Stapel abgegriffene «Praline»-Ausgaben heraus. Hinter den Türen der Schrankwand fanden sich weitere Zeitschriften, Blättchen für Zigaretten, ein Feuerzeug, Tabakkrümel, nichts von Interesse. «Also besonders viel geht bei dem nicht.»

«Würd ich so nicht sagen!» Kleist rumorte in der Küche herum. «Guck dir das mal an, hier.»

Als Wencke in die schmale Küche kam, hielt er ihr triumphierend zwei Kaffeedosen entgegen. «Noch was Kaffe?»

«Was ist da drin?»

Kleist öffnete eine Dose. «Beste Ernte!» Ihr schlug ein penetranter Marihuana-Duft entgegen. «Die andere Dose ist auch voll.»

«Hm.» Wencke sah sich um. Kleist hatte bereits alle Schubladen herausgezogen und die Schranktüren geöffnet. «Bisschen viel für Eigenbedarf.»

«Also wenn der noch dealt, isses aber eher sehr wenig.»

«Hm. Auch wieder wahr.» Sie kaute auf dem hinterbliebenen Stiel des Lollis herum. «Sonst is hier nix?»

«Nee.»

«Kalender oder so?»

«Nee.»

«Wär auch zu schön gewesen. Ich geh mal ins Schlafzimmer.»

Im Schlafzimmer wurde Wencke von einem Wolfskopf begrüßt, der auf einer Polyester-Überdecke auf dem schmalen Bett prangte. Über dem Kopfende des Bettes hing ein Airbrush-Gemälde einer nackten Frau auf einem Motorrad. Rechts neben der Tür stand ein schlichter Kleiderschrank in Achtzigerjahre-Ästhetik und am gegenüberliegenden Fenster ein Wäschekorb neben einem zusammengeklappten Wäscheständer. Ansonsten war das Schlafzimmer mit Ausnahme der bräunlichen Auslegeware leer. Auch hier waren die Vorhänge zugezogen. Wencke begann mit dem Kleiderschrank, gab aber schnell wieder auf. Ein altes Sakko, ein paar Hemden, die schon länger nicht getragen worden waren, zwei Hosen und ein altes Paar Lederschuhe. In den Regalfächern Socken und Feinripp-Unterwäsche. Es roch nach Staub und Mottenkugeln. Sie klopfte die Wände ab, vielleicht gab es ein Geheimfach – nichts. Nur knarzender Pressspan. Sie wandte sich dem Bett zu und schlug die Decke zurück. Eine durchgelegene Matratze, ein fadenscheiniges Laken, nichts unter dem dünnen Kopfkissen. Sie lugte unter das Bett, doch außer Staubflusen fand sie auch dort nichts. Schließlich wandte sie sich dem Wäschekorb zu.

«Und?» Kleist war ihr gefolgt und warf nun ebenfalls einen Blick in den Kleiderschrank. «Modisch geht er keine Risiken ein», murmelte Wencke. Sie hob ein kariertes Hemd im Wäschekorb an einer Ecke mit zwei Fingern hoch und warf es auf den Boden. Stirnrunzelnd hielt sie inne.

«Ist da was?» Kleist trat neben sie und zog die Brauen hoch.

«Weiß ich noch nicht …» Wencke sah vom Hemd auf dem Boden in den Wäschekorb und zurück. «Wo würdest du bei deinen Eroberungen auf keinen Fall reingucken?»

«Also erstens hab ich keine Eroberungen …»

«Oder so als Blumen gießender Nachbar?»

«Als ob der hier Blumen …»

«In die Dreckwäsche, genau.»

Sie hob den Korb hoch und kippte ihn kopfüber auf dem Bett aus. Ein paar Handtücher, ein weiteres Hemd, eine Hose und Socken fielen heraus – und ein Handy.

«Aha!» Kleist schnaufte verblüfft. «Ein Burner?» Er hob das Handy vorsichtig hoch. Er drückte auf den Knopf an der Seite und der Bildschirm zeigte ein Tastenfeld. «PIN-gesichert. Können die Techniker bestimmt knacken.»

«Ist da sonst noch was?» Wencke wühlte in den Klamotten auf dem Bett. «Ah!» Sie zog etwas kleines Metallisches hervor und hielt es hoch wie eine Trophäe. «Ein Schlüssel!»

Kleist sah auf. «Von 'nem Schließfach?»

«Hm.»

«Meinste, der hat noch 'nen geheimen Koffer irgendwo?»

«Wäre ja sehr klassisch. Würde mich auch nicht wundern, wenn der sich gar nicht zur Ruhe gesetzt hat.»

«Der ist aber nicht von einer Bank ...» Kleist nahm Wencke den Schlüssel aus der Hand und trat vor das Fenster, um ihn näher zu betrachten. «Vermutlich von einem Bahnhofsschließfach. Da ist 'ne Nummer drauf. Lässt sich ja leicht rausfinden.»

Wencke runzelte die Stirn. «Wenn der wirklich doch noch irgendwas am Laufen hat, dann war's vielleicht wirklich Kiezdrama. Vielleicht ein Rivale, der ihn loswerden wollte. Aber wieso in Sorum? Was macht der da?»

«Vielleicht bauen die da Gras für ihn an?»

Wencke schüttelte den Kopf. «Nee, das spräche sich rum. Da ist noch was, irgendwas, das wir noch nicht sehen. Wie groß ist die Chance, dass das Schließfach am Hauptbahnhof zu finden ist?»

«Hat Sorum einen Bahnhof? Oder Wyrum?»

«Nur die S-Bahn-Endhaltestelle bei uns, da gibt's keine Schließfächer.»

Kleist nickte. «Na dann finden wir's raus.» Er zögerte. «Du kommst doch mit?»

«Zum Hauptbahnhof? Jetzt?» Wencke streckte die Hand aus und steckte den Schlüssel in eine kleine Plastiktüte, die Kleist aus seiner Jackentasche zog und ihr reichte. «Also, ich muss eigentlich mal nach Christopher gucken, es soll noch regnen nachher …»

«Ich sag Hajo nix!»

«Ich weiß nicht, Theo. Das is nich mehr Sorum, das ist dein Revier …»

Kleist schnalzte mit der Zunge. «Na gut. Ich sag dir Bescheid, falls da was ist.»

Mit einem letzten Blick ins Schlafzimmer gingen sie wieder in den Flur. Kleist lugte noch einmal ins Wohnzimmer, sein Blick fiel auf die Werbung auf dem Fliesentisch.

«Kommst du, Theo? Christopher wird echt ätzend, wenn er Hunger hat. Dann macht er immer so ein Geräusch, so ein Summen, so ssssssss …» Wencke war schon fast wieder zur Tür raus, drehte sich aber nun noch mal um und summte Kleist ins Ohr, so wie Christopher es morgens gerne tat.

Kleist wedelte abwesend mit der Hand. «Du hast recht, Wencke, wir übersehen was.»

«Ja? Was denn?»

«Wenn ich das wüsste …»

«… würdest du es mir sagen. Jaja. Komm jetzt.»

«Ja, du musst nach Wyrum.» Er starrte immer noch auf den Fliesentisch.

«Was? Nee. Andersrum.»

«Was?»

«Sorum.»

«Ach ja. Ich fahr dich.»

KAPITEL 7

«ICH HAB KEINE Eroberungen!» Kleist fuhr zu schnell, was beide gekonnt ignorierten.

«Ja ja. Hier, nimm noch ’nen Penislolli.»

«Sehr witzig.»

«Was ist denn mit Dings … Hier … Tom?»

«Tim.»

«Ja, was ist denn mit Tim?»

«Nix is mit Tim. War nix.» Kleist fädelte schwungvoll auf die Autobahn ein.

«Och, ich fand den nett.» Wencke steckte sich einen weiteren Lolli in den Mund.

«Ja, ich auch, später dann nicht mehr.»

Beide schwiegen eine Weile.

Dann holte Kleist Luft. «Ich mein, wer macht denn so was, der hat sein benutztes Geschirr überall stehen lassen! Und die Dreckwäsche! Warzenheiner ist gar nichts gegen den! Überall dreckige Klamotten! Ständig hab ich dem hinterher geräumt! Und ich wollte dem wirklich nicht in den Wäschekorb gucken! Das ist viel zu viel Information! Ich mein, so weit war ich einfach nicht …»

«Deswegen hast du dich getrennt?»

«Nein, ich hab mich getrennt, weil er ständig auf Grindr unterwegs war.»

«Auf was?»

«Grindr.»

«Was ist das?»

«'ne Dating-App. Für Männer. Zum Verabreden und über die Wiesen frohlocken.»

«Ach so.»

Kleist seufzte. «Ja.»

«Also, der hat dich betrogen?»

«Ja, davon geh ich aus.»

«Aber du weißt es nicht.»

Kleist rollte mit den Augen.

«Soll ich ihn aufschlagen? Vierteilen? Teeren und federn?»

«Nein!» Kleist setzte den Blinker und fuhr ab. «Nicht mehr nötig. Der ist raus.»

«Ich mach das, ehrlich!» Sie drehte sich zu Kleist herum und biss demonstrativ den Penislolli entzwei. «Ich kenn da nix!»

Kleist lachte. «Ich komm vielleicht drauf zurück!»

«Und sonst gibt's keinen?»

«Nein.»

«Vielleicht versuchst du's auch mal bei ... Dings.»

«Grindr.»

«Ja?»

«Nein.»

«Wieso nicht?»

«Wir sind da.»

So ganz stimmte das nicht, sie nahmen gerade erst die Abfahrt nach Sorum, aber Wencke hatte verstanden und bohrte nicht weiter nach. Sie drehte den Lolli in der Hand hin und her. «Du, Theo, ich glaub, ich würd doch gern mitkommen, den Schlüssel checken ...»

«Und was ist mit Christopher?»

«Ach so, ja.» Sie sah aus dem Fenster – der Himmel wurde dunkelblau, und vor ihnen ballte sich bereits eine Wolkenwand.

«Okay, dann lass uns das mal morgen direkt machen. Ich hab auch noch was vor.» Kleist starrte angestrengt auf die Straße, ein leichtes Lächeln auf den Lippen.

«Ach? Was denn?»

Bevor Kleist antwortete, klingelte ein Handy.

«Wencke?»

«Ja?»

«Dein Handy klingelt.»

«Jetzt lenk nicht ab!»

«Tu ich nicht.»

«Oh.» Sie wühlte in ihrer Jackentasche.

«Dass du das überhaupt dabei hast!» Kleist lachte.

«Ich arbeite an mir!» Sie drückte hektisch auf dem Bildschirm herum. «Hallo? Hallo? Ah! Hosse! Du glaubst nicht, was wir bei Warzenheiner gefunden haben!»

Kleist wedelte mit der rechten Hand vor seiner Kehle herum. Die ersten Regentropfen klatschten auf die Windschutzscheibe. Quietschend wedelten die Scheibenwischer hin und her.

«Theo will nicht, dass ich dir das erzähle», sagte Wencke lachend und schlug Kleists Hand weg. «Ich erzähl's dir später. Hör mal, ich bin gerade auf dem Weg zum Hof, Christopher trockenlegen.» Sie knabberte an ihrem Daumennagel. «Ja, ich muss noch arbeiten. Du, ich bin zu Hause, ich meld mich später, ja?» Sie legte eilig auf und steckte das Handy wieder in die Jackentasche.

Kleist bog durch den Regen auf Wenckes Hofeinfahrt ein. Christopher stand bereits tropfend und trippelnd am Zaun. «Ach Mensch, geh doch rein, Puschel!», schimpfte Wencke in seine Richtung, aber das Alpaka konnte sie natürlich nicht hören. Kleist hielt direkt vor der Tür. «Gib mir mal den Schlüssel.»

Wencke rümpfte verwirrt die Nase. Sie hatte schon eine Hand am Türgriff, konnte sich aber noch nicht überwinden, nass zu werden. «Welchen Schlüssel?»

«Na, den Schließfachschlüssel. Den muss ich wohl an mich nehmen.»

«Ah. Jawohl, Herr Kommissar!» Sie zog die kleine Plastiktüte mit dem Schlüssel aus der Hosentasche und hielt sie hoch.

«Witziiiig!» Er nahm Wencke die kleine Plastiktüte unzeremoniell ab und stopfte sie in seine Brusttasche.

«Sicher, dass du nicht noch auf ein Kaltgetränk …?»

«Sicher. Morgen früh, ja?»

Wencke nickte. «Okay. Treffen wir uns am Hauptbahnhof?» Sie zog ihre Jacke über der Brust zu und sah Kleist eindringlich an.

Kleist nickte. «Um zehn. Ich warte vor der Wandelhalle.»

«Fahr da nich ohne mich hin!»

«Och Wencke! Echt jetzt?»

Wencke lächelte leise und sah wieder nach draußen. «Okay.» Nach einigem Zögern wagte sie sich schließlich nach draußen und winkte erst Kleist und dann Christopher zu, der bereits ungeduldig an der Küchentür wartete. «Dann viel Spaß heute Abend! Gleich, Puschel, Sekündchen! Geh doch schon mal vor!»

*

Der Regen trommelte gegen die Scheiben, aber Wencke nahm ihn gar nicht wahr. Sie saß zusammengekauert auf der Couch und sah sich wieder und wieder das Video an – ohne Ton, denn den hätte sie eh nicht hören können. Industrial Metal ballerte in voller Lautstärke durch das Wohnzimmer, während sie das Video hin- und herspulte. Sie bekam deshalb auch nicht mit, dass Hosse angekommen war und nun triefend im Flur stand.

Erst, als er seinen Bart über ihrem Kopf auswrang, schreckte sie hoch. «Hosse! Seit wann bist du denn hier?»

Hosse lachte. «Stunden, ach was, Tage! Christopher hat mich reingelassen durch die Weidentür. Das ist echt ein bisschen fragwürdig, dass du die immer auflässt. Wir haben schon drei Partien Schach gespielt und das Bad renoviert! Er hat großes Fliesenlegtalent! Mach das mal leise bitte!»

Wencke angelte nach der Fernbedienung und machte die Musik leiser. «Was machst du denn hier?»

«Ich bringe Döner», sagte Hosse und stapfte schniefend in die Küche. «War das Ministry?», rief er von dort.

Wencke schälte sich aus der Couch. «Ja, Greatest Hits. Hör mal, Hosse, ich muss das hier echt …»

«Essen musst du auch.» Er küsste sie auf die Stirn und begann, die Döner herzurichten.

Das Alpaka summte.

«Christopher macht gerade einen Milchmonat, hat er mir vorhin erzählt, bei der sizilianischen Eröffnung.» Hosse lachte, tätschelte liebevoll Christophers Maul und setzte sich an den Küchentisch. «Gab's neue Erkenntnisse?»

Wencke stand unschlüssig in der Tür und schielte zurück ins Wohnzimmer zu ihrem Laptop. «Nee. Das muss aufgehellt werden, ich wette, dann sieht man mehr. Und man hört auch nicht, was die sich erzählen, aber ich wette, das kann man isolieren oder so … Ich hab grad versucht, da was rauszuhören …»

«Mit Ministry am Anschlag? Das ist aber …»

«Ja nun, so arbeite ich nun mal, Hosse!» Genervt verschränkte sie die Arme. Sie fühlte sich wie aus dem Schlaf gerissen.

Hosse hielt inne. «Ja, weiß ich doch. Sag mal, ist was?»

JA, wollte sie schreien, *ich arbeite! Das hab ich dir auch am Telefon schon gesagt!*

«Nein, schon gut», sagte sie stattdessen, setzte sich zu ihm an den Tisch und goss Rotwein ein.

Hosse beobachtete sie kritisch. «Jetzt sag schon.»

«Es ist nichts! Ich war nur gerade voll im Tunnel! Und ich hab nicht mit dir gerechnet … Und mit Döner … Und …»

«Stör ich dich?»

Wencke sah ihn an. Seine Augen waren dunkel, wie immer, wenn er sich Sorgen machte. Seine Augenbrauen kräuselten sich darüber. Sie atmete aus. «Nein. Ist schon gut. Ich hab nur Hunger.» Sie biss herzhaft in ihren Döner.

Hosse beobachtete sie immer noch skeptisch. Er schien nicht überzeugt.

«Awerwirhamnenchiechfachchlüsselgefundn», warf sie mit vollem Mund ein, in der Hoffnung, ihn abzulenken.

«'nen Schließfachschlüssel?»

«Ja», sie schluckte, «bei Warzenheiner in der Wohnung. Und ein Handy. Theo guckt mal, ob sich das knacken lässt.»

Wencke biss wieder zu und kaute erleichtert. Die Ablenkung schien funktioniert zu haben.

«Erfolgreicher Tag!» Hosse biss ebenfalls in seinen Döner. «Unwaffmachtihralsnächftef?»

«Na, daffchliefffachüberprüffn.»

«Ah. Schließfach überprüfen. Ist das so ganz einfallslos am Hauptbahnhof, das Schließfach?»

Wencke nickte. «Vermutlich. Öde, aber effektiv.»

«Apropos Schlüssel», Hosse holte Luft, «also ich hab mal ausgemessen, wenn wir die Wand zum Gästezimmer rausnehmen – das geht ja, das ist keine tragende Wand –, dann wär der Flur viel heller, und Christopher könnte ins Gästezimmer ziehen, mit einem Gatter davor, dann hat er auch alles im Blick, und wenn wir die alten sperrigen Möbel ersetzen, dann ist auch alles viel luftiger, ich meine, wir müssten wohl tapezieren, und hier in der Küche müsste auch mal gestrichen werden, oder ich hab ja auch noch die Einbauküche, die würde hier bestimmt reinpassen, sonst mach ich sie passend. Und ich bau dir endlich mal das Bücherregal im Wohnzimmer auf dann, und das Bad muss neu, aber ich kann vieles davon auch selber machen, und ich hab ja 'ne Kündigungsfrist von drei Monaten, also wenn ich jetzt kündige und wir anfangen, dann könnten wir zu Weihnachten fertig sein.» Er atmete aus und nahm einen großen Schluck Rotwein.

Wencke kaute langsam auf ihrem Döner. Auweia.

«Was denkst du?» Er beobachtete sie vorsichtig über sein Weinglas hinweg.

«Wie, du hast ausgemessen?»

«Ja, neulich. Christopher hat mich reingelassen. Mal wieder. Das mein ich ja, weißt du, das ist ja kein Problem, aber wenn ich einen Schlüssel hätte ...»

Wencke ließ ihren Döner fallen und lehnte sich zurück.

«Ich bin ja eh ständig hier.»

«Hosse ...»

«Da könnt ich doch auch ...»

Wencke sah auf ihren Teller. «Das Thema hatten wir doch schon.»

«Ja, hatten wir. Und ich möchte immer noch mit dir zusammenziehen, Wencke.»

«Ja, ich weiß.»

«Ich meine, wir kennen uns jetzt wie lange? Drei Jahre?»

«Ja.»

«Und ich bin entweder bei Gisela oder hier.»

«Ja.»

«Und du sagst ja selber, dass du ohne mich verhungerst.» Er zwinkerte ihr zu, aber Wencke sah immer noch auf ihren Teller.

«Ich weiß nicht. Ich bin noch nicht so weit.»

«Lass es uns doch wenigstens probieren.»

«Und wenn's nicht klappt?»

«Dann zieh ich wieder aus.»

«Ach, Hosse. Als ob das so einfach wäre.»

Hosse seufzte. «Das könnten wir ja rausfinden! Versprichst du mir, dass du drüber nachdenkst?»

Wencke seufzte auch, antwortete aber nicht.

Eine Weile aßen sie schweigend.

«Ja», sagte sie dann, «ich denk drüber nach.»

«Weißt du, was du brauchst hier?», sagte Hosse, als sein Döner verschwunden war.

«Hm?»

«So eine Wand mit allen Hinweisen drangepinnt! Die kannst du dann mit roter Schnur verbinden und kryptisch draufgucken!»

Wencke lachte in ihren Rotwein. «Ein Traum! Ich hab ja bald Geburtstag!»

Hosse lächelte. «Ich könnt dir das hier einrichten.»

KAPITEL 8

AM HAUPTBAHNHOF herrschte bereits reger Verkehr. Reisende mit Koffern, Reisegruppen und Pendler hetzten hektisch zu und aus den U-Bahneingängen, zum Eingang der Wandelhalle oder in Richtung der Mönckebergstraße. Die Geschäfte in der Einkaufsstraße öffneten gerade erst, vor der Bäckerei am Anfang der Straße hatte sich eine lange Schlange gebildet.

Geschickt bahnte Wencke sich den Weg durch die Menschen über die Ampel zum Eingang der Wandelhalle, wo Kleist bereits mit zwei dampfenden To-go-Bechern auf sie wartete.

«Dierksen!», rief er, als er sie erspäht hatte. «Sie sind zu spät!»

Wencke sah hoch auf die riesige Bahnhofsuhr. 10:02 Uhr. Sie nahm Kleist einen der Becher ab und wärmte ihre Hände daran. «Ich musste mich noch in der Menge suhlen. Ah, Menschen!» Sie schloss theatralisch die Augen. «Jetzt bin ich bereit.»

«Na, denn mal los!» Ohne Umschweife drehte Kleist sich um und marschierte mit wehendem Mantel in den Bahnhof. Wencke sah sich noch einmal um und folgte ihm dann zügig. Sie musste sich beeilen, um ihn nicht zu verlieren.

Die Schließfächer befanden sich in den Durchgängen zu den Gleisen. Es war kalt und laut, und ständig mussten sie Reisenden ausweichen, die zu ihrem Zug hetzten. Kleist betrachtete den Schlüssel. «143.»

Sie brauchten eine Weile, bis sie das richtige Schließfach ausgemacht hatten. «Ich hab das Video in die KTU gegeben», bemerkte Kleist, während sie suchten, «die sollen mal gucken, ob da noch was rauszuholen ist. Und das Handy auch.»

«Okay. Ich hab gestern noch mal draufgeguckt, aber ...» Wencke zuckte mit den Schultern. «Da!»

«Wo?»

«Hier.» Sie deutete auf das Schließfach. Es war ganz unten, eines der größeren – groß genug, um einen Koffer darin zu lagern.

«Ah.» Kleist warf seinen leeren Kaffeebecher in einen Mülleimer und klaubte ein Paar Einweghandschuhe aus der Manteltasche, das er Wencke reichte. Dann zog er ein weiteres Paar hervor und pustete hinein. «Jetzt bin ich aber mal gespannt.»

Wencke stellte ihren Kaffee auf den Boden und legte Kleist ergriffen eine Hand auf die Schulter. «Das Bernsteinzimmer?»

«Ach was! Salvator Mundi!»

Sie zogen die Einweghandschuhe an.

«Salvator was?»

«Das ist ein Gemälde.»

«Das passt da doch gar nicht rein.»

«Vielleicht hat er's gefaltet.»

Kleist nahm den Schlüssel aus dem Plastiktütchen und öffnete das Schließfach vorsichtig. Es klapperte, als eine Münze in der Tür in die Ablage fiel. Langsam zog er die Tür auf.

«Und?» Wencke nahm ihren Kaffee und positionierte sich hinter ihm, um neugierige Blicke abzublocken. Um sie herum herrschte lautes Stimmengewirr von Passanten.

«Also, das Bernsteinzimmer ist das nicht.»

Wencke schielte über Kleists Schulter in das Schließfach. Sie konnte eine dunkle Sporttasche erkennen, sonst nichts. «Meinste, da hat er den Salvatore drin?»

«Salvator Mundi. Finden wir's raus.» Kleist zog die Tasche ein Stück nach vorne, nahm sie jedoch nicht heraus. Er sah sich um.

«Ich pass auf.» Wencke machte sich so breit wie möglich.

Mit zittrigen Fingern griff Kleist nach dem Reißverschluss und öffnete die Tasche ein Stück. «Wenn der mich jetzt daraus anspringt ... Nee, oder?»

«Was?»

«Das gibt's nich.»

«Was denn?»

«Guck dir das an.» Er öffnete die Tasche noch ein weiteres Stück und drehte sich zur Seite, sodass Wencke, aber sonst niemand, hineinsehen konnte. Mehrere in Plastik eingewickelte Pakete kamen zum Vorschein. Als Kleist die Tasche noch weiter öffnete, sahen sie einen kleinen Notizblock, der oben auf den Paketen lag. «Scheiße, Wencke.» Kleist schob die Tasche eilig zurück in das Schließfach.

Wencke war alarmiert. «Ist das etwa ...»

Kleist sah sich wieder um und flüsterte. «Koks. Heroin. Eins davon, garantiert.»

«Zeig mal den Block da.»

Kleist beugte sich ins Schließfach vor und holte den Notizblock hervor. Er reichte ihn Wencke und schloss die Tasche schnell wieder. Wencke blätterte durch die Seiten. Drei Spalten voller Zahlen auf jedem Blatt. «Kunden?» Sie deutete auf die jeweils letzte Spalte der Liste. «Das ist bestimmt der Preis. Und das in der mittleren Spalte da, das ist vermutlich die Menge. Aber die anderen Nummern ...»

Kleist machte dicke Backen. «Das wird mir echt zu heiß, Wencke.»

«Warzenheiner, Warzenheiner ...» Wencke schielte wieder ins Schließfach auf die geschlossene Tasche. «Das müssen doch mindestens acht bis zehn Kilo sein. Eigenbedarf ist das schon mal nicht.»

Kleist sah sie skeptisch an.

Sie nickte. «Ruf Hajo an.»

«Sicher?»

«Ja, das musst du melden! Wir brauchen Unterstützung.»

«Wir?»

«Wir. Du. Wer auch immer! Sag Hajo Bescheid.» Sie richtete sich auf und betrachtete die Menschenmenge, die sich um sie herum vorbeischob. Als sie wieder zu Kleist hinuntersah, wühlte der etwas unter den Paketen hervor. «Da ist noch was!»

«Was denn?»

Er verschwand bis zur Hüfte im Schließfach, statt die Tasche herauszuziehen. «Moment.»

Wencke richtete sich wieder auf. Ein älteres, gepflegt gekleidetes Ehepaar schob seine Koffer an ihr vorbei und beäugte das Vorgehen dabei kritisch. Wencke lächelte ihnen aufmunternd zu. Die beiden drehten sich umgehend weg.

«Oh, Mann, Wencke. Wir sind so doof.»

«Was?» Sie beugte sich wieder hinunter.

Kleist hielt ihr einen Flyer entgegen, zerknittert und mit abgenutzten Faltkanten. Sie nahm ihn vorsichtig an sich. «Werbung?»

«Guck mal genau hin.» Kleist schob die Tasche wieder in das Fach und richtete sich ächzend auf.

«Biohof Klawitter. Ihr Gemüse ist unser Ding», las Wencke vor. «Klawitter, den kenn ich doch! Der ist in Sorum, der größte Bauer im Ort! Steinreich, der Typ, dem gehört das halbe Dorf! Und ein Teil von Wyrum!»

Kleist sah sie weiter erwartungsvoll an. Als sie nichts weiter sagte, tippte er so ungeduldig auf den Flyer, dass er ihn fast zerriss. «Wencke, da. Guck da mal hin.»

«Oh.» Sie sah vom Flyer zu Kleist und zurück. «Echt jetzt?»

Kleist nickte. Auf der Werbung war ein Logo abgedruckt, rund und gelb. Ein Kürbis und ein Kopf Brokkoli, beide mit fröhlichen Gesichtern, darüber ein stilisierter Schriftzug im Halbkreis. «Bio-Klawitter».

«Die Kiste.»

Kleist nickte wieder. «Das Logo auf der Kiste. Das war keine Futterkiste, das war eine Biokiste. Und weißte, woher ich die kenne, Wencke?» Er rang die Hände und fuhr sich durch die Haare. «Ich hab auch ein Abo!»

Wencke sah ihn ungläubig an. «Also Theo, du alter Städter! Warzenheiner hat doch kein Gemüse-Abo! Aber wie kommt der an diesen Flyer? Wurfpost?»

Kleist stemmte die Hände in die Hüften. «Und wie kommt die Kiste an den Tatort? Dierksen, ich sag Ihnen, da ist was faul im Staate Sorum.»

Wencke sah zur Tasche im Schließfach. «Hajo. Anrufen. Sofort.»

*

Hajo hatte Wencke zu Beginn mit einem überraschten Lächeln begrüßt, und für eine Sekunde blitzten seine Augen wie früher. Seine verhaltene Freude verschwand jedoch augenblicklich, als Kleist ihm Bericht erstattete.

«Seid ihr völlig bescheuert, oder was?», brüllte er jetzt und stratzte von einer Seite seines Büros zur anderen. «Ihr habt doch echt den Schuss nicht gehört!»

«Also, Hajo ...»

«Nee! Nee, Wencke! So geht das nicht!» Sein kariertes Sakko flatterte, als er sich am Fenster umdrehte und wieder in die andere Richtung marschierte. Wencke betrachtete ihn eingehend. Das weiße Hemd unter dem Sakko spannte etwas mehr als früher, aber sportlich wirkte er immer noch – immerhin drehte er bestimmt schon die zwölfte Runde. Sein Haar war schütterer geworden, stellte sie fest, und den Mittelscheitel hatte er noch. Sein Gesicht war hochrot. Er schwitzte, aber Wencke vermutete, dass das eher an seiner Wut lag als am Marschieren. Er hatte hohen Blutdruck und rauchte zu viel.

Sie saß auf einem der unbequemen Plastikstühle an einem kleinen, runden Tisch in Hajos Büro. Kleist stand hinter ihr, er hatte sich nicht getraut, sich zu setzen. Zurzeit versuchte er, den wütenden Blicken seines Chefs auszuweichen.

«Theo!», brüllte dieser jetzt. «Was denkst du dir eigentlich? Hast du überhaupt irgendwas gedacht?»

Kleist schwitzte auch, aber nicht vor Wut. «Ich hielt es für angemessen, da ...»

«Ach so! Du hieltest das für angemessen! Na, dann ist ja alles okay!»

Kleist zuckte zusammen.

«Jetzt sei mal nicht so fies!», mischte Wencke sich ein. «Es ist ja nichts passiert.»

«Nichts passiert?» Hajo kam bedrohlich schnell auf Wencke zu, die keine Miene verzog. «Nichts passiert? Na, wenn Wencke Dierksen das sagt! Du marschierst hier einfach in mein Büro und erzählst mir, es sei ja nichts passiert? Ihr seid in eine Wohnung eingebrochen!»

«Gefahr im Verzug!»

«Du hast dich als Kommissarin ausgegeben!»

«Nein, hab ich nicht. Theo ja, der ist ja auch Kommissar, ich nicht.»

«Ihr habt Beweismittel kompromittiert!»

«Wir haben gar nichts kompromittiert, es ist doch alles da, und wir haben uns an die Vorgaben gehalten.»

«Na, da bin ich aber beruhigt!» Hajo begann wieder zu marschieren. «Die Zivilistin Dierksen hat sich an die Vorgaben gehalten! Wisst ihr eigentlich, was ihr da für eine Scheiße angerichtet habt?»

«Nee, was denn?» Wencke hatte seine Wutausbrüche noch nie leiden können.

Hajo blieb stehen. «Sag mal, willst du mich verarschen?» Er wandte sich an Kleist. «Theo, das gibt ein Disziplinarverfahren! Mindestens!»

Kleist rührte sich nicht, nur seine Hände krampfte er nervös zusammen. Er wirkte wie jemand kurz vor der Hinrichtung.

«Und du Wencke – ernsthaft?»

«Was regst du dich eigentlich so auf?» Jetzt stand Wencke auf. «Haben wir wichtige Hinweise gefunden oder nicht?»

«Was? Ich hör immer nur ‹wir›!»

«Theo hat mich um meine Expertise gebeten, die hat er auch gekriegt. Nicht mehr und nicht weniger.»

«Deine Expertiiiiise?» Hajo dehnte das Wort unnötig in die Länge. «Deine Expertiiiise? Ach so, na wenn das so ist ... und deshalb mischst du», er wedelte mit dem Finger vor Wenckes Gesicht herum, «dich mal eben so in eine Mordermittlung ein?»

«Ich hab mich nicht eingemischt, ich hab Theo beraten.»

Hajo redete sich in Rage. «Wisst ihr eigentlich, was ich jetzt für einen Papierkram hab wegen euch? Ihr könnt froh sein, wenn wir nicht strafversetzt werden wegen eurem Quatsch! Oder gleich rausgeworfen! Und ein Verfahren am Hals haben!» Beim letzten Satz deutete er auf Wencke. «Nach der Nummer letztes Jahr fällt euch echt nichts Besseres ein als das hier? Expertiiiise! Ich fass es nich!»

«Also, das ist jetzt echt unfair, Hajo!»

«Hajo. Wencke kennt die örtlichen Begebenheiten. Und sie konnte zwischen mir und den Dorfbewohnern vermitteln. Sie hat mir wertvolle Hinweise gegeben, die dazu führten, dass ich wichtige Beweise sichern konnte. Zu keinem Zeitpunkt hat sie die Ermittlungen gefährdet oder behindert. Ganz im Gegenteil. Ohne ihre Unterstützung hätte ich die Beweise nicht gefunden. Und ich hab alles protokolliert. Und sobald deutlich wurde, dass du hinzugezogen werden musst, haben wir genau das getan.»

Wencke und Hajo starrten Kleist mit großen Augen und offenen Mündern an.

«Und in der Wohnung war Gefahr im Verzug», setzte Kleist leise nach und kniff die Lippen zusammen.

Wencke wandte sich wieder Hajo zu und nickte bestimmt.

Er atmete schwer. Ein Schweißtropfen hinterließ einen dunklen Fleck auf seinem Kragen. Schweigend taxierte er sie. Seine Mundwinkel zuckten. «Was willst du?», fragte er.

«Was meinst du?» Sie legte den Kopf zur Seite.

«Eine Belohnung oder was?»

«Och, Hajo!» Sie verschränkte die Arme vor der Brust.

«Deinen Job kann ich dir ja wohl nicht wieder besorgen.»

Wencke lachte bitter auf.

«Beratende Funktion.» Wieder starrten beide Kleist an. «Damit wäre das Problem gelöst», fuhr er fort. «Gib Wencke einen Beratervertrag.»

«Beratende Funktion! Sherlock Holmes oder was? Ich glaub, ich spinne ...» Hajo zerrte an seinem Kragen.

«Damit wär das Problem gelöst», wiederholte Kleist. «Wencke ist vom Fach, und sie ist gut darin, das muss ich dir ja nicht sagen.»

«Wencke hat den Dienst quittiert! Weil ihr Scheiße gebaut habt! Wie sieht denn das aus ...»

«Hajo! Jetzt komm mal runter.» Wencke setzte sich wieder. «Dass ich den Dienst quittiert habe, hat nichts hiermit zu tun! Und es ist auch echt nicht nötig, das wieder aufzurollen.»

Aus dem Augenwinkel sah sie Kleist zusammenzucken.

«Die Konsequenzen tragen wir ja wohl, oder nicht?», setzte sie nach.

«Ja, und das damals ist nicht unter dir passiert. Also gibt's da überhaupt keinen Interessenskonflikt», legte Kleist mit ruhiger Stimme nach.

Wencke und Hajo wechselten einen flüchtigen Blick. Kleist wusste nichts von ihrer gemeinsamen Vergangenheit, sie hatten es nie irgendjemandem erzählt. Es gab ja schließlich auch nichts zu erzählen, es war ja nichts Ernstes gewesen, und es war inzwischen eh schon einige Jahre her, und da war auch eh nichts mehr, und jetzt war sicherlich auch nicht der richtige Zeitpunkt ...

Kleist fasste noch mal allen Mut zusammen. «Dann wär alles nach Vorschrift.» Seine Hände hatten aufgehört, sich zu verkrampfen, er richtete sich auf. «Weil sie offiziell für uns arbeitet.»

Hajo zerrte ein Stofftaschentuch aus seiner Sakkotasche und wischte sich den Nacken ab. «Ihr spinnt doch komplett.»

«Sie müsste natürlich für ihre beratende Funktion entlohnt werden», Kleist sprach bestimmt, aber seine Stimme zitterte leicht, «und natürlich würde sie keine Waffe tragen oder so, und verhaften kann sie auch niemanden. Das mach ich dann.»

Hajos Gesicht wurde wieder tiefrot. «Entlohnt?»

Wencke verzog das Gesicht. «Also, das muss nich ...»

Kleist ignorierte sie. «Ich brauche Wenckes Expertise, ob wir das nun so nennen oder nicht. Ohne sie können wir den Fall nicht lösen. Und du brauchst die auch, weil du sonst noch mehr Papierkram hättest.» Er machte eine kurze dramatische Pause. «Und man kann einen Berater nicht pro bono beschäftigen, das fällt ja auf. Muss ja alles seine Richtigkeit haben.» Er nickte kurz und sank wieder in sich zusammen.

Hajo drehte sich zum Fenster um und stemmte die Hände in die Hüften. Unter seinen Achseln zeichneten sich dunkle Schweißflecken am Sakko ab. Vor dem Fenster kreisten ein paar Krähen um einen kahlen Baum. «Ihr habt doch echt ...»

Eine Weile starrte er auf die Krähen, dann wandte er sich langsam um und starrte Wencke auf die gleiche Weise an. Wencke und Kleist schwiegen angespannt.

«Nur dieser Fall», sagte Hajo, ohne sich zu rühren. «Nur dieses eine Mal.»

«Mit angemessen...»

«Ja, ja, Theo, übertreib's nich!»

Kleist lächelte verhalten. «Danke, Hajo.»

Wencke stand auf. «Ja. Danke. Du wirst es nicht bereu...»

«Das will ich gar nicht hören!»

Hajo drehte sich wieder zum Fenster und sah sie kurz über die Schulter hinweg an, da war weniger Wut in seinen Augen, dafür mehr Vertrautheit, dachte sie, aber die gehörte zu einem Leben, das sie nicht mehr führte. Sie lächelte. «Alles klar, Chef.»

«Theo?» Hajo steckte die Hände in die Taschen und atmete aus, sein Ton wieder bestimmt und professionell.

«Ja?»

«Nächste Schritte?»

Kleist sah zu Wencke. «Ich würd sagen ... wir reden mal mit Warzenheiners Kumpeln?»

«Ist das eine Frage, Theo?» Hajo drehte sich immer noch nicht um.

«Nein.» Kleist räusperte sich. «Wir reden mit Warzenheiners Kumpeln. Vielleicht wissen die, wo er ist. Oder was über die Drogen und die Liste und den Flyer. Und dann fahren wir zu Bio-Klawitter. Warzenheiners Handy ist bei der Technik, das nehmen wir uns danach vor. Und den Tatort finden wir auch.»

«Gut. Ich will den Bericht morgen früh auf meinem Schreibtisch.»

«Alles klar, Chef.»

Wencke lächelte leise, als sie sich zum Gehen wandten.

«Und Theo: Keine Alleingänge mehr! Ich will wissen, wo ihr seid und was ihr da macht.»

«Alles klar, Chef.»

Vor der Tür zu Hajos Büro nickte Wencke Kleist anerkennend zu. «Beeindruckend, Kurzer!»

Kleist nahm das Lob zur Kenntnis, hielt sich aber nicht lange damit auf. «Ich hab schon mal Warzenheiners Kumpel recherchiert.» Er führte sie in die hinterste Ecke des Büros zu einem kleinen Schreibtisch und ließ sich in den Stuhl fallen. «Hier, die beiden haben wir in der Datenbank.» Er klickte mit der Maus und drehte den Monitor. «Die Crème de la Crème der Hamburger Unterwelt.»

Wencke sah sich um, bevor sie sich neben Theo stellte. Sie kannte keinen der Kollegen hier persönlich. Das war vielleicht auch besser so, sie hatte keine Lust, sich immer wieder zu erklären. Mit zusammengekniffenen Augen lehnte sie sich vor. Sie hatte ihre Lesebrille nicht dabei. Auf dem Monitor waren die Fahndungsfotos von zwei Männern mittleren Alters zu sehen, darunter Informationen über Straftaten und Anzeigen. Wencke las: «Friedrich Buschmann, alias Fahrplan-Fiete, uuund ... Ach, guck an, Anton Schulz, alias Marmeladen-Toni. Den kennen wir doch.»

«Genau, den haben wir schon mal hochgenommen damals, der sitzt mal wieder und immer noch in Santa Fu wegen schwerer Körperverletzung und Verstoß gegen das BtMG. Fahrplan-Fiete saß ebenfalls wegen Verstoß gegen das BtMG, ist seit einem Jahr wieder draußen und seitdem angeblich sauber. Letzte bekannte Adresse in Niendorf.»

«Fiete is wohl raus ausm Geschäft, was? Okay, erst mal auf zu Marmeladen-Toni!»

Kleist stand auf und fischte den Ausdruck des Datenbankeintrags aus dem Drucker.

Beim Gehen winkte Wencke Hajo zu, der die beiden mit ernster Miene beobachtete. Kleist folgte ihr eilig, ohne aufzusehen.

«Ich will den Bericht morgen früh auf meinem Schreibtisch!», äffte Wencke Hajo nach, als sie das Revier verließen.

Kleist schüttelte den Kopf. «Das hätte auch echt schiefgehen können!»

«Ist es aber nicht!»

Kleist blieb an seinem Auto stehen. «Gut, dass du wieder da bist.»

«Danke, Theo, ich hab dich auch vermisst.» Sie öffnete die Beifahrertür. «Und das hier auch, irgendwie.»

KAPITEL 9

DIE TÜR ZUM Besucherraum fiel quietschend ins Schloss. Marmeladen-Toni, ein schrankartiger, bärtiger Mann mit verwaschenen Tattoos und einem grauen Overall, saß am hintersten Tisch und beobachtete sie aufmerksam aus kleinen Knopfaugen. Wencke schielte auf den Datenbankausdruck. Er sah seinem Fahndungsfoto erschreckend ähnlich. Ihre Schritte hallten auf dem gräulichen Linoleum-Fußboden. Als sie näher kam, konnte sie zwei tätowierte Tränen unter Marmeladen-Tonis rechtem Auge erkennen – und ein ebenso tintenblaues Spinnennetz, das sich über die ganze Glatze zog.

«Moin, Toni.»

«Frau Kommissarin. Kiek mol an.» Seine Stimme klang höher als erwartet.

Wencke und Kleist setzten sich zu ihm auf die im Boden verschraubte Bank an den Tisch.

«Und wer is datt?»

«Kleist, Herr Schulz. Ich hab Sie verhaftet. Also letztes Mal.»

Marmeladen-Tonis Gesicht zeigte keine Regung. «Was bringt euch denn in meine bescheidene Hütte? Ich würd euch ja was anbieten ...»

«Nee, lass ma.» Wencke winkte ab. «Wir haben ein paar Fragen zu einem Fall ...»

«Ich hab nix gemacht.»

«Nee, Toni, du nich.»

«Ich weiß auch gar nix.»

Wencke zog eine Augenbraue hoch. «Gar nix?»

«Kommt drauf an.» Marmeladen-Toni fuhr sich mit einer riesigen Pranke durch den ungepflegten grauen Bart. Auf seinen Fingerknöcheln war «EATH» tätowiert. Das D sah Wencke auf dem Daumen, als er die Hand wieder ablegte. Vom anderen Handrücken grinste sie ein dilettantisch gestochener Totenkopf an.

«Worauf?» Kleist zückte sein Notizbuch.

Marmeladen-Toni lachte in seinen Bart. «Nimmste Bestellungen an?»

Kleist sah ihn unverändert an.

«Warzenheiner», warf Wencke ein.

Marmeladen-Tonis Mundwinkel fielen wieder herunter. «Watt is mit dem?»

«Wir haben Grund zu der Annahme, dass er einem Verbrechen zum Opfer gefallen sein könnte. Was weißt du darüber?»

«Könnte? Is der tot oder was?»

«Hast du was gehört? Hatte er vor Kurzem Ärger?»

«Nee, keine Ahnung. Der kommt ja auch nie vorbei. Is der tot oder was?»

«Also ist er noch in der Gegend?» Kleist sah nicht von seinem Notizbuch auf.

«Was?»

«Der ist nicht auf Goa oder so?»

«Goa? Watt is datt denn?»

«Wann hast du ihn denn zuletzt gesehen?» Wencke lehnte sich vor.

«Ich sach ja, ich seh den nich. Der kommt nie vorbei, die treulose Tomate. Is der tot? Dann kommt er ja erst recht nich mehr.»

«Das wissen wir nicht. Seid ihr dicke?»

«Joa ... Nee! Also. Man kennt sich halt.»

«Trinkt mal ’n Bierchen, dreht ein paar Dinger zusammen ...» Kleist sah immer noch nicht auf.

«Na, jetzt wirste aber frech.» Marmeladen-Toni verschränkte die mächtigen Arme vor der Brust. Auf seinem rechten Unterarm prangte ein Tattoo eines Marmeladenglases.

Wencke zwinkerte. «Na, Toni, du sitzt hier ja nich aus Versehen, oder?»

Marmeladen-Toni grummelte entrüstet.

«Wie war das?»

«Ich bin unschuldig! Ganz klare Verwechslung!»

«Klar.»

«Is der jetzt tot?»

«Wir versuchen gerade herauszufinden, was passiert ist. Haste da wirklich nichts gehört, Toni?»

«Nee, echt nicht! Das is ja wieder typisch! So ’n Vogel! Erst kommt der nie, und dann ist der tot.»

Kleist machte sich Notizen. «Vermeintlich tot. Das wissen wir ja noch nicht. Was wissen Sie denn über Herrn Borcherts Geschäfte?»

«Geschäfte? Der ist doch jetzt Privatier, der macht keine Geschäfte mehr.»

«Ach, in Rente isser?»

«Na, der hat doch jetzt den Herzschrittmacher.»

«Ach.» Kleist notierte wieder.

«Ich hab mich ja immer gut benommen hier.»

«Da bin ich sicher, Toni.» Wencke mischte sich wieder ein. «Warzenheiner macht also keine Drogengeschäfte mehr?»

Marmeladen-Toni zog die Augenbrauen hoch. Wencke tat es ihm nach. Er seufzte. «Also, aufm Kiez isser schon lange nicht mehr, nee. Sein Arzt hat ihm das verboten, sachter. Stress und so.»

«Was hat er denn vertickt?»

«Das weiß ich doch nich!»

Wenckes Augenbrauen zuckten wieder.

«Gras. Das wisst ihr doch! Oder wisst ihr das nich?»

«Sonst nix?», fragte Kleist beiläufig. «Koks oder so?»

Marmeladen-Toni schüttelte energisch den Kopf. «Nee! Das ist doch gar nich sein Gebiet! Das hat doch Schnee-Schorsch jetzt alles ...»

«Wer?» Wencke und Kleist lauschten aufmerksam.

Marmeladen-Toni zögerte.

«Schnee-Schorsch?», fragte Wencke. Sie wandte sich mit fragendem Blick an Kleist. Der nickte. «Die Bayern überschwemmen gerade den Markt.»

«Hatte Warzenheiner Ärger mit denen?»

Marmeladen-Toni zuckte mit den Schultern. «Mit denen hat doch jeder Ärger. Ich mein, Schnee-Schorsch macht jeden platt, der ihn schief anguckt. Fiete hat sich auch schon mit denen angelegt. Und der legt sich nie mit jemandem an. Der macht ja Yoga jetzt. Haben die Heiner umgelegt?»

«Fahrplan-Fiete?»

«Jau. Der kommt mich manchmal besuchen, seit er raus is. Das is 'n richtiger Freund.»

Fast erwartete Wencke, eine dritte Träne neben den beiden unter Marmeladen-Tonis rechtem Auge zu sehen. Aber er atmete nur tief ein.

Wencke imitierte Kleist und zog Warzenheiners Notizblock aus der Jackentasche. Sie beugte sich vor und hielt ihn Marmeladen-Toni unter die Nase. «Haste das schon mal gesehen?»

Marmeladen-Tonis Augen wurden groß. Offensichtlich kannte er den Notizblock. «Nee», log er und zog die Nase hoch.

Wencke blätterte in dem Notizblock. «Die Zahlen, das sind Mengenangaben, oder? Und das da ...», sie hielt ihm den Block wieder unter die Nase, «das sind Preise. Und das hier?» Sie tippte mit einem Finger auf die erste Zeile. Marmeladen-Toni wich leicht zurück, antwortete aber nicht. Wencke blätterte weiter in dem Block vor seiner Nase. «Sind das Kundennummern? Irgendein Code? Das sieht mir nicht so aus, als wäre Heiner nicht mehr aktiv auf dem Kiez, Toni.»

«Ja nu, was soll ich denn dazu sagen?»

«Ich glaub, du hast mich angelogen, Toni. Ich glaub, du weißt, dass Heiner immer noch dealt. Und du weißt, was das hier ist.»

Marmeladen-Toni machte dicke Backen. «Jetzt machste mir aber Angst, Frau Kommissarin.»

«Na dann», sie legte den Block auf den Tisch, «erzähl mal lieber.»

«Ich hab nix gemacht.»

«Nee, weiß ich doch.»

«Ich weiß auch nix.»

Bevor Wenckes Augenbrauen wieder zucken konnten, korrigierte er sich. «Ich mein, ich weiß nich viel. Mir erzählt ja keiner was. Der kommt mich ja nie ... Also.»

Kleist klickte genervt mit dem Kugelschreiber. «Was wissen Sie denn?»

Marmeladen-Toni grummelte. «Das sind Graskunden, denk ich ma.»

«Gras? Kein Koks?»

«Nee, ich sach doch, das hat doch Schnee-Schorsch ...»

Wencke verschränkte die Arme.

«Echt jetzt! Der vertickt kein Koks, das ist dem viel zu heiß, der hat höchstens das Taxi organi...»

«Taxi?»

«Oh», er biss sich auf die Unterlippe, «das hätt ich jetzt nich sagen sollen, wa.»

«Koks-Taxi?», fragte Kleist.

«Nur so am Rande. Gras geht nich mehr so gut, seit die das legalisieren wollen, sachter immer.»

«Wo kriegt er das Koks her?»

«Weiß ich nich. Echt nich! Guckt mich ma nich so an!»

«Wie organisiert der das denn?»

«Och, frag mich doch so was nich, da kenn ich mich nich aus, mit dem ganzen Technik-Kram, Fiete sacht immer, dass das bestimmt lustig wird, wenn ich wieder rauskomm, weil ich dann gar nix mehr versteh. Der kennt sich damit viel besser aus, Internet und so ...»

«Fiete hilft ihm damit?»

Marmeladen-Toni biss sich wieder auf die Unterlippe. «Oh.»

«Treibt Fiete sich noch auf dem Kiez rum?»

«Weiß ich ...»

«Toni.»

«Ja.» Er fuhr sich nervös durch den Bart. «Aber nich, dass ihr den jetzt hochnehmt! Sonst besucht mich ja wieder keiner!»

«Nee, nee. Wir reden erst mal mit ihm, vielleicht hat er Heiner in letzter Zeit mal gesehen.»

Marmeladen-Toni nickte. «Joa, das kann sein. Der wollte ihn ja immer mitnehmen zu seinem Yoga-Dings, aber Heiner wollte nich.»

Wencke nickte. Kleist klappte sein Notizbuch zu.

«War's das jetzt, oder was?» Marmeladen-Toni wirkte enttäuscht.

Wencke lächelte. «Hast du uns denn sonst noch was zu erzählen?»

Kleist klappte sein Notizbuch wieder auf.

«Nee.» Marmeladen-Toni schüttelte den Kopf.

Kleist klappte sein Notizbuch wieder zu und steckte es in die Innentasche seines Mantels. «Dann war's das jetzt erst mal, ja.»

Wencke imitierte ihn wieder und steckte den Notizblock ein.

Marmeladen-Toni sah unschlüssig auf die Tischplatte. «Ja, denn ... Danke für den Besuch, nech.»

«Du hast uns sehr geholfen. Danke, Toni!» Wencke schälte sich aus der Bank und rückte ihre Jacke zurecht.

«Ja», er runzelte die Stirn, «das hab ich wohl. Wart ma, was kriech ich denn dafür?»

«Wir gucken mal, was wir machen können.» Sie lächelte. «Das Mindeste wären ja ein paar Karma-Punkte, nech?»

«Karma? Die kenn ich gar nich!»

Jetzt musste Kleist doch noch lachen. «Die kennt Sie aber, Herr Schulz, die kennt Sie!»

An der Tür drehte Wencke sich noch einmal um. «Toni? Bio-Klawitter. Kennste den?»

Marmeladen-Toni sah sie mit leerem Gesicht an.

«Alles klar. Versuch war's wert.»

Vor der Tür der JVA schaltete Kleist sein Handy wieder an und tippte auf dem Bildschirm herum.

Wencke zog ihre Jacke zu. «Gibt's schon was wegen Warzenheiners Wäschekorbhandy?»

Kleist tippte weiter auf dem Bildschirm herum. «Nee. Is auch schon fast fünf, da kommt jetzt nix mehr.» Er steckte das Handy wieder ein. «Gisela?»

Wencke schob die Unterlippe vor. Hosse hatte die Nacht bei ihr verbracht, und beide hatten es tunlichst vermieden, noch einmal über Schlüssel oder Zusammenziehen zu sprechen. Heute Morgen war alles wie immer gewesen, aber ein nagendes Gefühl im Bauch sagte ihr, dass das nicht die ganze Wahrheit war. Sie konnte das Thema nicht ewig vermeiden. Hajo hatte damals nichts Festes gewollt, genau wie Wencke, aber mit Hosse war es anders. Er gab sich Mühe. Er war Christophers bester Kumpel. Er wollte ein Teil ihres Lebens sein, warum auch immer. Sie musste eine Entscheidung treffen.

«Wencke? Gisela? Gisela, Wencke?» Kleist sah sie mit schief gelegtem Kopf an.

«Gisela, Theo.»

KAPITEL 10

ES WURDE BEREITS dunkel, als sie «Gisela's Bar» erreichten. Hosse hatte die Außentische nicht aufgestellt, aber von drinnen waren Gelächter und Musik zu hören. Rauch und Wärme schlugen Wencke entgegen, als sie mit Kleist eintrat und den schweren Vorhang vor der Tür beiseiteschob. Hosse stand hinter der Theke und unterhielt sich mit einem Gast. Er lächelte, als er sie erkannte. Sie wedelte in Richtung eines Tisches, der gerade frei wurde, griff Kleists Hand und schob sich durch die Menge. Kurze Zeit später tauchte Hosse mit drei Schnapsgläsern, in denen eine grünlich-gelbe Flüssigkeit schwappte, an ihrem Tisch auf. «Theo, alter Oberamtsrat, was macht die Kunst?»

«Moin, Hosse», erwiderte der ausgelassen, «lange nicht gesehen! Hier hat sich nichts verändert! Immer noch die beste Bar im Dorf!» Er sah sich um und schielte dann skeptisch in das Schnapsglas, das Hosse ihm vor die Nase gestellt hatte.

Hosse gab Wencke einen kurzen Begrüßungskuss – wie immer, dachte sie erleichtert – und deutete dann grinsend auf die Gläser. «Das ist 'ne Eigenkreation! Korianderlikör! Hab ich selbst angesetzt. Probiert mal!»

Wencke und Kleist schnupperten vorsichtig daran.

«Koriander...?», fragte Wencke.

«Nich lang schnacken!», rief Hosse, stieß sein Schnapsglas

erst gegen Wenckes, dann gegen Kleists, und kippte den Likör in einem Zug runter. Beide tauschten kurz Blicke aus und taten es ihm dann nach.

«Ah!» Hosse knallte sein Glas auf den wackligen Holztisch. «Würzig und wohltuend! Ich nenn es ‹Kolik›, wisster, von Koriander und Likör!»

Kleist schien eine Weile zu brauchen, bis sich seine entgleisten Gesichtszüge erholt hatten.

«Kolik», ächzte Wencke und wischte sich eine Träne aus dem Gesicht, «das passt!»

Kleist hustete. «Amtlich!» Er zwinkerte nervös. «Seifig im Abgang.»

«Da ist ein Hauch Gin drin, nur ein ganz bisschen, das gibt dem Ganzen den Pfiff!» Hosse war sichtlich stolz auf seine Kreation.

«Kann ich einen haben?» Kleist räusperte sich. Er angelte nach einem Taschentuch. «Einen Gin?»

«Na klar! Wencke, Bierchen? Und noch 'ne Runde Kolik, ja?» Hosse nickte, verschwand wieder in der Menge und hinter der Theke, ohne die Antwort abzuwarten.

«Du warst echt schon lange nicht mehr hier», stellte Wencke fest, nachdem Kleist sich die Nase geputzt und sie eine Weile schweigend die anderen Gäste beobachtet hatten. Das letzte Mal hatten sie hier das übliche Feierabendbier getrunken, kurz bevor alles den Bach runterging.

«Fast ein Jahr», stimmte er zu. «Gut zu sehen, dass sich manche Dinge nie ändern.» Er nahm ein paar Bierdeckel aus der Halterung auf dem Tisch, Roland Kaiser säuselte aus der Jukebox von sieben Fässern Wein. «Hast du noch mal was gehört? Von den Kollegen, mein ich?»

Wencke schüttelte den Kopf. Sie betrachtete Kleist zum ersten Mal, seit er bei ihr aufgetaucht war, eingehend. Er wirkte ruhig und pragmatisch wie immer, aber wenn sie genau hinsah, dann war da diese Furche zwischen seinen Augenbrauen, die er vorher nicht gehabt hatte. «Wie geht's dir, Theo?», fragte sie nach einer Weile.

Kleist sah auf. «Was meinst du?»

«Bist du okay?»

Kleist sah sie nur fragend an.

«Ich mein, ich hab dich das noch gar nicht gefragt, nach all dem ...»

«Mir geht's gut.» Er lächelte. «Ich mein, es könnt immer besser sein, nich wahr, ich könnt 'nen heißen Barbesitzer daten, der für mich kocht und mein Bauernhaus für mich renovieren will.» Er grinste. Wencke grinste zurück.

«Aber man kann ja nicht alles haben. In Anbetracht der Dinge geht's mir gut. Danke, dass du fragst.»

«Hattest du ein Date?»

«Gestern? Ja. War nix.»

«Schade.»

Sie schwiegen wieder eine Weile und betrachteten die anderen Gäste. Am anderen Ende der Theke scherzte Hosse mit Dieter, dem Pegeltrinker, der auf seinem angestammten Platz hockte. «Der Typ da ...», sie deutete unauffällig auf Dieter, «der war mal Astrophysiker. Ist das zu fassen?»

«Der mit dem Anorak?»

«Ja, behauptet er zumindest.»

«Abgefahren.»

«Jetzt sitzt er hier den ganzen Tag rum und versucht, seinen Pegel zu halten.» Sie beobachtete Dieter eingehend.

Kleist sank in seinen Stuhl zurück. «Das bist du nicht, Wencke.»

«Nee», sie nahm ihm die Bierdeckel aus der Hand, «du auch nicht.»

Kleist runzelte die Stirn. «Wenn ich jemals Anorak trage, darfst du mich notschlachten.»

Wencke lachte nicht. Sie pulte einen Bierdeckel auseinander und starrte konzentriert auf den Tisch. «Theo, ich hab mich nie so richtig bei dir entschuldigt.»

«Wofür?» Kleist lehnte sich wieder vor.

«Für alles.»

«Das war doch nicht deine Schuld!»

«Na ja, doch ...»

«Nee, nee, jetzt hör aber auf. Ich bin auf die Schnauze geflogen, nicht du!»

«Ja, aber ich hätte dir Bescheid sagen müssen ...»

«Hätte, hätte, Fahrradkette.»

«Theo, ich mein's ernst. Darf ich das bitte einmal sagen?»

Kleist atmete laut aus. «Okay, dann sag's.»

Wencke sah ihn mit ernster Miene von der Seite an. «Es war meine Schuld. Das war eine offizielle Razzia, und als Puder-Paule durchs Klofenster geflüchtet ist, bin ich ihm auf eigene Faust hinterher, obwohl ich andere Anweisungen hatte – *wir alle* andere Anweisungen hatten. Und du warst einfach nur mein Partner, mein Theo, der mich nicht im Stich lässt, der so verdammt loyal ist, dass ...»

Kleist schüttelte den Kopf. «Wenn du das so sagst, kling ich wie ein Bernhardiner.»

«Kurzer.»

Kleist sah stur auf den Tisch.

Wencke holte Luft. «Du hast nichts falsch gemacht. Du hast das getan, was ein Partner macht – du bist hinterher. Und ich hab dich in Gefahr gebracht, weil ich mich in Gefahr gebracht hab, und ich hab nicht drauf geachtet, dass Paule 'ne Waffe hatte, und er hätte dich fast erschossen.»

«Er hätte dich auch fast erschossen.»

Wencke sprach weiter. «Dass du da nicht eiskalt reagierst und einfach zurückschießt, das ist doch normal. Wer von uns schießt denn jemals im Einsatz? Und entwischt ist er uns auch noch. Das war allein meine Verantwortung, und ich hab's versaut. Es tut mir wirklich, wirklich leid.»

Kleist sah sie prüfend an. Wencke konnte den Druck hinter ihrer Stirn kaum ertragen. Nach einer Weile nickte er. «Okay, Entschuldigung angenommen. Aber nur, wenn du mir endlich den Gin holst.»

Wencke kniff die Lippen zusammen und atmete durch die Nase aus.

«Ehrlich, Wencke, es ist okay.» Er lächelte demonstrativ. «Wir kriegen den schon noch.» Sie betrachtete ihn weiter mit ernster Miene. «Mach's halt nicht noch mal», schob er hinterher.

Seufzend stand Wencke auf und wühlte sich durch die Menge. Sie winkte Hosse, der zwinkerte ihr zu und griff nach dem Gin im Regal. Er begann den Drink zu mixen und bedeutete ihr, sich wieder zu setzen.

Als sie den Tisch wieder erreichte, griff Kleist das Thema erneut auf. «Immerhin konnte er nicht zielen und hat uns nicht getroffen», sagte er, ohne aufzusehen. «Und ich hab ja meinen Job noch ...»

«Nachschub!» Hosse platzierte ihre Getränke und eine weitere Runde Kolik auf dem Tisch. «Hey, Jule ist da und löst mich ab, was dagegen, wenn ich mich dazusetze?»

Kleist lächelte erleichtert. «Niemals! Setz dich!»

Sie prosteten sich gegenseitig zu.

«Und?» Hosse streichelte Wencke über den Arm. «Wie war's?»

Wencke sah zu Kleist und strahlte Hosse dann an. «Wir haben was zu feiern!»

«Ja?» Er sah sie aufmerksam an. «Habt ihr den Fall gelöst?»

«Nee, besser! Ich bin jetzt Beraterin!»

Kleist nickte. «Sie kriegt einen offiziellen Vertrag und alles!»

«Echt? Wahnsinn!» Hosse umarmte Wencke so überschwänglich, dass sie fast vom Stuhl kippte. «Oh, das ist toll!» Er hob ein Kolik-Schnapsglas in die Höhe. «Wie habt ihr das gemacht?»

Wencke und Kleist ignorierten die beiden vollen Gläser vor ihnen. «Theo hat das gemacht. Du hättest ihn mal sehen sollen, er hat Hajo, also seinen Chef», sie zögerte, «... er hat ihn voll überzeugt!»

Kleist lächelte verschämt.

«Theo, du alter Kriegsentscheider!» Hosse klopfte ihm anerkennend auf die Schulter. Er kippte den Likör runter. «Ah! Sauber! Dann könnt ihr ja jetzt richtig loslegen!»

«Haben wir schon! Wir waren in der JVA!»

Hosse sah gespannt von Wencke zu Kleist. «Und?»

«Wir sind ein Stück weitergekommen», sagte Kleist schließlich, ohne weiter ins Detail zu gehen.

«Sitzt Warzenheiner da?»

Wencke winkte ab. «Was, nee, den haben wir noch nicht gefunden. Wir haben mit Marmeladen-Toni gesprochen, das ist einer von seinen Kumpanen. Der hat uns ein paar wichtige Hinweise gegeben.»

Kleist sah sie prüfend an. Er kratzte sich am Kopf. «Ja, also, wenn du jetzt eh schon alles weißt, Hosse», setzte er vorsichtig hinzu, «wir gehen davon aus, dass es höchstwahrscheinlich ein Kiezmord war.»

«Ha!» Hosse schlug mit der flachen Hand auf den Tisch. Ein paar Leute hinter ihm drehten sich verwirrt um. «Ich hab's gewusst!»

«Ja, genau!», belächelte Wencke ihn. «Du hast das gewusst.»

Hosse ignorierte sie. «Theo! Hat Wencke dir erzählt, dass ich Warzenheiner erkannt hab?»

«Na klar hab ich das!» Wencke küsste ihn auf die Wange.

«Das heißt, ihr müsst ihn jetzt nur noch finden?»

«Ja, und falls er wirklich tot ist, müssen wir halt immer noch rausfinden, wer es war. Aber da sind noch ein paar Spuren, die wir verfolgen. Diese Biokiste von Klawitter ...»

«Bio-Klawitter aus Sorum? Von dem ist die Kiste? Das wisst ihr auch?» Hosse schüttelte beeindruckt den Kopf.

«Ja, das ist sicher. Das Logo, weißte noch? Mit dem Klawitter müssen wir noch reden, vielleicht führt uns das zum Tatort. Vielleicht aber auch nicht.»

«Und das Koks», fügte Kleist hinzu.

«Warzenheiner hat Koks vertickt? Alter ...»

«Möglicherweise. Finden wir noch raus. Marmeladen-Toni hat da so was gesagt.»

Hosse nahm einen großen Schluck von seinem Bier. «Das ist der, der in der JVA sitzt? Warum heißt der denn Marmeladen-Toni?»

«Weißt du das etwa nicht?» Wencke sah ihn mit gespielter Überraschung an. «Du weißt doch sonst alles!»

«Witzig! Also?»

Wencke, die gerade einen kräftigen Zug Bier im Mund hatte, wedelte mit einer Hand. Ein paar Sekunden später fasste sie zusammen. «Vorschlaghammer, Hirn, Brei.»

Hosse verzog das Gesicht.

«Das hast du schön gesagt, Wencke.» Kleist schüttelte den Kopf.

«Danke, Theo! Ach übrigens, Hosse, noch 'ne Neuigkeit. Theo ist wieder Single.»

Die beiden sahen sie ob des plötzlichen Themenwechsels überrascht an. «Ach, bist du wieder zu haben?», fragte Hosse und wackelte mit den Augenbrauen.

Wencke lachte. «Er ist wieder auf dem Markt! Dating und so!»

Kleist wurde rot. «Ich bin jetzt nicht dringend auf der Suche, wenn du das meinst.»

«Och, schade, also wenn du deine Meinung ändern solltest ...»

«Hey, hey, so war das nicht gemeint!», rief Wencke.

Hosse lachte in sein Bier. «Was ist denn mit Dings ... Tom?»

«Tim.»

«Was ist denn mit Tim?»

«Nix mehr, der war nix.» Kleist winkte ab.

Wencke verzog das Gesicht. «Den mögen wir nicht mehr.»

«Schade, ich mochte den», sagte Hosse. «Na, sein Verlust, nech?»

Kleist konzentrierte sich auf seinen Gin, die Furche zwischen seinen Augenbrauen zuckte verdächtig. Bevor seine Laune schlechter werden konnte, wühlte Wencke eilig in ihrer Jackentasche und zog triumphierend einen Penislolli hervor. «Ha!»

Kleist schüttelte wieder den Kopf. «Schleppst du die Dinger immer noch mit dir rum?»

Sie pfriemelte den Penislolli aus seiner Verpackung und steckte ihn Kleist in den Mund. «Na komm, macht glücklich!»

«Was ist das denn?» Hosse schaute verwirrt zu und konnte gerade noch verhindern, dass Wencke ihm ebenfalls einen Lolli in den Mund schob. «Nee, nee, lass ma!»

«Pfft! Du weißt ja nicht, was du verpasst! Das sind Penislollis!»

«Ach so, na wenn das so ist ...» Hosse nahm ihr den Lolli aus der Hand und steckte ihn sich in den Mund. «Tatsache. Bin direkt ekstatisch!»

Wencke zog einen dritten Lolli für sich selbst aus der Tasche und grinste zufrieden.

Hosse schob den Lolli mit der Zunge von einem Mundwinkel in den anderen und zurück. «Und was macht ihr jetzt?»

«Wegen Warzenheiner?», fragte Wencke. «Wir reden erst mal mit Bio-Klawitter, oder?»

Kleist nickte. «Und dann sollten wir uns auch noch mal Fahrplan-Fiete vornehmen, bevor Marmeladen-Toni ihn warnt. Ich würde gern wissen, was das mit Schnee-Schorsch auf sich hat – eventuell gibt's da 'ne Verbindung.»

Hosse lachte ungläubig. «... Schnee-Schorsch und Fahrplan-Fiete ...»

«Ja nun, so 'ne mittelgroße Nummer aufm Kiez, die braucht einen klangvollen Namen. Wärst du was Ordentliches geworden, Dealer oder so, dann hättest du auch so einen.»

Hosse richtete sich auf und streckte die Brust raus. «Entschuldige mal, ich bin Hopfen-Hosse!»

Kleist lachte laut und hielt seinen Gin in die Luft. «Auf Hopfen-Hosse!»

Hosse prostete ihm zu und zog dann Wencke zu sich heran. «Prost, Berater-Wencke.»

Wencke ließ sich küssen und lehnte sich an seine Schulter. Kleist schnupperte an seinem Schnaps und kippte ihn schließlich runter. Sie lachte, als er Hosse mit verzerrtem Gesicht den Daumen entgegenreckte, und schob ihm ihren Schnaps zu. Das würde sie morgen zu hören kriegen ... Sie schloss die Augen. Hosse roch nach Aftershave und Christopher, um sie herum begoss Ottensen fröhlich den Feierabend, Anorak-Dieter schäkerte reibeisernd an der Bar. So konnte es bleiben, dachte sie und trank genüsslich ihr Bier aus. So, und nicht anders.

Kapitel 11

«**WEISST DU, WAS** ich mich frage, Theo? Marmeladen-Toni hat gesagt, dass Warzenheiner kein Koks vertickt, sondern nur den Vertrieb über Koks-Taxen organisiert, wenn überhaupt. Wieso hatte der dann das Koks im Schließfach? Was macht der damit?»

«Meinste, der wollte da doch richtig einsteigen?»

Wencke rückte ihre Sonnenbrille zurecht. Es war entschieden zu hell heute Morgen. Kleist hatte darauf bestanden, sie um neun abzuholen. Sie hatte ihn auf zehn hochgehandelt. Trotzdem war es zu früh, aber wenigstens hatte er heißen Kaffee mitgebracht.

«Mehr kann ich grad nich in ganzen Sätzen ...» Sie schlürfte aus ihrem To-go-Becher.

«Du hast ganz schön nachgelassen, weißte das?»

«Pah! Christopher wäre da anderer Meinung, immerhin hieve ich dem jeden Morgen eine Tonne Heu vor die Nase.»

«Sisyphos-Wencke», murmelte Kleist in seinen grünen Tee und drehte den Zündschlüssel um.

Der Biohof lag am östlichen Ortsrand, kurz vor Schleswig-Holstein, etwas abseits von der Hauptstraße. «Das ist aber weitläufig hier», bemerkte Kleist, als sie durch das eiserne Tor auf die asphaltierte Zufahrtsstraße zum Hof einbogen.

«Ja, Klawitter hat Geld. Der hat wohl den Vitaminmangel der Städter erkannt.»

Die Zufahrtsstraße wurde flankiert von ausladenden Gemüsefeldern und Gewächshäusern mit von innen beschlagenen Scheiben.

«Der hat auch Vieh, Schweine und Kühe und so.»

«Das ist ja ein richtiges Anwesen hier!»

Wencke lachte. «Da geht dein Abogeld hin, Theo, guck's dir gut an!»

«Och, die sind schon echt gut, muss man schon sagen, immer ganz frisch …»

Schließlich fuhren sie auf einen kleinen Hofladen zu, vor dessen Eingang Kleist bremste und den Motor abstellte. Über dem Laden erhob sich das Hauptgebäude des Hofes, vermutlich das Wohnhaus der Klawitters.

Ein schlaksiger junger Mann in einer grünen Schürze und mit dunklen, zurückgegelten Haaren stand vor dem Laden und sortierte Tomaten in Kisten. Er sah auf und runzelte die Stirn. Mit seiner spitzen Nase und seinen schmalen Gesichtszügen sah er ein bisschen aus wie ein Dobermann, fand Wencke, oder ein Nagetier. Er beobachtete sie misstrauisch. Bevor Wencke ihn sich näher ansehen konnte, verschwand er eilig im Laden. Sie schloss geräuschvoll die Autotür und blickte ihm mit zusammengekniffenen Augen hinterher.

Langsam gingen sie in Richtung Hofladen und sahen sich dabei auf dem Gelände um. Ein paar Lieferwagen wurden von Männern und Frauen in grünen Schürzen mit gefüllten Kisten beladen, aber ihr Chef war nirgends zu sehen.

Die kleine Glocke über der Tür bimmelte, als sie den Laden betraten. Hier war niemand, nur kistenweise frisches Gemüse und Obst. Vorne an der Tür gab es eine unbemannte Kasse, im hinteren Teil des Ladens konnte Wencke eine Käsetheke erkennen.

«Warst du noch nie hier?», flüsterte Kleist, während er eine penetrant glänzende Paprika in die Hand nahm und hin- und herdrehte.

«Nee, ich wollt immer mal, aber ...» Wencke begutachtete argwöhnisch einen dunkelgrünen Kohlkopf.

«Aber du willst ja eigentlich Selbstversorgerin sein», stellte Kleist fest und warf die Paprika schwungvoll wieder in die Auslage. «Wirsing-Wencke.»

«Guten Tag! Kann ich Ihnen helfen?» Eine junge Frau mit wippendem Pferdeschwanz erschien wie aus dem Nichts neben ihnen. Sie konnte nicht älter als zwanzig sein. Mit großen, freundlichen Augen sah sie die beiden an.

Wencke nickte Kleist zu.

«Ja», Kleist räusperte sich, «guten Tag. Kripo Hamburg-Altona. Wir würden gern mal den Chef sprechen.»

Die Augen der jungen Frau wurden noch größer, ihr Lächeln verschwand. «Kripo? So richtig Polizei? Ist was passiert?»

«Wir würden gern mal mit Ihrem Chef sprechen», wiederholte Kleist in professionellem Ton.

«Ja, also.» Die junge Frau stand unschlüssig da. «Der ist hinten ...»

Kleist nickte ihr aufmunternd zu. Nach einem kurzen Zögern führte sie die beiden schließlich in den hinteren Teil des Ladens, vorbei an der Käsetheke, ins Büro.

Im Gegensatz zum geräumigen Hofladen war das Büro klein und stickig und vollgestopft mit zu großen Möbeln. Ein riesiger, kantiger Schreibtisch füllte die Mitte des Raumes, auf ihm stapelten sich Formulare und Akten neben einem alten Röhrenmonitor und einer nikotingelben Tastatur. Zwei schmale Stühle mit Filzbezug standen vor dem Tisch, dahinter saß in einem wackligen Bürostuhl ein glatzköpfiger Mann mit Oberlippenbart. Er trug ebenfalls eine grüne Schürze, war recht korpulent, und Wencke schätzte ihn auf Anfang siebzig. «Frollein Dierksen!», begrüßte er sie, nachdem er kurz von seinem Papierkram aufgesehen hatte.

«Herr Klawitter?», antwortete Wencke etwas überrascht. Sie war sich sicher, den Mann noch nie gesehen zu haben.

«Kleist», sagte Theo und streckte die Hand aus.

Der Mann schüttelte sie souverän. «Klawitter. Was führt Sie denn her?»

Wencke sah ihn immer noch verwirrt an. «Kennen wir uns?»

Der Mann lachte jovial. «Sie sind doch die Nichte von Johann, die seinen Hof übernommen hat!»

«Ja. Angenehm.»

«Das haben wir ja alle mitgekriecht damals! Hammse die Alpakas noch?»

«Das ist die Kripo», sagte die junge Frau, die die beiden hergeführt hatte, ehrfürchtig.

«Ach, machense das doch wieder?» Der Mann wirkte enttäuscht.

«Ja ...» Wencke hatte sich immer noch nicht gefangen. «Also, nein. Also: Das ist Kommissar Kleist, er ist bei der Kripo Hamburg-Altona.»

Der Mann lächelte freundlich und deutete auf die zwei Stühle vor dem Tisch. «Wär ja auch schade um den Hof! Ich wollte ihn Johann ja auch schon abkaufen, aber da waren Sie schneller mit dem Erben.» Er lächelte verschmitzt. «Na, is ja nich so, dass wir hier jeden Pfennig zweimal umdrehen müssen, nech. Was kann ich denn für euch tun? Gruppenabo für die Polizei? Wir haben da gute Angebote.» Er setzte sich wieder und klickte mit der Maus auf seinem Bildschirm herum.

Kleist räusperte sich. «Herr Klawitter, wir sind hier wegen eines vermeintlichen Mordfalls.»

Klawitter sah überrascht auf. Plötzlich entspannte sich seine Mimik jedoch wieder. «Ach, das Video von Hinnerk sein' Dackel? Das haben wir ja alle mitgekriecht! Schlimme Sache!»

Kleist sah zu Wencke, die Klawitter immer noch kritisch betrachtete, dann setzte er sich und zückte sein Notizbuch. Er holte Luft, aber Wencke schnitt ihm das Wort ab. «Sie kriegen hier ziemlich viel mit, oder?»

Klawitter lachte. «Ach, Frollein Dierksen, Sie wissen doch, wie das ist! Hier kennt jeder jeden, da kriegste nix dran vorbei!»

Wencke setzte sich jetzt auch. «Was wissen Sie denn über den Fall, Herr Klawitter?»

«Och, nich viel. Nur, dass Bootsmann ausgebüxt ist und dem Hinnerk sein Handy mitgenommen hat. Das macht der ja öfter, das haben wir ja alle schon mal mitgekriecht. Und Helga Suhrstedt hat der Hanne, Sie wissen doch, die Hanne Piersich, Georg Piersich seine Frau, der hat die Helga das erzählt. Das mit dem Video. Und dann hat die Hanne das beim Einkaufen der Maria, das is meine Frau, kennen Sie doch, oder? Jedenfalls haben wir das alle mitgekriecht. Ja», er zuckte mit den Schultern, «und mehr weiß ich jetzt auch nicht.» Er lehnte sich vor. «Wisst ihr denn da etwa mehr? Ist da wirklich einer ermordet worden?»

«Herr Klawitter ...»

«Wisster was, nennt mich Klaus. Man kennt sich ja.» Er lächelte wieder verschmitzt.

Kleist räusperte sich erneut. «Herr Kla... Klaus.» Er schüttelte den Kopf. «Entschuldigung, das hier ist eine offizielle Ermittlung ...»

Wencke sah ihn mit hochgezogener Augenbraue von der Seite her an. Klawitters Lächeln verlor eindeutig an Verschmitztheit. Schmitzung? Schmitz? Wencke dachte kurz darüber nach, konzentrierte sich dann aber wieder aufs Wesentliche. Sie kannte Klawitter nicht persönlich, sie kannte auch Klawitters Frau nicht, und Hanne Piersich, die Friseurin, hatte sie nur einmal beim Bäcker getroffen.

Bevor Kleist jedoch noch den letzten Rest an Anfangswohlwollen verspielte, mischte sie sich wieder ein.

«Klaus, ich bin Wencke.»

Klawitters Lächeln gewann wieder an Verschmitztheit, als er sich ihr zuwandte. Wencke ignorierte Kleists Seitenblick und fuhr, ebenfalls lächelnd, fort. «Also, wir hätten da ein paar offene Fragen, und wir dachten, dass Sie ... dass du uns dabei helfen kannst.»

«Ich? Jau, immer her damit!» Klawitter lehnte sich zurück und verschränkte die Hände vor dem Bauch.

Wencke legte los. «Also. Es gibt Grund zu der Annahme, dass jemand von Interesse in diesem Fall Kunde bei Ih... bei Bio-Klawitter war ... ist.» Sie hielt inne und sah nach oben. «... Kunde bei Bio-Klawitter ist.»

«Nee, im Ernst? Der Mörder? Oder das Opfer?»

«Diese Informationen können wir leider nicht rausgeben», antwortete Kleist. «Wir würden gern in Ihre Kundendatei schauen.»

Klawitter lächelte Kleist an, wieder mit deutlich weniger Schmitzung. «Verstehe! Aber das geht natürlich nich.»

«Herr Klawitter ...»

«Klaus», Wencke setzte sich auf, «das verstehen wir natürlich. Datenschutz und so. Aber das ist eine Mordermittlung, nech. Das haben wir ja alle mitgekriegt. Da müssen wir ja alles tun, was wir können.»

«Jau, das versteh ich wohl.» Klawitter lehnte sich vor und stützte seine Unterarme auf dem Schreibtisch ab, sagte aber nichts weiter.

«Können Sie ... Kannst du uns denn vielleicht sagen, ob da ein bestimmter Name in der Liste auftaucht oder nicht?»

Klawitter dachte eine Weile nach. Dann nickte er langsam. «Jau, das kann ich wohl machen. Sach ma an.» Die Schmitzung war wieder in vollem Gange.

Kleist nickte ebenfalls und blätterte in seinem Notizbuch. «Borchert», sagte er, und nichts weiter.

Klawitter griff nach der Maus, die in seinen riesigen Händen aussah wie ein Spielzeug, und klickte eine Weile auf seinem Bildschirm herum. «Jo, hammwer.» Er faltete die Hände wieder und sah Kleist auffordernd an.

«Heiner Borchert?» Kleist hatte sich nun auch aufgesetzt.

«Nee», sagte Klawitter, und nichts weiter.

Wencke lächelte. «Sondern?»

Klawitter wandte sich wieder seinem Monitor zu und klickte mit der Maus herum. «Martin und Tanja. Othmarschen.»

«Kein Heiner Borchert?»

«Nee.»

«Nur mit t, nicht dt.»

«Nee.»

«Liefern Sie ... du, ihr, liefert ihr auch in die Paul-Roosen-Straße?»

«Wo is das?»

«Sankt Pauli.»

Er klickte wieder. «Nee. Da kommste auch nich gut durch, also wenn, dann würden wir da mit Fahrrädern durch, nicht mit dem Sprinter.»

«Aha. Und Klaus», Wencke war eine weitere Idee gekommen, «heißt vielleicht einer von den Fahrern so?»

«Heiner Borchert?»

«Ja?»

«Nee.»

«Hm.» Wencke dachte nach. «Vermisst ihr vielleicht eine Kiste?»

Klawitter schmitzte nachdenklich. «Joa, son büschen Schwund is ja immer, nech. Aber das macht nix, die haben zwar Nummern, aber manchmal kommt schon was wech.»

«Die lassen sich aber nicht nachverfolgen?»

«Na ja, doch, wir wissen ja immer, welcher Kunde welche Kiste gekriecht hat. Damit die auch das Richtige kriegen, nech. Manche haben ja Allergien und so. Das hammwer in der Liste. Habt ihr eine gefunden?»

«Es gibt Grund zu der Annahme, dass sich am Tatort eine Kiste befand», antwortete Kleist ohne vom Notizbuch aufzusehen.

«Oha», machte Klawitter. «Eine von unsern?»

«Das ...», Wencke zögerte, «also das wollen wir ja gerade herausfinden.»

«Ja, also, die haben kein GPS oder so.» Er schmitzte vergnügt über seinen Scherz.

Kleist horchte auf. «Und Klaus», er lehnte sich vor, den Stift im Anschlag, und nickte Klawitter zu. «Theo.»

Wencke grinste. Klawitter schmitzte ihn an.

«Klaus», fuhr Kleist unbeirrt fort, «haben die Fahrer zufällig GPS?»

Klawitter nickte. «Jau. Jeder Sprinter hat das.»

«Die Fahrräder nicht?»

«Nee.»

Kleist kritzelte in sein Notizbuch. «Aber die haben Handys dabei?»

«Jau, kann ja immer mal sein, dass die 'nen Platten haben oder so. In der Stadt is ja alles voll mit Scherben und so. Wir wollten denen mal bessere Reifen verpassen, wisster, die mit Extra-Schlauch und so, aber da sindwer immer drüber wechgekommen.»

Kleist machte sich Notizen. Wencke sah interessiert von ihm zu Klawitter und wieder zurück. Kleist schien einen Plan zu haben.

«Klaus», sagte er dann mit biederstem Ernst, «das ist jetzt sehr wichtig. Wir brauchen die GPS-Daten deiner Fahrer. Und eine Liste aller Beschäftigten. Und vor allem eine Liste aller Kunden. Ohne die können wir den Fall nicht lösen.»

Klawitter runzelte die Stirn. Die Verschmitztheit war immer noch da. Wencke war fasziniert.

«Ohne geht das nich?»

«Nein.» Kleist klappte sein Notizbuch zu. «Ohne das wird der Fall niemals geklärt. Dann müssen wir das leider so aufnehmen, Klaus. Dass du uns nicht weiterhelfen konntest.» Er sah zu Wencke, zwinkerte unmerklich und holte zum Todesstoß aus. «Und dass wir das alle mitgekriecht haben.»

Wencke war schwer beeindruckt. Kleist, der Biobauernversteher! Sie gab ihm ihre Anerkennung mit einem unauffälligen Stupser mit dem Bein zu verstehen.

«Nee, das geht ja nich!», protestierte Klawitter. Er rang offensichtlich mit sich. «Also, eigentlich darf ich das ja nicht, aber wenn hier einer umgebracht wird … also, dann kann ich euch das wohl geben», entschied er schließlich und stand schnaufend auf. «Ich hol mal eben Julchen, die weiß, wo das is!» Er stapfte aus dem Raum und ließ die Tür weit offen. «Julchen!»

«Theo!» Wencke kicherte fast. «Sauber!»

Kleist grinste. «Ich hab bei der Besten gelernt!»

Anerkennend boxte sie Kleists Oberarm mit voller Wucht.

Kleist verzog lautlos das Gesicht.

Klawitter kam mit einem dünnen Aktenordner zurück. «So, hier ist die Liste unserer Fahrer. Die GPS-Daten müssen wir erst nachgucken.»

Kleist stand auf und nahm ihm die Liste schnell ab. «Danke, Klaus, das hilft uns sehr! Und wenn du ...», er kramte in der Innentasche seiner Jacke und zog eine Visitenkarte hervor, «mir die GPS-Daten so schnell wie möglich zukommen lassen würdest! Und vor allem die Kundenliste!»

Klawitter stand unschlüssig im Raum und drehte die Visitenkarte in seinen fleischigen Fingern. «Sach ma, Theo, meint ihr, das war einer von unsern?»

«Davon gehen wir nicht aus, Klaus», log Kleist und hielt Klawitter die Hand hin. «Und sag uns bitte Bescheid, falls du – oder irgendjemand sonst – hier noch was mitkriecht. Und Klaus – das muss unter uns bleiben, nech?»

Klawitter nickte besorgt und schüttelte Kleists Hand. Er ließ es sich nicht nehmen, die beiden noch nach draußen zu begleiten, und verfiel sofort wieder in seinen Verkaufsmodus, als sie durch den Laden gingen. «Läuft richtig gut im Moment, wir haben sogar 'ne Warteliste – guckt mal, wir haben auch Avocado, das finden die Städter immer ganz toll. Wenn ihr doch mal was für die Kollegen organisieren wollt, sacht Bescheid, ich geb euch einen Rabatt, den kriecht ihr nirgendwo sonst! Hier, nehmt das mal mit!» Er drückte Wencke einen Flyer in die Hand, wie sie ihn schon bei Warzenheiner gefunden hatten. Sie nahm ihn lächelnd an und steckte ihn in die Jackentasche.

Während Klawitter weiter sein Geschäft anpries, sah Wencke sich ein wenig vor dem Laden um. Die Arbeiter in den grünen Schürzen beluden immer noch Lieferwagen mit Kisten voller Gemüse und Obst. Klawitter hatte nicht untertrieben, es schien prächtig zu laufen.

«Aber wisster», sagte er, als sie am Auto angekommen waren. «Ich werd ja auch nich jünger, nech. Ich setz mich bald zur Ruhe, ich mach das eh schon länger, als ich müsste.»

«Ach, Klaus», antwortete Kleist, «wenn man Spaß an was hat ...»

«Jau, jau! Aber nächstes Jahr kriecht das hier alles mein Sohn, der is ja schon im Geschäft drinne.» Er deutete auf den jungen Mann mit dem Dobermann-Gesicht, den sie bei der Ankunft vor dem Laden gesehen hatten und der nun das Beladen der Lieferwagen überwachte. «Stefan!», rief Klawitter. «Stefan!»

Stefan Klawitter sah kurz auf, machte aber keine Anstalten, sich zu nähern. Ohne eine erkennbare Reaktion öffnete er die Tür eines Sprinters und stieg hinein.

«Oh ...» Klawitter war das sichtlich unangenehm, aber Kleist winkte ab. «Ordentlich was zu tun, was?»

Wenckes Blick folgte Klawitter junior, als er den Wagen wendete und langsam vom Hof fuhr. Wieso hatte er nicht reagiert? Und wieso war er vorhin so schnell im Laden verschwunden? Sie schüttelte den Kopf und machte sich selbst daran, in Kleists Auto einzusteigen.

«Danke, Klaus, du hast uns sehr geholfen.»

«Jau», schmitzte Klawitter wieder, «komm ma vorbei, wenn du frisches Obst brauchst, nech, Wencke. Alpakas mögen das ja auch.»

Wencke war sich sicher, dass Christopher so ziemlich alles mochte, was man nicht vor ihm im Backofen versteckte, deshalb nickte sie nur freundlich und schloss winkend die Tür.

Kleist verabschiedete sich ebenfalls und tat es ihr nach.

Klawitter beobachtete sie mit vor dem Bauch gefalteten Händen, als sie vom Hof rollten. Erst als sie ihn nicht mehr im Rückspiegel sah, atmete Wencke aus.

KAPITEL 12

«KOMISCHER TYP.»

«Ich dachte, du kennst den.»

«Nee, nur vom Namen.» Wencke drehte sich noch mal um, aber der Biohof war schon hinter Feldern und Bäumen verschwunden. «Das Gemüse-Abo spar ich mir erst mal.»

Kleist war mit den Gedanken bereits woanders. «Ich hab heute Morgen schon ein bisschen recherchiert. Fahrplan-Fietes letzte Adresse ist zwar in Niendorf bei seiner Mutter, aber er scheint sich immer noch auf dem Kiez rumzutreiben. Früher hingen er und Toni wohl gern in der Holstenklause auf dem Hamburger Berg ab.»

Wencke guckte auf die Uhr. «Willst du da direkt hin? Die Abiturienten sind doch alle noch beim Tennis, da ist noch keiner.»

Kleist schüttelte den Kopf. «Nein, ich würde sagen, wir fahren eher nach Niendorf. Aber ich muss erst mal Hajo Bericht erstatten. Und checken, ob was auf dem Handy von Warzenheiner ist.»

Sie fuhren gemächlich durchs Dorf. Wencke deutete auf den Supermarkt. «Lass mich da vorne mal raus, ich muss noch einkaufen, ich hab keine Milch mehr.»

Kleist bog schwungvoll auf den Parkplatz ein. «Ich meld mich später, ja?»

Wencke stieg aus. «Alles klar, danke, Kurzer! Bis später!»

Vor dem Supermarkteingang standen drei Frauen, die sich angeregt unterhielten. Als Wencke näher kam, erkannte sie ihre Nachbarin Helga Suhrstedt und grüßte sie übertrieben laut. «Frau Suhrstedt! Wie geht's?»

Helga Suhrstedt sah erschrocken auf, nickte ertappt, fasste sich aber sogleich wieder und grüßte übertrieben laut zurück. «Frau Dierksen! Sieht man Sie auch mal!» Sie hatte wohl schon eingekauft, ihre pralle Tasche hatte sie in den Korb des Fahrrads gezwängt, das hinter ihr parkte. Die beiden anderen Frauen kannte Wencke nicht, aber das hielt die beiden nicht davon ab, Wencke mit aufgesetzt freundlichen Gesichtern ebenfalls zu grüßen. Alle drei sahen sich erschreckend ähnlich, Wencke wusste, dass Frau Suhrstedt auf die achtzig zuging, die anderen beiden mussten ebenfalls in dem Alter sein. Alle drei trugen gepflegte Kurzhaarfrisuren und bunte Seidenhalstücher mit Blumendruck unter pastellfarbenen, glänzenden Daunenjacken: Rosa, Hellblau, Hellgrau. Alle drei sahen sie erwartungsvoll an. Wencke sah an sich herunter – sie fiel hier definitiv aus dem Rahmen mit ihrer Jeans und ihren Sneakern. Auch ein blumiges Seidenhalstuch gehörte normalerweise nicht zu ihrer Garderobe. Schaudernd nahm sie sich vor, das nie zu ändern. Eine glänzende Daunenjacke besaß sie auch nicht. Sie lächelte höflich und antwortete nicht.

Bevor Wencke sich aber an den dreien vorbeischieben konnte, hielt Helga Suhrstedt sie auf. «Frau Dierksen! Sagen Sie, sind Sie doch wieder bei der Polizei? Das is aber schön, das war ja auch nix, Sie als Frau ganz alleine aufm Hof! Alpakas! Was der Johann sich dabei ...» Sie verzog das Gesicht. «Und der junge Mann da eben, ist das etwa Ihr Neuer? Schickes Auto hat der! Der war doch neulich schon mal da! Was ist denn mit dem anderen? Der mit dem Bart, das war so ein netter, der hat mir den Rasen hinterm Haus gemäht, wie hieß der noch? Hat's nicht hingehauen mit dem? Ach, das ist aber schade.»

Wencke sah sie ungläubig an. «Wie bitte?»

«Oder ist der auch von der Polizei, der mit dem Auto? Maria sagte, da war noch einer mit Ihnen da, son Jüngerer, war er das?» Sie setzte eine dramatische Miene auf und griff nach Wenckes Arm. «Wir haben's ja schon gehört! Du meine Güte, was hier los ist! Haben Sie denn den Mörder schon? Man traut sich ja gar nicht mehr alleine vor die Tür! Also ich sag meinem Heinz immer, Heinz, sach ich, abends geh ich nich mehr alleine raus, da musst du mitkommen! Nachher sitzt da einer hinter der Hecke!»

Die anderen beiden nickten getragen.

Wencke blinzelte.

Frau Suhrstedt nahm das wohl als Bestätigung. «Die Maria hat erzählt, dass der jemanden mit einer von ihren Biokisten ermordet hat! Unglaublich, und so was hier, bei uns!»

«Maria?», fragte Wencke und zog vorsichtig an ihrem Arm. Nichts zu machen, Helga Suhrstedts Griff war bombenfest.

«Na, die Maria!», warf jetzt eine der anderen Frauen ein. «Dem Klawitter seine Frau! Unglaublich so was!»

Wencke sah sich um. Seit ihrem Besuch bei Klawitter war keine Viertelstunde vergangen. Maria Klawitter musste sich sofort ans Telefon gehängt haben. Wencke konnte sich gar nicht erinnern, sie überhaupt dort gesehen zu haben. Sie lächelte gequält. «Das geht ganz schön schnell hier mit dem Flurfunk!»

Die drei Damen lachten peinlich berührt, doch dann siegte wieder die Neugier. Helga Suhrstedt setzte erneut an. «Wissen Sie denn schon, wer's war? Meine Güte, man malt sich ja sonst was aus!»

«Das war bestimmt keiner von hier», stellte die zweite fest, die mit der hellblauen Daunenjacke. Sie umklammerte eine Einkaufstüte, aus der ein Lauch ragte.

«Nee», warf die dritte ein, die mit der rosa Daunenjacke, «das muss einer aus der Stadt gewesen sein, hier macht so was keiner! Oder einer aus Wyrum, man kennt die ja nich.»

«Meine Damen, ich muss leider weiter.» Wencke versuchte wieder, sich aus Helga Suhrstedts Griff zu lösen. «Sonst bleibt heute die Küche kalt.»

Die drei lachten höflich, aber Helga Suhrstedt ließ nicht los. Konspirativ lehnte sie sich vor, Wencke konnte die Fältchen um ihren Mund erkennen. «Der Leon hat damit aber nix zu tun, oder? Der war doch auf der Wache neulich, weil der da so ein Video ...»

«Frau Suhrstedt, ich muss jetzt wirklich weiter.» Wencke schüttelte sie ab.

Frau Suhrstedt beeindruckte das nicht. «Ja, ja, ich versteh schon, das sind laufende Ermittlungen, nech, da dürfen Sie ja nix zu sagen.» Sie zwinkerte. «Aber das will ich Ihnen sagen, der Leon ...»

«Ja, also seit der bei den Pfadfindern ist ...», warf die zweite mit dem Lauch wieder ein, «... früher war das so ein lieber Junge, aber jetzt macht der nur noch Unsinn.»

«Ach ja», Helga Suhrstedt wandte sich ihr zu. «Mensch, Hanne, wie geht's denn dem Sören?»

Hanne Piersich, fiel Wencke ein, die Friseurin, Frau von Georg. Die hatte Klawitter erwähnt, und jetzt erkannte sie sie auch wieder.

«Och, muss ja. Unkraut vergeht nich, nech?» Hanne Piersich lächelte tapfer und ließ sich von den anderen beiden trösten. Wencke machte einen Schritt in Richtung des Supermarkteingangs.

«Wissense», Hanne Piersich versperrte ihr den Weg, «der Leon, der und seine Pfadfinder, das sind ganz schlimme, sind das! Neulich haben die unserem Sören in der Schule die Luft aus den Reifen gelassen, weil er doch bei der Freiwilligen Feuerwehr ist!»

Wencke verstand kein Wort. Sie schielte in den Supermarkt und wünschte sich, zwischen der Gemüseauslage verschwinden zu können.

«Da ist meine Karin mit ihrer Familie extra nach Wyrum gezogen, weil das da so ruhig ist, und dann so was! Wir haben schon überlegt, den Sören nach Sülldorf auf die Schule zu schicken!» Hanne Piersich schüttelte resignatös den Kopf. «Dass die sich aber auch immer kloppen müssen!»

Alle drei Frauen sahen erwartungsvoll zu Wencke. Sie atmete aus. Der Supermarkt rückte in unerreichbare Ferne. Sie gab nach. «Wer kloppt sich immer?»

«Ach», setzte Hanne Piersich an, «die Pfadfinder hier in Sorum und die Freiwillige Feuerwehr in Wyrum, da wohnt meine Tochter ja jetzt, die haben da gebaut», sie wandte sich an Helga Suhrstedt, «da gibt's jetzt auch 'nen Supermarkt, Frische-Klötze, aber der is nix, hier ist ja das Gemüse viel besser, und der hat auch den guten Asendorfer Schichtkäse nicht ...»

Die anderen beiden Frauen nickten wissend.

Sie sah wieder Wencke an. «Und ich hab noch gesagt, Karin, hab ich gesagt, willst du da wirklich hinziehen, aber sie wollte ja nicht bei uns aufm Grundstück bauen, die wollten was Eigenes ...»

Wencke räusperte sich.

«Ja, und unser Sören und Leon, die sind ja beide auf der Gesamtschule hier in Sorum, in Wyrum haben sie ja nur die Grundschule, und es ist ja auch nicht weit weg, also …»

«Frau Piersich …» Wenckes Magen grummelte. Sie hatte noch nicht gefrühstückt.

«Ja, also, der Leon und unser Sören, die kloppen sich immer.»

«Wegen der Pfadfinder.»

«Ja. Nein. Wegen der Freiwilligen Feuerwehr, da ist der Sören ja Mitglied.»

«Aha.»

«Ja, und das würde mich ja nicht wundern, wenn der Leon da …»

«… wenn der jemanden ermordet hätte.» Wencke sah sie mit leerem Gesicht an.

«Ja. Nein! Um Gottes willen! Also, das mein ich jetzt nich …»

«Ja, also, ich muss jetzt wirklich weiter.» Wencke ging einen Schritt zur Seite – der Weg zum Eingang war frei, sie tat noch einen weiteren Schritt. Niemand hielt sie auf. Noch ein Schritt, gleich ging die automatische Tür auf.

«Frau Dierksen?»

Wencke blieb stehen und hielt die Luft an, wandte sich aber nicht um.

«Haben Sie eigentlich eine Waffe?»

Jetzt drehte Wencke sich doch noch mal um. «Wie bitte?»

Helga Suhrstedt betrachtete sie tief besorgt. «Na, wo Sie doch wieder bei der Polizei sind? Und wo Sie den Mörder doch noch nicht haben? Man weiß ja nie, ich meine, ich hab ja meinen Heinz, aber Sie sind ganz alleine auf dem großen Hof, da kann ja weiß Gott was passieren … Soll ich den Heinz mal vorbeischicken, vielleicht kann der mal gucken …»

«Ich komm schon klar.» Wencke lächelte und winkte.

«Na, Sie haben ja den netten jungen Mann mit dem schicken Auto, nech?» Frau Suhrstedt lächelte ebenfalls, wieder übertrieben freundlich, und drehte Wencke den Rücken zu, um sich ihren Freundinnen zu widmen. Wencke konnte ihre verstohlenen Blicke im Nacken spüren, als sie in den Supermarkt lief, vielleicht etwas schneller als nötig, und zwischen den Regalen verschwand.

Sie kaufte die einzige Hafermilch im ganzen Laden, die der alte Budelmann nur für sie ins Sortiment genommen hatte. Deshalb kaufte sie die Milch bei jedem Besuch, auch wenn sie keine brauchte. Dieses Mal war es allerdings wirklich angebracht. Sie schaufelte außerdem zu viel Schokolade in ihren Korb und dann, weil sie Zeit schinden wollte, noch eine Flasche Wein, nein, lieber zwei. Und eine Tiefkühlpizza, man wusste ja nie. Auf dem Weg zur Kasse lugte sie in Richtung Ausgang. Keine Frau Suhrstedt, keine glänzenden Daunenjacken mehr zu sehen. Niemand im Eingangsbereich, außer einem jungen Mädchen, das gelangweilt an der Kasse saß. Wencke warf ihren Einkauf auf das Band und beobachtete das Mädchen. «Julia» stand auf ihrem Namensschild. Kaugummikauend zog sie die Waren über den Scanner und beachtete Wencke nicht weiter. «Siebzehnachtzig», kaute sie schließlich in Richtung der Ware. Wencke nahm noch eine Tüte, bezahlte und verließ eilig den Supermarkt.

Auch auf dem Parkplatz war nichts mehr los. Hosse war heute Abend in der Bar, aber um sicherzugehen, dass sie wirklich ihre Ruhe hatte, zog Wencke umständlich im Gehen ihr Smartphone aus der Tasche. Vor lauter Stolz, dass sie es tatsächlich dabeihatte, lief sie beim Entsperren fast vor eine Horde Pfadfinder auf Fahrrädern. Gut, dass Frau Suhrstedt das nicht gesehen hatte! Leon Hansen bremste direkt vor Wencke ab und sah sie mit großen Augen an. Bevor sie irgendetwas sagen konnte, sprang er wieder auf sein Rad und fuhr eilig weiter. Er sah sich noch einmal nach ihr um und setzte sich dann an die Spitze der Gruppe.

Wencke blickte ihnen nach, als sie Richtung Wyrum verschwanden. «Hoffentlich haben die nicht vor, sich dort mit der Freiwilligen Feuerwehr zu prügeln», dachte Wencke und schüttelte grinsend den Kopf.

Sie sah wieder auf ihr Handy. Keine Nachricht von Hosse, dafür eine von Kleist. «Morgen Vormittag nach Niendorf, soll ich dich abholen? Hajo ist besänftigt.»

Sie blieb stehen und tippte umständlich eine Antwort: «Alles klar, nein, nehme S-Bahn zu Revue, Treffen da?» Und dann noch eine: «Zum Revier, mein ich. Technik.»

Dann steckte sie das Smartphone wieder ein. Sie musste wirklich mal ihr Auto reparieren lassen. Irgendwann. Vielleicht nächsten Monat. Ihr Magen grummelte.

KAPITEL 13

ALS WENCKE DEN Hof erreichte, stand Christopher wie immer erwartungsvoll am Zaun. Sie winkte Frau Suhrstedt zu, die eilig ihre Vorhänge zuzog, und folgte Christopher langsam über die Weide zur offenen Hintertür. Die Küche war kalt und dunkel, der Wind war hereingezogen, nur die Küchenuhr tickte. Hosses Kaffeetasse stand in der Spüle. Er benutzte immer dieselbe Tasse, wenn er bei ihr war, eine angestoßene, dunkelblaue mit Tatort-Logo. Die Kollegen hatten sie ihr zum Fünfjährigen geschenkt. Damals. Wencke stellte ihre Tüte auf dem Küchentisch ab und stemmte die Hände in die Hüften.

«Du könntest ja mal abwaschen, Puschel!» Ohne Christophers Antwort abzuwarten, drehte sie das Wasser auf und spülte die Tasse halbherzig aus. Sie dachte an die Biokiste auf der Weide, Klawitters verschmitztes Gesicht und an Stefan Klawitters seltsames Verhalten vor dem Hofladen.

«Brauchst du ein Gemüse-Abo, Puschel?» Christopher war nicht beeindruckt, er begann nervös zu trippeln. Wencke verstand. Sie hielt sich nicht an das Protokoll, es war schließlich Abendbrotzeit! Sie trocknete sich die Hände an einem alten, geblümten Spültuch. «Okay, dann bleiben wir bei Heu.» Sie stakste über die Weide zur Scheune, ohne die Gummistiefel anzuziehen. Sie sah hinüber zu Suhrstedts. Hinter der Gardine war niemand auszumachen, der Fernseher flackerte auch nicht hindurch. Vielleicht wusste Helga Suhrstedt mehr über Klawitters? «Nicht die verlässlichste Zeugin ...», murmelte sie und schaufelte Heu in die Schubkarre. «Alpakas! Was der Johann sich dabei nur gedacht hat?», äffte sie Frau Suhrstedt nach und gab Christopher einen feuchten Kuss auf das Maul.

Als Christopher versorgt war, zog Wencke ihre nun verdreckten Sneaker an der Weidetür aus, warf ihre Jacke über einen der Küchenstühle und griff nach der ersten Weinflasche in der Einkaufstüte. Pinot. Sie nickte der Flasche zu und griff noch einmal in die Tüte. Schokolade. Dann in die Schublade – Flaschenöffner – und in den Küchenschrank. Glas.

Sie schlurfte ins Wohnzimmer, wo sie Flasche und Glas und Öffner und Schokolade vor Schreck fast fallen ließ. An der langen Wand gegenüber der Tür, an der sie immer mal ihr Bücherregal aufstellen wollte, während dort nur Stapel mit Büchern verstaubten, hingen nun ungefähr ein Dutzend mit Kugelschreiber gekritzelte Bilder, die mit roten Fäden verbunden waren.

Ganz oben thronte eine recht expressionistische Skizze einer Frau mit ungekämmten Haaren, verkniffen lächelnd und eingerahmt von einem Herz. «Berater-Wencke» stand in Schreibschrift darunter. Neben dieser Skizze hing eine Zeichnung einer Figur in einem gut sitzenden Mantel, die mit einem roten Faden mit der Wencke-Zeichnung verbunden war. Wencke musste nicht das schwungvolle «Theo Superkommissar» darunter lesen, um ihn zu erkennen. Links von der Wencke-Skizze hing eine weitere, etwas weiter weg als die Theo-Figur, aber ebenfalls mit einem roten Faden verbunden. Ein Strichmännchen mit Bart und Glas in der Hand, darunter stand «Hopfen-Hosse».

Wencke lachte und stellte ihr Abendessen auf dem Wohnzimmertisch ab. Sie trat näher an die Wand und strich die Zeichnung von Hopfen-Hosse glatt.

Unter den drei Strichmännchen hingen weitere Zettel, auf einem war ein ausgedrucktes Foto von Christopher zu sehen, der lakonisch in die Kamera blickte, «Christopher Kasparov (Schachgenie)» stand darunter. Wencke drehte sich lachend zu Christopher um, der inzwischen aufgegessen hatte und ihr gefolgt war. «Hast du etwa geholfen?»

Christopher schnaubte.

Auf einem anderen Blatt war ein Dackel mit stolzem Blick zu sehen, wieder recht expressionistisch, aber durch die Ohren eindeutig identifizierbar – betitelt mit «Bootsmann (der einzige Zeuge!)».

Darunter, ziemlich in der Mitte der Wand, fand sich wieder ein einzelnes Blatt, das mit dem Bootsmann-Blatt verbunden war. Darauf stand in Druckbuchstaben «WARZENHEINER (Opfer?)». Ein Bild gab es diesmal nicht, nur eine Zeichnung eines Ankers.

Wieder darunter jeweils ein Blatt für Fahrplan-Fiete, Marmeladen-Toni und Schnee-Schorsch. Hinter allen dreien stand in Klammern «Mörder?». Derselbe Zusatz stand auch auf dem vierten Blatt in der Reihe, das «Bio-Klawitter» zugedacht war. Wencke betrachtete es eine Weile. Alle Verdächtigen waren mit einem roten Faden mit Warzenheiner verbunden und hatten ebenfalls keine Zeichnungen.

Um die Skizzen der Figuren herum hingen weitere Zettel, einer mit einer Biokiste mit einem recht krude angedeuteten Logo darauf, einer mit einem Handy und einer mit einem angedeuteten Haufen Punkte, der wohl Koks darstellen sollte. Alle waren wild mit roten Fäden miteinander verbunden.

Wencke trat ein paar Schritte zurück, bis sie mit den Kniekehlen an den Wohnzimmertisch stieß. Als sie sich umwandte, bemerkte sie einen Stapel Blätter und ein rotes Wollknäuel neben ihrer Küchenschere auf dem Tisch. Sie lächelte und schnitt ein Stück Faden ab, ging zur Wand und zog den Faden von «Hopfen-Hosse» zu Warzenheiners Zettel. Schließlich hatte Hosse das vermeintliche Opfer Borchert identifiziert.

Es war noch Platz an der Wand, aber Hosse hatte alles Wesentliche zusammengefasst. Das Opfer, die Verdächtigen, die Indizien. Wencke goss sich ein Glas Wein ein und betrachtete das Gesamtbild eingehend. Irgendwo auf all diesen Zetteln, unter all diesen roten Fäden war die Lösung versteckt. Ihr Blick blieb an dem Zettel in der Mitte hängen. «WARZENHEINER (Opfer?)». Die Leiche hatten sie immer noch nicht gefunden.

Sie nahm einen Schluck Wein. Vielleicht war er nicht mal tot. Vielleicht war er untergetaucht oder wurde irgendwo gefangen gehalten, vielleicht wusste er nicht einmal, dass nach ihm gefahndet wurde. Vielleicht war es ein Unfall gewesen – nein, die Tatsache, dass sich keine Leiche fand, sprach dagegen. In einem Ort wie Sorum wäre er längst gefunden worden, wenn er noch auf der Weide wäre. Und es waren eindeutig zwei Stimmen auf dem Video zu hören, also musste noch jemand dort gewesen sein. In den Krankenhäusern Hamburgs war er nicht aufgetaucht, niemand hatte ihn eingeliefert. Wenn er sich noch irgendwo in Sorum oder Wyrum aufhielt, dann hätte sie das bereits erfahren – Fremde fielen hier auf, und Frau Suhrstedt hätte sie längst informiert. Sie selbst war eine Weile das interessanteste Gesprächsthema unter den Sorumern gewesen, als sie hergezogen war – und sie war nicht mal eine Fremde. Sie seufzte. Vielleicht war Warzenheiner,

Grasdealer und mittlere Kiezgröße, in etwas hineingeraten, das eine Nummer zu groß für ihn war. Vielleicht hatte er darum sterben müssen. Sie tippte auf den «Schnee-Schorsch»-Zettel. Laut Marmeladen-Toni war er mit Warzenheiner aneinandergeraten.

Aber wieso gerade hier in Sorum und nicht auf dem Kiez? Wäre das nicht einfacher gewesen? Wozu ihn hier umbringen und dann wieder wegschaffen? Und müsste der Täter sich hier nicht auskennen? Sie nahm ein leeres Blatt vom Tisch und schrieb «Ortskenntnisse» darauf. Sie klebte das Blatt unter die vier Verdächtigen. Es war nicht auszuschließen, dass alle vier sich in Sorum oder Wyrum auskannten. Es war auch nicht auszuschließen, dass keiner von ihnen der Täter war. Marmeladen-Toni saß im Knast, er konnte es kaum selbst gewesen sein. Ein Auftragsmord vielleicht. Aber konnte Marmeladen-Toni wütend auf Warzenheiner sein, nur weil er ihn nicht besuchen kam? «Das wär ganz schön viel Aufwand für 'ne treulose Tomate ...», murmelte sie. Sie schrieb «unwahrscheinlich» auf Marmeladen-Tonis Zettel.

Aber wer wollte Warzenheiner tot sehen? Wem war er im Weg? Sie schrieb «Motiv?» auf einen weiteren Zettel und klebte ihn neben das Opfer an die Wand.

«Da steckt noch was dahinter, Puschel, ich hab das im Urin!», murmelte sie. Als sie keine Antwort erhielt, wandte sie sich um; sie war allein, Christopher war wieder in die Küche zurückgetrabt, um den Rest von seinem Abendessen zu vertilgen.

Vielleicht gaben die GPS-Daten und Kundenlisten von Klawitter mehr Aufschluss, so eine Kiste stand ja nicht einfach so in der Pampa herum. Sie folgte Christopher in die Küche und durchsuchte ihre Jackentaschen nach ihrem Smartphone, das sie in der gleichen Tasche fand wie den zerknüllten Flyer von Klawitter. Kurz betrachtete sie das Logo, dann tippte sie auf ihr Handy. «Haben wir schon die Klawitter-Infos?», schrieb sie an Kleist und starrte ungeduldig auf das Display. Keine Antwort. Sie schlurfte zurück ins Wohnzimmer, Smartphone und Flyer in der Hand. Dort klebte sie den Flyer unzeremoniell neben den «Bio-Klawitter»-Zettel an die Wand; so sah es wenigstens schon ein bisschen bunter aus! Dann ging sie einen Schritt zurück und studierte wieder die Zettel und Fäden. Fahrplan-Fiete war noch nicht befragt und Bootsmann war noch immer verschwunden. Vielleicht konnte wenigstens Ersterer Licht ins Dunkel bringen? Er war schließlich auch Warzenheiners Kumpel.

Sie trank ihr Glas aus und griff nach dem Laptop auf der Couch. Während er ratternd hochfuhr, ließ sie sich in die Kissen fallen, dann klickte sie noch einmal auf das Video. Der Player öffnete sich. Sie hatte das Gefühl, das Video schon auswendig zu kennen, aber irgendwas hatten Theo und sie übersehen. Sie sah wieder zur Wand. Irgendwo in dem Video war ein wichtiger Hinweis und irgendwo an der Wand war der Täter versteckt, da war sie sich sicher. Sie goss sich noch einmal Wein nach und klickte auf «Play».

KAPITEL 14

IN NIENDORF WAR vormittags noch weniger los als in Sorum, stellte Wencke fest, da waren wenigstens die Bauern schon unterwegs zu ihren Feldern und Weiden und hatten schon seit Stunden die Kühe gemolken. Hier in Niendorf sah man nur vereinzelte Rentner mit Einkaufstrolleys den Gehweg entlangschlurfen. «Na ja, die Kinder sind in der Schule, und die Eltern arbeiten», warf Kleist ein. «Eigentlich auch nicht anders als aufm Dorf.»

«Da vorne links. Und dann wieder rechts.» Wencke stellte ihren Kaffeebecher in die Vorrichtung auf der Mittelkonsole. Die Chancen, Fahrplan-Fiete anzutreffen, seien morgens besser, hatte Kleist erklärt, als sie gähnend am Revier in sein Auto gestiegen war, er sei arbeitslos, und der Kiez schlafe noch. Wencke hatte schweigend genickt – in Niendorf zu ermitteln schien ihr auch einfacher als auf dem Kiez.

Kleist bog ab. «Hübsch hier», bemerkte er und bog noch mal ab. Die Straße war gesäumt von Einfamilienhäusern mit Hecken und Apfelbäumen. Viele Neubauten, bemerkte Wencke, aber auch einige Nachkriegsbauten und vereinzelt Mehrfamilienhäuser. Wo keine Hecke zu sehen war, wurden die Vorgärten von Jägerzaun umfriedet. Sie hielten vor einem gepflegten Backsteinhaus mit Carport und Hecke. Auf dem gemähten Rasen standen diverse Gartenzwerge Spalier, die die

Besucher kritisch beäugten. Ein schmaler Weg aus Steinplatten führte zur Tür. An der Haustür hing ein hölzernes Schild, in das in Schreibschrift «Familie Buschmann» eingebrannt war. Wencke klingelte.

Ein großer, schlaksiger Mann mit Backenbart und ausgeleiertem T-Shirt, auf dem «Ich hasse bedruckte T-Shirts» stand, öffnete die Tür. «Ja?»

«Herr Buschmann?» Kleist hielt ihm umgehend seinen Dienstausweis unter die Nase. «Kleist, Kripo Altona, das ist meine, äh, Kollegin, Frau Dierksen.»

Der Mann sah beide entgeistert an.

«Fiete Buschmann?», fragte Wencke deshalb noch mal.

Der Mann schien zu überlegen. «Ja … Nee …»

Kleist und Wencke legten die Köpfe schief.

«Doch.» Seine Schultern fielen herunter.

«Dürfen wir reinkommen?» Kleist deutete hinter Buschmann in den Hausflur.

«Ja …», sagte Buschmann und sah sich um. «Hier rein?»

«Ja?»

«Okay.» Er wollte sich gerade zum Gehen wenden, da fiel ihm wohl noch was ein. «Worum geht's denn?»

«Das würden wir lieber drinnen besprechen, Herr Buschmann.»

«Ich hab nix gemacht!»

«Friedrich? Wer ist denn da?» Eine gepflegte ältere Dame mit gemusterter Bluse und Dauerwelle erschien im Flur. «Wir heizen ja nich für die Nachbarn, nech!»

«Frau Buschmann? Guten Tag, Kripo Altona. Wir hätten ein paar Fragen an Ihren Sohn. Dürfen wir reinkommen?»

«Ich hab nix gemacht!», wiederholte Fiete Buschmann, diesmal in Richtung seiner Mutter.

«Das wissen wir doch. Es ist nur eine Befragung, Herr Buschmann.» Kleist tat einen Schritt in den Flur.

Wencke bewunderte ihn manchmal wirklich für seine Geduld.

«Nu lass die Herrschaften doch mal rein, Friedrich!» Frau Buschmann drängte sich an ihrem Sohn und an Kleist vorbei und spähte nach draußen. Eilig bat sie die beiden herein. «Bitte sehr!» Sie führte beide durch den gefliesten Flur ins geräumige, ebenfalls geflieste Wohnzimmer. «Ich mach mal Kaffee.» Sie klatschte in die Hände. «Friedrich!» Sie schien das Prozedere schon zu kennen.

Fiete Buschmann deutete auf die gepflegte schwarze Kunstledersitzgruppe. «Setzen Sie sich doch.»

Wencke und Kleist setzten sich vorsichtig auf die Kunstledercouch, ein Dreisitzer, der einladend knarzte und quietschte. Über der Couch hing ein gerahmtes Gemälde einer Berglandschaft. «Berchtesgaden» stand auf einem filigranen Messingschild, das auf den Rahmen geschraubt war. Vor der Couch stand ein Glastisch auf einem bereits leicht ausgetretenen Berberteppich. Gegenüber bewachte ein Porzellantiger den Fernseher. Wencke sah nach rechts zum Fenster. Ein beeindruckend großer Kaktus stand auf dem Fensterbrett hinter den gehäkelten Gardinen. Welten entfernt von Warzenheiners Fliesentisch-Ensemble, volle Aschenbecher oder leere Bierflaschen würde man hier vergebens suchen. Auf den ersten Blick hätte niemand vermutet, dass hier ein ehemaliger Kiezdealer mit seiner Mutter wohnte.

Wencke beugte sich knarzend vor und wandte sich an den Kiezdealer. «Wir möchten Ihre Zeit gar nicht so lange in Anspruch nehmen, Herr Buschma… – darf ich Fiete sagen?»

Fiete nickte und setzte sich vorsichtig auf den Kunstledersessel neben der Couch. Er saß kerzengerade und beobachtete Wencke und Kleist skeptisch. Der Sessel quietschte leicht. Seine Mutter war wieder im Türrahmen erschienen, die Kaffeedose in der Hand.

Kleist lächelte sie an. «Wir würden das gern unter sechs Augen ...»

Sie lächelte nervös zurück und verschwand, lehnte die Tür aber nur an. Es schepperte einige Male aus der Küche.

«Fiete. Wencke Dierksen.» Wencke wedelte einige Male zwischen ihnen beiden hin und her. «Mein Kollege Theo Kleist und ich ermitteln gerade in einem Fall, in dem Sie uns vielleicht weiterhelfen können.» Sie hob die Hände. «Wir wissen, dass Sie nichts gemacht haben. Aber Sie wissen vielleicht was. Dürfen wir Ihnen ein paar Fragen stellen?»

Kleist zückte sein Notizbuch. Fiete nickte zögernd.

«Fiete, wir haben Grund zu der Annahme, dass Ihr Bekannter Warzenh... Heiner Borchert einem Verbrechen zum Opfer gefallen ist.»

Aus der Küche schepperte es nicht mehr.

Fiete Buschmann machte große Augen. «Heiner? Is der tot oder was?»

«Das wissen wir noch nicht, wir ermitteln noch.»

«Scheiße», sagte er und sank knarzend in seinen Kunstledersessel.

«Wissen Sie vielleicht was, Fiete?»

Fiete zögerte. Aus der Küche kam ein lautes Husten. Er stand knarzend auf und schloss die Wohnzimmertür. Er setzte sich wieder, diesmal quietschend, und lehnte sich konspirativ vor. «Heiner hatte Ärger mit den Münchnern.»

«Schnee-Schorsch?»

«Ja, aber dass die den gleich ... Alter!»

«Was meinen Sie denn mit Ärger?»

Er zögerte wieder.

«Sie haben nix gemacht, Fiete. Ist notiert.» Kleist machte sich umständlich Notizen.

«Ich hab das ehrlich nur beobachtet. Ich hab damit nix zu tun!»

«Okay.»

«Also neulich, also vor'n paar Tagen, da war ich aufm Hamburger Berg, einen trinken, wie man das halt so macht», er sah zur Wohnzimmertür und begann zu flüstern, «und da hab ich gesehen, wie Schorsch den Heiner rundgemacht hat.»

«Rundgemacht?» Wencke flüsterte nun auch.

«Ja, der hat den richtig im Schwitzkasten gehabt. Der Heiner is ja nur son Hemd, und der Schorsch is ja doppelt so breit wie der! Ich hatte 'n büschen Angst um den, weil der doch was am Herzen hat!»

«Worum ging's da?»

«Na», er zuckte die Schultern, «ich nehm an, um Heiners Kokshandel.»

«Sie wissen davon?»

«Ja, nee!» Er zögerte. «Ich hab nix gemacht! Aber ja.»

Wencke und Kleist schwiegen und beobachteten Fiete aufmerksam. Fiete beobachtete zurück, als erwarte er eine Reaktion. Dann wurde ihm die Stille unangenehm. «Heiner hat ja früher nur Gras vertickt. Aber er meinte, das lohnt sich in letzter Zeit nich mehr. Und da hat ihm wohl einer von diesen Koks-Taxis erzählt. Und erst wollte er da nur beim Vertrieb einsteigen, nech, so mit Beteiligung. Das hatte er Schorsch angeboten, hatter mir erzählt. Aber anscheinend is da was schiefgelaufen, sonst hätter ihn ja nich rundgemacht neulich.

Das is aber auch ein fieser Typ, dieser Schorsch. Meint ihr, der war das?»

Kleist schrieb fleißig mit. «Wann haben Sie denn zuletzt von Herrn Borchert gehört?»

«Ja, da halt. Das war das letzte Mal, dass ich den gesehen hab. Ich hab ihn noch mal angerufen, weil ich am Wochenende zum Yoga wollte, und er hatte ja immer gesagt, er wollt mal mit. Aber da isser nich rangegangen.»

Wencke zog Warzenheiners Notizblock aus der Tasche. Die Couch knarzte bedeutungsschwanger. «Wissen Sie, was das ist?»

Fiete beäugte den Block intensiv. «Nee. Nie gesehen.»

«Kennen Sie diese Nummern hier?» Sie deutete auf die erste Spalte auf der ersten Seite. Fiete sah wieder sehr intensiv hin. «Nee. Aber sind keine Telefonnummern, wa.»

«Nein.»

«Sorry. Weiß ich nich.»

Es klopfte an der Wohnzimmertür, und Frau Buschmann trat wieder ein. Kaffee hatte sie nicht dabei, dafür einen skeptischen Blick in Richtung der Gäste. «Steckt mein Sohn in Schwierigkeiten?» Ihre Stimme zitterte leicht.

«Nein, nein, Frau Buschmann», Kleist stand auf, erstaunlich quietschlos, wie Wencke beeindruckt feststellte, «er ist ein wichtiger Zeuge für uns. Er hat uns sehr geholfen.» Er berührte sie leicht am Arm. Frau Buschmann atmete aus.

«Wir sind auch schon fertig.» Wencke stand auch auf und musste erst mal den Kommentar der Couch abwarten, bevor sie weitersprach. «Vielen Dank erst mal, Fie...», sie sah zu seiner Mutter, «Herr Buschmann. Falls Ihnen noch was einfällt, rufen Sie meinen Kollegen gerne an.» Sie knuffte Kleist in die Seite, der umgehend eine Visitenkarte aus der

Jackentasche zauberte. «Egal was, kann noch so unwichtig erscheinen.»

Fiete Buschmann nickte und knarzte sich ebenfalls aus dem Sessel. «Mach ich.» Er deutete auf den Flur, seine Mutter marschierte zur Haustür. Als sie aus dem Raum war, hielt Fiete Kleist zurück. «Das erzählt ihr dem Schorsch aber nich, oder? Dass ich euch das erzählt hab?»

«Natürlich nicht, Herr Buschmann, alles streng vertraulich!»

Fiete nickte. «Danke.»

«Wir haben zu danken.» Wencke reichte ihm die Hand. «Und wie gesagt – falls ihnen noch was einfällt ...»

«Ja.»

Frau Buschmann spähte wieder aus der Haustür und setzte dann ein höfliches Lächeln auf. «Wiederseh..., ich mein, tschüs.»

«Tschüs, Frau Buschmann!»

Kaum war die Haustür ins Schloss gefallen, klingelte Kleists Handy. Wencke und Kleist sahen für einen Moment verwirrt zurück zur Tür, dann zog er das Handy aus der Innentasche. «Hallo? Wer is da? Wer? Hansen? Ach, Herr Hansen! Ja, genau, hier ist Kleist, von der Polizei aus Hamburg! Moment, ich hol mal eben meine Kollegin dazu!»

Er reichte das Handy an Wencke und zuckte hilflos mit den Schultern.

«Hinnerk?», rief diese ins Telefon. «Hier is Wencke! Jau! Dierksen! Wasn los? Jau, alles gut bei uns! Wir ermitteln noch! Bei euch auch? Was? Ach, der Leon, ja, gutes Zeugnis? Super! Hm ... hm ... hm ... Rufste deshalb an, Hinnerk? Was!?» Sie sah Kleist mit großen Augen an. «Bootsmann is wieder da?!»

Sie reichte das Handy wieder an Kleist, der den Lautsprecher anstellte. «Jau! De Dackel is wedder doar!», schepperte es aus dem Handy. «Mitm Handy!»

Wencke wedelte in Richtung Kleist und Auto. «Hinnerk? Wir sind gleich da! Nix anfassen, ja? Vor allem nich das Handy!»

«Nee, nee, datt fass ik nich an. Dat is vollgesabbert.»

KAPITEL 15

«BOOTSMANN.» Hajo seufzte und kickte seine Bürotür hinter sich zu. Er platzierte zwei übervolle, dampfende Kaffeetassen auf dem kleinen runden Tisch, an dem Wencke und Kleist saßen, dieses Mal entschieden entspannter als bei ihrem letzten Besuch. «Die Technik ist noch dran, aber sie konnten schon ein paar Daten vom Smartphone ziehen. Größtenteils Bilder vom Dackel und vom Enkel. Und ein paar vom Vieh.» Er nickte in Richtung des Fensters hinter Wencke, das ins Großraumbüro mit zahlreichen Schreibtischen führte. Wencke drehte sich um und sah Hinnerk Hansen und seinen Enkel Leon, die auf dem unbequemen, orangefarbenen Hartschalenplastik direkt neben dem Fahrstuhl an der gegenüberliegenden Wand saßen. Sie hatte mal vorgeschlagen, diese Besucherstühle in den Verhörräumen einzusetzen, aber Kleist hatte gesagt, das sei nicht erlaubt, Genfer Konvention und so. Die beiden Hansens wirkten nicht sehr gestresst, eher wie hingepflanzt. Der Junge hing in seinem Stuhl und spielte gelangweilt mit seinem Smartphone. Er musste ungefähr fünfzehn sein, schätzte Wencke, und trug seine Pfadfinderkluft mit einem blauen Halstuch und Jeans. Die Sneaker wirkten teuer und neu, oder zumindest nicht sehr schmutzig, dafür, dass er sich meistens auf dem Hof rumtrieb. Aber vielleicht tat er das auch gar nicht? Wencke hatte ihn ein paarmal im

Dorf gesehen, mit seinen Pfadfinderkumpels, mal in dieser Kluft, mal in Straßenkleidung. In Sorum und in Wyrum gab es für Teenager ohne Führerschein nicht viel zu tun, bis Hamburg war es zu weit, einen eigenen Sportverein hatten die Dörfer nicht, in das Hamburger Tor kamen sie nicht rein. Die meisten Schüler waren deshalb entweder Mitglied bei den Pfadfindern in Sorum oder bei der Freiwilligen Feuerwehr in Wyrum. Einige besonders Ambitionierte machten beides. Leon war definitiv nicht übermäßig engagiert, vermutlich war er nur bei den Pfadfindern, weil alle seine Kumpels da auch waren, nicht weil er unbedingt etwas verändern wollte. Wencke dachte an die Worte von Hanne Piersich, an den Streit zwischen Sören und Leon – aber besonders aggressiv kam Leon ihr nicht vor. Musste wohl eher eine traditionelle Fehde sein, nichts Persönliches. Wie alle Hansens, die Wencke bis dato kennengelernt hatte, war der Junge eher von der stoischen Sorte. Apropos stoisch – ihr Blick wanderte nach rechts. Hinnerk Hansen saß neben seinem Enkel auf dem Hartschalenplastikstuhl und starrte unbeweglich ins Leere, als hätte ihn jemand ausgeknipst. Er hatte eine angestoßene Kaffeetasse in der faltigen Hand, aus der er nicht trank. In der anderen Hand hatte er eine Hundeleine, an deren Ende, zu Hinnerks Füßen, Dackel Bootsmann lag und nervös mit den Augenbrauen wackelte. Er beobachtete die Kollegen an ihren Schreibtischen, die Hansens von Hajos Büro trennten. Der einzige Zeuge.

Theo klappte seinen Laptop auf. «Klawitter hat mir die GPS-Daten geschickt, aber das Bewegungsprofil der Sprinter über die letzten paar Tage ist komplett unauffällig. Irgendwie an einer Weide vorbeigefahren sind die fast alle auf dem Weg in die Stadt, geht ja auch nicht anders. Aber nachts war da keiner unterwegs. Hier.» Er zeigte Wencke und Hajo seinen Bildschirm, aber beide sahen eher halbherzig hin.

«Kundenlisten?», fragte Wencke, und Kleist schüttelte den Kopf. «Noch nicht.»

Hajo seufzte wieder. «Gut, da müsst ihr noch mal hinterher. Wolltet ihr Milch oder so?»

«Nee, passt schon, danke, Hajo.» Wencke nahm demonstrativ ein paar Schlucke von ihrem Kaffee.

«Konnten sie denn schon irgendwas zu dem Video finden?» Kleist rührte seine Tasse nicht an. Hajo loggte sich in sein Konto ein, klickte auf eine Datei und drehte den Bildschirm herum. «Nur das, was ihr auch schon kennt. Der Dackel auf Wanderschaft.» Er stützte sich kopfschüttelnd auf dem Tisch ab und sah zu den Hansens hinüber. «Bootsmann.» Er seufzte wieder. «Aber die Technik hat's ein bisschen aufbereitet.»

Das Video war das gleiche, das Leon Hansen in der Cloud gefunden hatte, allerdings war es nicht so dunkel und die Geräusche waren besser zu hören. Bootsmann trippelte hechelnd durch die Nacht, das Bild wackelte leicht hin und her. Ein Feldweg, Kiesel, Zweige, eine Gestalt am Weidezaun. Wencke kniff die Augen zusammen und rutschte näher an den Laptop heran. Bootsmann war stehen geblieben und beobachtete die Szene.

«Dreh mal den Ton hoch!» Wencke zwinkerte nervös. Hajo lehnte sich schwungvoll vor, drückte eine Taste auf dem Keyboard und ließ sich seufzend wieder in den Stuhl fallen.

«Spul mal zurück.»

Hajo sah Wencke an. «Da draufklicken», sagte er dann und wedelte in Richtung des Keyboards. Wencke sah ihn mit leerem Blick an.

Kleist drückte eine Taste ohne aufzusehen. Das Video begann erneut.

«Da!» Wencke pikste den Bildschirm mit dem Zeigefinger. «Hört ihr das? Die unterhalten sich.»

Hajo und Kleist lehnten sich vor und lauschten gebannt.

Ein «Scheiße!» war zu hören, dann ein «Ey!», ein «Aua!» und dann etwas, das klang wie «Hörmaaufjetzt!», ein Schrei und schließlich nur noch Bootsmanns aufgeregtes Hecheln. Als der Dackel den Kopf hob, sah man Warzenheiner im Zaun hängend, die Hand zuckte. Dann wandte Bootsmann sich erneut woanders hin. Die Biokiste war nun gut erkennbar, nicht nur das Logo – rotes Plastik, abgenutzt.

Hajo zog die Augenbrauen hoch. «Wie trägt denn ein Dackel ...»

«So.» Wencke zog ihr eigenes Handy aus der Tasche und hielt es sich längs unters Kinn. «Kordel.»

Hajo nickte skeptisch und sah an sich herunter.

«Da ist ja noch mehr!» Wencke schob ihren inzwischen lauwarmen Kaffee zur Seite. «Das kennen wir noch nicht!»

«Was?» Hajo sah auf. «Das ist neu?»

«Ja, hier.» Wencke drückte auf Pause. Kleist zuckte mit der rechten Augenbraue, fing sich aber schnell wieder.

«Stimmt, den Teil kennen wir noch nicht. Hier kann man die Biokiste deutlich erkennen.» Er machte sich Notizen.

«Dann lagen wir da wenigstens richtig.» Hajo lehnte sich zurück.

Wencke und Kleist tauschten einen kurzen Blick.

«Wer spricht denn da? Ist das der Dealer oder der Mörder?»

«Keine Ahnung.» Wencke zog die Mundwinkel nach unten. «Ich denke, das kann uns die Technik dann vielleicht auch noch besser isolieren. Ich würd aber auf Warzenheiner tippen. Klingt so, als würde er angegriffen und sich verteidigen.»

«Spul noch mal zurück. Was ist das an der Hand?» Nun tippte Kleist auf den Bildschirm. Wencke spulte zurück. Kleists Augenbraue hielt sich dieses Mal zurück. «Das ist Blut.»

Alle drei schielten nun mit zusammengekniffenen Augen und offenen Mündern auf den Bildschirm. Das Video lief weiter. Hajo legte den Kopf schief. «Da fehlt ein Finger.»

«Was? Wo?»

Hajo tippte auch auf den Bildschirm.

«Tatsache. Da fehlt der kleine Finger.» Wencke pausierte das Video wieder.

Kleist machte sich hektisch Notizen. «Wenn der da noch irgendwo liegt, finden wir vielleicht so den Tatort.»

«Ja, wenn der da jetzt überhaupt noch liegt.» Wencke ließ das Video wieder laufen. In der Biokiste war Gemüse zu erkennen. Sie sah zu Hajo. «Hilft uns das?»

«Höchstens, wenn wir die Saison feststellen müssten.» Hajo lehnte sich wieder zurück und hatte gerade die Arme verschränkt, als Wencke ihn wieder aufschreckte. Sie spulte zurück, dann wieder vor, dann wieder zurück. «Da!»

«Was?» Hajo entschränkte sich wieder und lehnte sich vor.

«Da!» Sie tippte aufgeregt auf den Bildschirm. «Man sieht die Schuhe des Täters!»

«Was, wo?»

Sie spulte hin und her, immer wieder, bis ihr schummrig wurde.

«Tatsache!» Hajo schlug sich auf die Knie. In dem Moment, in dem das Video von Warzenheiner zur Biokiste schwenkte, waren tatsächlich für ein Sekundenbruchteil zwei Füße zu sehen, die in dunklen Stiefeln steckten.

«Stiefel», notierte Kleist, «vielleicht können wir Modell und Schuhgröße rausfinden.»

Wencke ließ das Video weiterlaufen.

Hajo rekapitulierte. «Okay, dann haben wir also einen fehlenden Finger und die Schuhe vom Täter, das ist doch schon wa...»

«Wir haben den Tatort.» Wencke schlug mit der flachen Hand auf den Tisch. «Theo! Ist das zu fassen? Wir haben den Tatort!»

«Was? Woher das jetzt?» Theo sah irritiert auf.

«Da!» Sie wedelte vor dem Laptop herum, dann sprang sie vom Stuhl hoch und riss die Bürotür auf. «Hinnerk! Kommaherbidde. Ich brauch deine Expertise!»

Kleist und Hajo spulten zurück und betrachteten verwirrt den Bildschirm. Nachdem die Kamera eine Weile bei der Biokiste stehen geblieben war und Bootsmann zögerlich ein paar Schritte darauf zugetrippelt war, schwenkte das Video noch etwas weiter nach rechts und zeigte einen Teil der Weide. Sie war weitläufig und dunkel, ein paar unauffällige Tannen rauschten am Rande. Nichts außer Weide und Zaun. Kleist rückte näher an den Bildschirm. Ganz hinten war ein dunkler Fleck. Der Fleck bewegte sich. Bootsmann schien ihn nun auch anzustarren. Der Fleck wurde größer.

«Hinnerk!» Wencke bedeutete Bauer Hansen, sich auf ihren Stuhl zu setzen. «Hinnerk, wer is das?» Sie pausierte das Video. Die dunkle, massige Gestalt hielt inne.

Bauer Hansen setzte sich schwerfällig und schaute mit wässrigen Augen auf den Bildschirm. Er antwortete nicht.

«Hinnerk, kennst du das Viech?» Sie ließ das Video wieder laufen, spulte zurück, spielte es noch einmal ab. Bauer Hansen zeigte keine Reaktion. Sie ließ es noch einmal laufen.

«Opa!», rief Leon, der ihm betont lässig gefolgt war. «Kennst du den?»

Plötzlich blinzelte Bauer Hansen, als hätte man ihn wieder angeknipst, und nickte heftig. «Jo! Den kenn ick wohl! Datt is de Jens!»

«Wer ist das?» Hajo lehnte sich vor und sprach übertrieben deutlich. «Ist das ein Nachbar von Ihnen?»

Bauer Hansen lachte rau. «Jo, datt kannste all wohl so seggen. Datt is den Dräger sien Jens. Datt is 'n Tochtbulle.»

Kleist sah auffordernd zu Wencke. Die verstand. «Das ist Jens, der Zuchtbulle von Bauer Dräger. Hinnerk, weißt du, wo der steht?»

«Jo, bi'n Dräger up de Wied in Wyrum. Do steiht de jümmers.»

Hajo sah Wencke mit großen Augen an.

«Beim Dräger auf der Weide in Wyrum, da steht er immer. Theo, komm, auf geht's. Du auch, Hinnerk! Leon, du nimmst Bootsmann!»

KAPITEL 16

«DO VÖRN LINKS.»

Kleists Toyota bretterte den schmalen Wirtschaftsweg hinunter. Auf dem Rücksitz hüpften Bauer Hansen, Leon und Bootsmann bei jedem Schlagloch synchron in die Höhe. Sie hatten Hansens Hof hinter sich gelassen und rasten nun an Weiden und Wäldchen vorbei. Wencke versuchte sich zu orientieren. «Wohnt der Dräger da vorne, Hinnerk?»

«Jau», antwortete Bauer Hansen.

«Weißt du, wo wir sind, Wencke?» Kleist klammerte sich am Lenkrad fest.

«Nee, das ist nich meine Hood hier.» Sie sah weiter aus dem Fenster und versuchte, irgendetwas wiederzuerkennen. Weiden, Baumgrüppchen, eine kreisrunde, abgedeckte Güllegrube. Wyrumer Gebiet.

«*Noch* nicht», antwortete Kleist. Sie sah ihn genervt von der Seite an – aber er hatte nicht ganz unrecht. Sie wohnte erst seit etwa einem Jahr hier, und sie war viel zu neugierig, um sich nicht noch weiter umzusehen – noch ein weiteres Jahr und sie kannte jede Ackerfurche und jeden Trecker in den beiden Dörfern. Auch wenn sie das vor den Sorumern nicht zugeben würde.

«Und jetzt?», rief Kleist nach hinten. Sie kamen an eine kleine, versteckte Kreuzung, die von Fichten gesäumt war.

«Jo, nu sünd wi doar.»

Wencke reckte den Hals. «Ich seh hier nix, Hinnerk.»

«Nee, doar.» Bauer Hansen deutete nach hinten.

Kleist legte kommentarlos den Rückwärtsgang ein und fuhr mit aufheulendem Motor ein paar Meter zurück, bis links wieder eine Weide auftauchte.

«Da steht der Jens?», fragte Wencke.

«Jau.»

«Sicher?»

«Jau.»

Wencke warf Leon einen Blick zu, der schon wieder auf sein Handy starrte.

«Okay, Hinnerk, Leon, ihr bleibt hier. Ihr steigt nicht aus, klar?»

Bauer Hansen nickte stoisch.

«Leon?»

«Jo.» Er sah nicht vom Handy auf.

«Wir sind gleich wieder da!»

Wencke und Kleist stiegen aus und suchten die Weide mit Blicken ab. Ganz hinten, am anderen Ende, stand ein riesiger brauner Bulle und beobachtete sie. Jens. Wencke nickte und beugte sich dann noch einmal ins Auto. «Hinnerk, wenn wir da jetzt raufgehen auf die Weide, geht Jens dann auf uns los?»

«Jau», sagte Bauer Hansen.

«Alles klar. Theo?»

Kleist war bereits drauf und dran, das Gatter zur Weide zu öffnen. Dass der auch nie warten konnte!

«Theo!» Wencke rannte ihm hinterher. «Theo! Nicht einfach auf die Weide! Theo! Halt!»

Im Auto schaute Bootsmann interessiert aus dem Fenster und wedelte mit dem Schwänzchen. Er sah sich um; Leon beachtete ihn nicht, er filmte die Szene an der Weide mit seinem Handy. Bauer Hansen starrte stur geradeaus. Die Beifahrertür war offen. In Sekundenschnelle hüpfte Bootsmann aus dem Auto und rannte Wencke kläffend hinterher.

Kleist blieb im offenen Gatter stehen und wandte sich um. Jens setzte sich in Bewegung.

«Theo! Mach das Gatter zu!» Wencke hatte ihn fast erreicht.

Kleist zog die Stirn in Falten. Jens schnaubte und kam näher. Er hatte bereits die halbe Weide überquert. Bootsmann bellte aufgeregt. Kleist bewegte sich immer noch nicht, er schien Bootsmann zu beobachten. Schließlich hatte Wencke ihn erreicht und zog ihn am Ärmel wieder zurück. Japsend schlug sie das Gatter zu. «Theo! Das ist ein Bulle! Da geht man nich einfach mal so auf die Weide!»

«Mann, Wencke! Was ist denn?» Kleist zog sich erschrocken die Jacke zurecht.

«Ja, nix ‹Mann, Wencke›! Der macht dich platt!» Sie wedelte in Richtung Bulle, der nun wie eine Statue mitten auf der Weide stand. Er schnaubte zustimmend. Bootsmann verbellte ihn mit vollem Einsatz.

Kleist fuhr sich beschämt durch die Haare und murmelte dann: «Aber ich bin doch auch einer.» Wencke stieg nicht darauf ein. «Jetzt komm ma weg da vom Zaun!»

Kleist lenkte ein. «Ja, ja, okay. Sorry. Erschreck mich doch nich so. Is der nich kastriert?»

«Willst du nachgucken?»

Bootsmann kläffte ohne Pause.

Theo zuckte mit den Schultern. «Was machen wir dann?»

«Gucken. Und nicht den Zaun anfassen! Der steht unter Strom. Hoff ich jedenfalls. Bootsmann! Aus!»

Der Dackel verstummte.

Unter Jens' kritischem Blick schritten Wencke und Kleist den Weidezaun von außen ab, Bootsmann folgte artig. Nach etwa hundert Schritten blieb Wencke stehen, drehte sich einmal und tat ein paar Schritte auf den Wirtschaftsweg. «Ich glaub, hier war's.»

Kleist beugte sich vorsichtig am Zaun vor, den Bullen immer im Blick, und suchte das Gras ab. «Aha!» Er federte sportlich in die Hocke und zog einen Einweghandschuh aus der Jackentasche. «Frau Dierksen, mit Ihnen ermittle ich am liebsten!» Er schob ein paar Grasbüschel zur Seite. Bevor er jedoch mit der behandschuhten Hand zugreifen konnte, hüpfte Bootsmann auf ihn zu, schnappte sich blitzschnell das Beweisstück, das im Gras gelegen hatte, und hoppelte mit seiner Beute davon.

«Hey!» Kleist griff nach der Leine, verlor aber das Gleichgewicht und landete in voller Länge auf dem Wirtschaftsweg. Der Bulle schnaubte verächtlich.

«Bootsmann!» Wencke reagierte sofort, rannte ihm ein paar Schritte hinterher und trat auf das Ende der Leine, sodass der Dackel jaulend einen Satz zurück machte. «Aus! Bootsmann!» Sie hob ihn hoch und klaubte ihm vorsichtig das Beweisstück aus dem Maul, um es genauer zu betrachten. Der Dackel beobachtete sie empört.

Es war ein Finger. Er war gräulich, ein wenig verschrumpelt und angesabbert, aber definitiv echt. Wencke verzog das Gesicht. Sie war froh, dass sie Handschuhe trug.

«Der kleine Finger! Es sei denn, der Besitzer hatte echt

kleine Hände ...», murmelte sie leicht angewidert und dann: «Boah Bootsmann! Du und Beweismittel. Mann, Mann, Mann!» Sie atmete aus. «Ruf Hajo an. Theo! Ruf an! Das ist tatsächlich der Tatort.» Sie setzte Bootsmann wieder ab und sah sich um. «Und ich wette, Warzenheiner ist hier noch irgendwo.»

Ihr Blick schweifte über die Weide, zu Jens, dann weiter zu dem kleinen Fichtenwäldchen am Rande der Fläche. Sie drehte sich um. Ein paar Hundert Meter entfernt entdeckte sie die Güllegrube, deren hüfthohe, kreisförmige Umrandung aus Stahlbeton wirkte, als wäre sie von ganz weit oben einfach auf das Feld neben der Straße geplumpst. «Sag Hajo, die sollen schweres Gerät mitbringen, ich wette, wir müssen da mal reingucken.»

Kleist folgte ihrem Blick und verzog das Gesicht.

*

«Jens war's! Ganz sicher!» Hosse nahm Wencke die Weinflasche aus der Hand und öffnete sie souverän.

«Bestimmt!» Sie wackelte mit den Zehen in Hosses Schoß und ließ sich tiefer in die Couch sinken. «Jetzt müssen wir nur noch rausfinden, wie er die Leiche verschwinden lassen hat.»

«Vielleicht ist er Fleischfresser.» Hosse klaubte einen Zettel vom Tisch und schrieb «Jens» darauf. Weil Wencke keine Anstalten machte, ihn aufstehen zu lassen, beließ er es dabei und legte den Zettel wieder auf den Tisch.

«Wär 'ne Theorie. So, wie der uns gemustert hat.»

«Gut, dass du keine Bullenfarm geerbt hast.» Er warf einen Blick über die Schulter in die Küche, wo Christopher zufrieden auf einem Bündel Heu herumkaute. «Also eine Leiche habt ihr immer noch nicht?»

«Nee, aber den Finger. Der ist jetzt im Labor, die gucken sich den mal an. Mit etwas Glück finden die was. Die SpuSi ist grad auf der Weide, das kann aber noch dauern – die mussten Jens erst mal ins Winterdomizil verfrachten.»

«Gab's Verluste?»

Wencke lachte und nahm Hosse das Weinglas ab. Sie schwenkte den Wein nachdenklich im Glas hin und her. «Ich tippe eher auf die Güllegrube daneben. Die wird morgen untersucht.» Sie setzte sich wieder auf. «Irgendwas passt da noch nicht, aber ich weiß nicht, was. Irgendwas ist da ganz und gar nicht logisch.»

«Seit wann ist Mord logisch? Der ist halt jemandem in die Quere gekommen. Wär ja nicht sehr unwahrscheinlich, oder? Wenn ich mich recht entsinne, war Warzenheiner auch nicht gerade ein brillanter Gangster.»

«Ja, aber das ist doch ... Ich mein, das ist halt kein typischer Kiezmord!» Sie setzte sich auf. «Ich frag mich halt: Wenn Heiner echt Koks vertickt hat, wo hatte er das her? Von den Bayern? Wieso sollte er dann Ärger mit denen gehabt haben? Hat er die geprellt? Und wenn die ihn umgebracht haben, wieso machen die das in Sorum? Und wieso haben die ihn nicht einfach erschossen? Auf dem Video ist kein Schuss zu hören.»

Hosse stand nun doch auf und klebte den Zettel an die Wand, dann beschriftete er einen weiteren mit «Finger» und klebte ihn daneben. Dann verband er beide jeweils mit einem roten Faden mit dem WARZENHEINER-Zettel. Er trat einen Schritt zurück und strich sich nachdenklich durch den Bart. «Meinst du echt, die halten sich da an irgendein Drehbuch? Vielleicht war es einfacher, ihn in der Pampa um die Ecke zu bringen. Und vielleicht war's ein Messer. Also ich finde, da spricht gar nichts gegen Kiezmord. Ja, wieso sollte er das Koks nicht von den Bayern haben? Wieso sollte er die nicht geprellt haben? Wieso sollten die ihn nicht um die Ecke gebracht haben dafür?» Er nahm sein Glas vom Tisch und leerte es.

«Hosse, so funktioniert das nicht.»

«Ich sag ja nur – wenn's quakt wie 'ne Ente und watschelt wie 'ne Ente ...»

«... dann isses ein Kiezmord.»

«Manchmal ist die naheliegendste Lösung die richtige. Mein Mathelehrer hat immer gesagt ...»

Wencke lachte auf. «Okay, das reicht jetzt, du kriegst keinen Rotwein mehr.» Sie angelte das leere Glas aus seiner Hand und schob es auf den Tisch.

Hosse ließ sich nicht beirren. «Mein Mathelehrer hat immer gesagt, die Lösung, die dir als Erstes einfällt – das ist meistens die richtige.» Er nickte bekräftigend.

«Hattest du nicht 'ne Fünf in Mathe?»

«Das hab ich dir in einer schwachen Minute erzählt!» Er sah sie übertrieben schockiert an. «Außerdem bestätigt das nur meine These! Ich hab mich nämlich nie an die naheliegendste Lösung gehalten!»

Wencke schenkte beiden Wein nach. «Ich glaub, ich muss mir das Video noch mal angucken. Zum hundertsten Mal.»

«Ja, das könntest du machen. Oder du ignorierst für heute mal die Kiezmörder und widmest dich erst mal deinem Koch und Weinöffner», Hosse wackelte mit den Augenbrauen, «der ist nämlich naheliegend – im wahrsten Sinne!»

Er lehnte sich über sie und küsste sie. Wencke grinste in den Kuss und zog ihn in die Kissen.

In der Küche summte Christopher zufrieden in sein Heu. Vielleicht würde er später noch mal ins Wohnzimmer platzen und die beiden stören – schließlich war das eine seiner Hauptaufgaben.

KAPITEL 11

«MOIN.»

«Moin.»

«Moinsen!»

«Moin.»

Wencke und Kleist grüßten die Kollegen und duckten sich unter dem Flatterband hindurch auf den abgesperrten Teil des Wirtschaftsweges neben Jens' Weide. Wencke gähnte und nahm einen Schluck von dem Kaffee, den Kleist ihr an diesem Morgen in die Hand gedrückt hatte, noch ehe sie sich angeschnallt hatte. «Trink erst, dann erzähl ich dir alles», hatte er gesagt und den Zündschlüssel umgedreht, «anschnallen.» Wencke hatte genickt und einen kräftigen Schluck genommen. Sie war nicht einmal dazu gekommen, Christopher zu füttern, aber Hosse hatte sie mit einem verschlafenen «Wir machen das schon» aus der Tür geschoben.

Sie sah sich am Tatort um, der jetzt tatsächlich wie einer aussah. Das Gatter zur Weide stand weit offen, eine Gruppe Polizisten in weißen Schutzanzügen durchkämmte methodisch das Gras. Sie wünschte, sie hätte mehr Kaffee. Kleist drückte ihr wortlos auch seinen Becher in die Hand. «Da vorne ist Hajo.»

Ihr Chef stand ein paar Hundert Meter weiter den Weg hinunter bei der riesigen Güllegrube und unterhielt sich mit einem kleinen, untersetzten Mann in Arbeitshose und Gummistiefeln, der aufgeregt fuchtelte. Vermutlich Bauer Dräger, dachte Wencke, den kannte sie nicht persönlich. Hinter der Absperrung auf der anderen Seite des Weges stand sein Trecker. Neben Hajo und dem Bauern machte sich ein Taucher bereit.

Wencke kniff die Augen zusammen. «Siehst du das auch?» Sie nahm vorsichtshalber noch einen Schluck Kaffee und sah noch einmal hin. Der Taucher war immer noch da. «Ich dachte, die pumpen das ab oder so ...»

Kleist ging unbeeindruckt voraus. «Moin, Hajo.»

«Moin. Das ist Herr Dräger», rief Hajo erschreckend laut.

«Moin!», rief Bauer Dräger und streckte eine fleischige Hand aus. Mit der anderen fummelte er an seinem Hörgerät.

«Moin, Kleist!» Kleist schüttelte die Hand geschäftig. «Das ist meine Kollegin!»

«Jau! Dem Johann seine Nichte! Moin!»

«Moin, Herr Dräger. Das ist Ihre Weide, ja?» Wencke schüttelte ihm ebenfalls die Hand, ohne den Blick von dem Taucher zu lassen.

«Watt?»

«IST DAS IHRE WEIDE?» Wencke unterdrückte den Drang, sich den Kopf zu halten.

«Jo», Bauer Dräger nickte, «da steiht de Jens.»

«Und das ist Ihre Güllegrube?» Kleist rümpfte die Nase und wedelte in Richtung der Grube.

Bauer Dräger verstand. «Jau. Is da watt?»

«Das finden wir jetzt raus!», brüllte Hajo. «Danke, Herr Dräger, vielleicht halten Sie jetzt besser etwas Abstand.» Er klopfte dem Bauern auf die Schulter. «Wir haben alles, was wir brauchen!»

«Watt?»

«Abstand! Wir gucken da jetzt rein!» Er wedelte Richtung Trecker.

«Und de Jens?»

Hajo holte Luft und brüllte: «Wir melden uns, wenn er wieder auf die Weide darf!»

Der Taucher schwang sich voller Tatendrang auf die Leiter, die in die Güllegrube führte. Zwei Männer in weißen Schutzanzügen halfen ihm dabei, einer hielt ein Funkgerät, aus dem es geschäftig knarzte und schnatterte. Kleist hielt sich eine Hand vor den Mund.

«Nee, nee, nee, hier is watt los …» Bauer Dräger schüttelte den Kopf, als der Taucher gemächlich in der blubbernden Gülle verschwand.

Hajo wandte sich Wencke und Kleist zu. «Der Finger ist noch im Labor, aber das Ergebnis sollte heute kommen. Wir haben extra einen Industrietaucher angefordert, aus Flensburg. Gut möglich, dass du recht hast und wir was in der Grube finden. Vielleicht wenigstens die Waffe.»

Wencke hielt sich ebenfalls eine Hand vor den Mund, aber nicht, weil sie den Geruch abstoßend fand. Sie flüsterte Hajo zu. «Oder die Leiche. Habt ihr was auf der Weide gefunden? Blutspuren?»

Hajo schüttelte den Kopf und tat es ihr nach. «Am Zaun nur minimal, vermutlich vom Finger. Sonst noch nichts.»

Wencke nickte. Kein Messer also, das hätte mehr Spuren hinterlassen.

Bauer Dräger hatte zwar nichts davon gehört, war aber noch nicht fertig und drehte auf halbem Weg zu seinem Trecker noch mal um. «De Jens wor datt nich! De mokt sowat nich!»

«Nein, nein, Herr Dräger, ich weiß! Der Jens ist unschuldig. Warten Sie bitte hinter der Absperrung!» Hajo betonte die letzten Worte übermäßig.

«Und aus Wyrum war datt bestimmt auch keiner! Guckense mal lieber in Sorum!» Bauer Dräger wandte sich kopfschüttelnd zum Gehen und schlurfte davon. Hajo winkte ab.

Noch bevor Bauer Dräger das Flatterband erreicht hatte, winkte einer der beiden Männer an der Güllegrube Hajo zu. «Da ist was!»

Wencke und Hajo kamen näher. Kleist hielt sich noch immer den Arm vor das Gesicht und folgte in einigem Abstand.

Die Gülle schmatzte, als sie den Taucher wieder freigab, braun und tropfend. In Zeitlupe hob er die Hand. Er hielt sich an der Leiter fest, mit einer schmierig behandschuhten Hand deutete er nach unten. Der Kollege sagte etwas in sein Funkgerät und nickte.

«Was gibt's?» Hajo stemmte die Hände in die Seiten.

«'ne Waffe isses nich.» Der Mann drückte einen Knopf auf seinem Funkgerät, es knarzte wieder, dann kam eine metallene, knirschende Meldung: «Ich geh noch mal runter. Ich check das noch mal, könnt auch ein Tier sein, aber ruft besser schon mal den Bestatter.»

Alarmiert sahen alle drei zum Taucher, der sich wieder daran machte, in die Gülle zu steigen.

Während Hajo sein Handy zückte, wandte Wencke sich an Kleist. «Wenn das Warzenheiner ist, dann war's definitiv kein Unfall.»

«Vielleicht doch», Kleist schielte zu Bauer Dräger hinüber, der neugierig alles vom Flatterband aus beobachtete, «vielleicht wollte nur jemand nicht, dass das rauskommt.»

Wencke folgte seinem Blick. «Theo, also bitte.»

«Notarzt und Bestatter kommen gleich.» Hajo tippte auf seinem Handy herum. «Oh, und das Laborergebnis ist auch da!» Wencke und Kleist horchten auf. Hajo tippte wieder und las.

«Und?» Wencke tippte nervös mit dem Finger auf dem Plastikdeckel ihres Kaffeebechers herum. «Nun mach's nicht so spannend!»

«Ja, ja, Moment, das kann ja keiner lesen ...» Er tippte wieder auf dem Bildschirm herum.

Kleist konnte das nicht mit ansehen. «Soll ich helf...?»

«Bingo!», rief Hajo plötzlich, und «Bingo!» rief auch der Mann mit dem Funkgerät, allerdings aus einem anderen Grund – der Taucher war fündig geworden.

*

«Unter die Nase?» Wencke nahm den kleinen Tiegel, auf dem «Eukalyptusbalsam» stand, und drehte ihn hin und her. «Dr. Bode?»

«Jupp. Wie in «Schweigen der Lämmer». Schon mal gesehen?»

Wencke wusste nicht, ob sie jetzt lachen sollte. War das Pathologenhumor? Sie sah sich um. Sprangen hier gleich weiß bekittelte Typen aus den Schränken und brüllten «Reingefallen!» oder so was? Zu hören war nichts. Nur die Uhr, die hinter ihr über der Tür zur Pathologie hing und penetrant tickte. Sonst nichts. Sie hatte schon einige obduzierte Leichen gesehen, aber diese Methodik war ihr neu. Sie lächelte schief.

Kleist tunkte den Zeigefinger in den Balsam und schmierte ihn sich vorsichtig auf die Oberlippe. Dr. Bode tat es ihm mit ernster Miene nach. «Wie Sie wollen, junge Frau.» Er zog seine Maske über Mund und Nase und wandte sich dem Leichnam auf der Bahre zu.

Kleist nickte Wencke auffordernd zu. Als Dr. Bode das Tuch anhob, verstand Wencke: Eine süßliche Wolke Verwesungsgestank gepaart mit Gülle schlug ihr entgegen und nahm ihr die Luft. Eilig strich sie sich etwas von dem Balsam unter die Nase und versuchte, möglichst nicht zu atmen. Lieber nasenverätzender Eukalyptus als das. Ihre Augen begannen zu tränen. Als sie zu Kleist rübersah, wischte auch der sich die Augenwinkel trocken.

«So oder so olfaktorisch nicht schön», deklarierte der Pathologe mit einem Seitenblick. Seine Nase schien schon abgehärtet gegen den Balsam, nicht die kleinste Träne weit und breit. «Und wir haben ihn schon zweimal gewaschen. Eggers war auch etwas grün im Gesicht, als er ihn vorbeigefahren hat.»

Olaf Eggers war der einzige Bestatter in Sorum und Wyrum. Im Sorumer Boten, den Wencke gern mal kostenlos beim Bäcker mitnahm, um ihre Gummistiefel damit auszustopfen, warb er stets großflächig mit dem Spruch «Eggers Bestattungen – der Letzte, den Sie gebrauchen können».

Dr. Bode faltete das Tuch auf Hüfthöhe der Leiche. Wencke trat einen Schritt zurück. Mit gesenktem Blick vergrub sie die Hände in den Jackentaschen. Dann sah sie auf. Dieser Teil ihres Jobs war ihr der unliebsamste, überhaupt mochte sie nichts an der Altonaer Pathologie, deshalb hatte sie sich Zeit gelassen, herzukommen. Sobald man aus dem Fahrstuhl im untersten Stockwerk, wo die Toten lagerten, ausstieg, lief man wie durch Sirup. Die Zeit stand hier still, auch wenn die tickende Uhr geschäftig das Gegenteil behauptete. Hier unten gab es nur künstliches Licht und sterile Oberflächen, und das

Schlimmste: lange Gänge, die alle gleich aussahen. Und sonst nichts. Ihr Blick fiel auf Dr. Bodes Schreibtisch an der gegenüberliegenden Wand. Dort stand eine Kaffeetasse, auf die ein fröhlich tanzender Snoopy gedruckt war. Sie schloss die Augen. Als sie sie wieder öffnete, hielt sie kurz die Luft an, wie immer, wenn sie eine Leiche sah.

Warzenheiner lag auf dem Rücken, die Lippen blau, die Haut grau, die schmale Brust eingefallen. Da war er also. Er sah älter aus, als er war. Zweiundfünfzig, behauptete sein Eintrag in der Datenbank. Friedlich sah er aus, dachte Wencke, so den Umständen entsprechend. Sein Haar war nass. Sie schluckte.

«Er hat circa drei Tage in der Gülle gelegen, würd ich sagen. Ist noch ziemlich gut erhalten, waren ja auch keine Tiere dran. Und die Zersetzung in so einer Güllegrube dauert ja auch 'ne Weile, trotz der ganzen Bakterien da drin.»

«Wissen Sie schon was zur Todesursache?» Kleist machte sich Notizen.

«Nee. Kann ich jetzt so nicht sagen.» Dr. Bode ging um die Leiche herum. «Dazu muss ich ihn aufmachen. Die äußere Sichtung war erst mal unauffällig, eine Schusswunde oder so was hab ich nicht gefunden. Würgemale hat er auch nicht. Keine stumpfe Gewalteinwirkung», er deutete auf Warzenheiners Hand, das Tattoo darauf alt und verlaufen, «ihm fehlt nur ...»

«... ein Finger.» Wencke trat näher, immer noch möglichst flach atmend. Sie konnte das. Sie war Profi. «Den haben wir ja schon.»

«Jupp, abgerissen. Vermutlich an was scharfkantigem, ein Draht vielleicht, oder ...»

«... ein Weidezaun.» Sie betrachtete sachlich die verstümmelte Hand, als wäre sie ein Artefakt.

Dr. Bode legte den Kopf schief. «Ja, eventuell auch ein Weidezaun. Aber das ist eher nicht tödlich. Anzeichen einer Blutvergiftung gibt's auch nicht, und selbst wenn, dann …»

«… wäre er daran nicht sofort gestorben.»

Dr. Bodes linkes Auge zuckte. «Ich tippe auf …»

«… Herzinfarkt.» Wencke kniff den Mund zusammen.

Dr. Bode nickte genervt und wandte sich an Kleist. «Aber zur Absicherung muss ich reingucken.»

«Wir haben gehört, dass er einen Herzschrittmacher gehabt haben soll.»

«Möglich.» Dr. Bode deutete auf eine blasse Narbe über Warzenheiners Brustbein. «Irgendwas ist da zumindest gemacht worden. Dafür …»

«… müssen Sie reingucken.» Wencke nickte.

Kleist klappte sein Notizbuch zu. «Wir suchen mögliche Spuren von Fremd-DNS.»

Der Pathologe zog die Brauen über seiner Maske hoch. «Also, ich guck natürlich, aber nach drei Tagen Jauche … Da habt ihr mit dem abgetrennten Finger mehr Glück.»

Wencke ging mit etwas Abstand um den Seziertisch herum. «Gar keine Gewalteinwirkung? Abgesehen davon?» Sie deutete auf die verstümmelte Hand. «Gar nichts? Prellungen, Schrammen, nix?»

«Wie gesagt, äußerlich ist sonst nichts auffällig, für alles andere …»

«… müssen Sie reingucken, ja, ja, verstehe.» Sie beugte sich zögernd vor und betrachtete Warzenheiners fahles Gesicht. Sie hielt die Luft an und unterdrückte den Schauer, der ihr über den Rücken lief. Fast war ihr, als hätte sein Augenlid gezuckt.

«Richtig.» Der Pathologe legte wieder den Kopf schief. «Das mach ich jetzt. Möchten Sie zusehen, Frau Dierksen?»

«Nein danke. Nicht nötig.» Mit einem Ruck richtete sie sich wieder auf und marschierte zurück auf die andere Seite des Seziertisches, zu Kleist und an ihm vorbei. «Die Kleidung?»

«Die liegt hier drüben.» Dr. Bode deutete auf zwei Plastikbeutel, einen großen, in dem die Kleidung verpackt war, und einen kleinen. Wencke konnte nicht erkennen, was darin war. «Wir haben alles durchsucht, ich würde sie nicht öffnen.» Er rümpfte die Nase unter der Maske. Kleist ging hinüber und öffnete den kleinen Beutel. Mit spitzen Fingern zog er ein abgegriffenes Portemonnaie heraus und schielte hinein. «Hatte er ein Smartphone?»

«Nein, jedenfalls nicht bei sich.»

Kleist nickte und machte sich Notizen. Wencke war ihm gefolgt und schüttete den Rest des Plastikbeutels aus. Der Inhalt fiel klöternd auf den Metalltisch. Ein Beutel Tabak, ein Feuerzeug, ein Schlüsselbund.

Sie wandte sich dem Portemonnaie zu. «Zwanzig Euro, ein abgelaufener Perso, okay.» Wencke hatte genug. Sie vermied es, sich wieder zu Warzenheiner umzudrehen, und klatschte stattdessen in die Hände. «Dr. Bode, es würde uns sehr helfen, wenn sie uns ...»

«... Bescheid sagen, sobald ich was weiß, ja.» Dr. Bode zog sich die Maske unters Kinn und grinste triumphierend. Kleist grinste ebenfalls. Wencke zwinkerte irritiert. «Danke, Dr. Bode. Theo?» Schon war sie am Ausgang, hatte eine Hand bereits am Türgriff und die andere an der Maske, sie konnte es kaum erwarten, wieder in der Zivilisation zu sein, tief Luft zu holen, sich in Ruhe die Indizien aus dem Beutel anzusehen. Doch Kleist stand immer noch seelenruhig am Seziertisch. Er hatte sein Notizbuch wieder aufgeklappt.

«Sagten Sie gerade, mit dem abgetrennten Finger hätten wir mehr Glück?»

Hatte er das gesagt? Wencke schloss die Augen und wappnete sich innerlich. Wieder umdrehen.

«Ja, hier.» Dr. Bode ging zu seinem Schreibtisch mit dem Snoopy-Becher. «Der Bericht ist fast fertig.»

Immer noch die Luft anhaltend folgte sie ihm.

«Wir haben nämlich tatsächlich DNS unterm Fingernagel gefunden. Er muss vor Kurzem jemanden gekratzt haben.»

«Wen?» Kleist schrieb wieder mit.

«Schaunmermal.» Auf Dr. Bodes Bildschirm erschien eine Eingabemaske. Er tippte und klickte und schielte ab und zu auf seinen Bericht. Dann drückte er theatralisch «Enter» und lehnte sich zurück. Ein Eintrag erschien mit einem Bild von einem untersetzten, schnurrbärtigen Mann, vielleicht Mitte sechzig, mit Halbglatze und in einem Wollmantel mit Pelzbesatz. «Georg Huber» stand daneben. Und unter dem Namen eine Adresse und ein ganzes Register an Straftaten. Kleist deutete mit dem Stift auf die Adresse. «Wencke.»

Wencke nickte und vergaß, nicht zu atmen. München. Georg Huber. Drogenhandel. «Schnee-Schorsch.»

«Ich besorg den Haftbefehl.»

KAPITEL 18

«KOCHEN? NEE, sorry, aber ich komm grad von der Pathologie, ich glaube, ich möchte heute nicht mehr mit scharfen Gegenständen ...» Wencke fuhr sich durch die Haare und wechselte das Ohr. «Erzähl ich dir nachher! Ja, hab ich gesehen! Vielen Dank, das ist wirklich ... Ja, ich hab sie schon erweitert! Ja, zeig ich dir nachher! Nee, du brauchst nicht zu kochen, hör mal, Hosse, lass uns doch einfach was vom Griechen bestellen. «Poseidon»? Okay. Was? Ja, meinetwegen können wir uns da auch reinsetzen, aber dann muss ich kurz duschen. Ich rieche nach Gülle.» Sie roch an ihrem Pullover – und Eukalyptus und Leiche, aber das verkniff sie sich zu sagen. «Haha, ja mal sehen, ob du das immer noch sagst, wenn ich dir ungeduscht deinen Gyrosteller vollstinke. Um sieben? Nein, du musst mich nicht abholen ... Nein, ich komm da hin, das ist fünf Minuten die Straße runter. Und du musst ja nun auch nicht so hetzen ... Reservieren brauchen wir da unter der Woche nicht. Ernsthaft! Nein! Da is nix los! Das ist Sorum, nicht Eppendorf! Doch! Okay, bis nachher. Ja, um sieben. Ich dich auch.» Sie beendete den Anruf, warf ihr Smartphone auf den Küchentisch und schälte sich aus ihrem Pullover. Mit spitzen Fingern warf sie ihn in die Waschmaschine unter der Spüle. Dann die Jeans und die Socken. Nach einem Besuch in der Pathologie hatte sie schon immer das Bedürfnis gehabt, sich zu waschen und umzuziehen, aber dieses Mal war es definitiv notwendig; der Güllegestank setzte sich in jeder Faser fest. Sie sah auf die Küchenuhr. Viertel nach sechs. An der Tür zum Wohnzimmer blieb sie stehen. Die Notizen und roten Fäden waren unverändert. Sie ging zur Wand und fuhr mit dem Finger den roten Faden entlang, der von «WARZENHEINER (Opfer)» zu «Schnee-Schorsch» gespannt war. Sie nahm den Stift vom Wohnzimmertisch und schrieb «DNS» auf Schnee-Schorschs Zettel. Dann ging sie duschen.

Gerade als Wencke aus der Dusche gestiegen und ihre nassen Haare kunstvoll in ein Handtuch geknotet hatte, klingelte wieder ihr Smartphone. Sie warf sich eilig ihren Bademantel über und stapfte barfuß in die Küche. Ohne auf die Nummer zu achten, nahm sie das Handy. «Hosse, ich sag doch ... oh. Ja? Ach, Dr. Bode?» Sie sah auf die Küchenuhr. Viertel vor sieben. «Das ging ja schnell ... Ja, Moment.» Sie kramte ihre Lesebrille aus der Schublade und trug Brille und Telefon ins Wohnzimmer. «So. Jetzt», sagte sie mit der Brille auf der Nase und dem Stift in der Hand. «Hm. Ja, das hatten wir uns ja schon ... Ja. Genau, der Herzschrittmacher. Sonst nichts? Sind Sie sicher? Keine Kampfspuren? Doch noch aufgetauchte Hämatome? Gebrochene Rippen oder so?» Sie schrieb «Herzinfarkt (Kurzschluss)» auf den Zettel mit Warzenheiners Namen.

«Sind Sie sicher, dass Sie alles ... Nein, umkrempeln müssen Sie ihn nicht.» Sie rollte mit den Augen. «Danke, Dr. Bode!» Eilig legte sie auf.

Ein Herzinfarkt. Also doch ein Unfall? Sie kaute auf dem Stift herum. Oder ein geplanter Mord? Wer hatte davon gewusst, dass Warzenheiner einen Herzschrittmacher hatte?

Marmeladen-Toni. Sie tippte auf seinen Namen. Fahrplan-Fiete auch, zumindest wusste er, dass Warzenheiner Herzprobleme gehabt hatte. Wenn die beiden es wussten, dann vielleicht auch Schnee-Schorsch. Das erklärte aber immer noch nicht, wieso Warzenheiner ausgerechnet auf einer Wyrumer Bullenweide sterben musste. Herzschrittmacher hin oder her, man hätte ihn doch auch einfacher beseitigen können! Wollte man Spuren verwischen? Welche Verbindung hatte denn Schnee-Schorsch nach Wyrum?

Sie legte die Stirn in Falten und notierte «Wyrum» auf einem der leeren Blätter auf dem Tisch und fügte ein großes Fragezeichen hinzu. Dann klebte sie das Blatt an die Wand zu den anderen. Das würden sie wohl Schnee-Schorsch fragen müssen. Ihr Blick fiel auf das Smartphone in ihrer Hand. Fünf vor sieben. Mist. Sie tippte eilig eine Nachricht an Kleist. «Dr. Bode – Herzinfarkt.» Und dann noch eine zweite. «Warzenheiner Herzinfarkt. Sagt Dr. Bode.» Dann ging sie sich umziehen.

Als Wencke keuchend den Griechen erreichte und durch das Fenster lugte, sah sie Hosse allein am Tisch sitzen. Er hatte bereits ein Pils vor sich stehen und unterhielt sich angeregt mit Fausto, dem Besitzer vom «Poseidon». Fausto war ein guter Freund ihres Onkels Johann gewesen, er hatte eigentlich italienische Wurzeln und war vor Jahrzehnten mit seiner Familie nach Sorum gekommen, um hier ein Restaurant zu eröffnen. Aber weil es bereits ein alteingesessenes italienisches Restaurant in Wyrum gab, mit dem er nicht konkurrieren konnte, hatte er kurzerhand ein griechisches eröffnet, das seitdem das einzige Restaurant in ganz Sorum war. So hatte es Onkel Johann jedenfalls erzählt. Es hatte mal kurzzeitig einen Vietnamesen gegeben, daran erinnerte Wencke sich noch, aber der hatte sich wiederum nicht gegen das «Poseidon» durchsetzen können.

Sie öffnete die schwere Tür und trat ein. Warme Luft und lautes Lachen schlugen ihr entgegen. Es war doch voller, als sie erwartet hatte, fast jeder Tisch war besetzt. Isabella, Faustos Frau, lächelte ihr hinter der dunklen Bar aus Eichenholz zu. Sie deutete auf Hosse und Fausto. Wencke nickte freundlich und eilte hinüber.

«Wencke!» Fausto begrüßte sie überschwänglich. «Wie schön, dich zu sehen!»

«Fausto!» Sie umarmte ihn herzlich und küsste dann Hosse auf die Wange. «Sorry, ich hatte noch ’nen Anruf. Wegen dem Fall ...»

Hosse nickte.

«Ah, mein Freund hier hat schon erzählt! Bist du etwa wieder bei der Polizei?» Fausto klatschte in die Hände.

Wencke schüttelte den Kopf. «Nein, nicht so wirklich, ich berate nur.»

«Das muss gefeiert werden! Ouzo? Ich hol euch mal die Karte.» Fausto klopfte Hosse auf die Schulter und verschwand in Richtung der Bar.

Wencke setzte sich. «Tut mir leid, ich hab die Zeit vergessen.»

«Schon gut, ich hatte gute Gesellschaft.» Hosse lächelte. «Wusstest du, dass Fausto das Restaurant schon seit dreißig Jahren hat?»

Wencke nickte. «Onkel Johann war ein guter Freund von ihm. Sorry, ich hätte anrufen sollen, aber ich bin lieber direkt los. Stressiger Tag ...»

Bevor Hosse antworten konnte, kam Fausto zurück, ein Tablett mit drei Gläsern Ouzo in der Hand und zwei Speisekarten unter dem Arm. «Sooo ...» Er stellte das Tablett ab und legte ihnen die Karten vor die Nase. «Aufs Beraten!»

«Aufs Beraten!» Hosse reichte ihr ein Glas. Die beiden Männer tranken ihre Gläser in einem Zug leer. Wencke tat es ihnen nach.

«Sooo ...» Fausto klatschte wieder in die Hände. «Braucht ihr noch?»

«Ich nehm den Sirtaki-Teller.» Hosse reichte ihm die Karte zurück. «Nachdem du so davon geschwärmt hast.» Er zwinkerte Fausto zu.

«Gute Wahl, gute Wahl! Meine Frau macht den Krautsalat selbst! Und für dich?» Er wandte sich an Wencke.

Sie sah die Karte an und reichte sie ihm dann zurück, ohne sie zu öffnen. «Für mich dasselbe. Und einen Pinot.»

Fausto nickte. «Zweimal Sirtaki und ein Pinot. Kommt sofort!» Er verschwand geschäftig hinter der Bar.

«Er hat das hier alles selbst ausgebaut», sagte Hosse und sah sich anerkennend um. «Das war vorher ein alter Kartoffelspeicher.»

Wencke antwortete nicht. Sie schwitzte. Sie hatte das Bedürfnis, noch mal zu duschen. Sie fühlte sich plötzlich wie gerädert.

«Der Holzfußboden ist original! Er hat die Decke abgehängt und nachträglich Balken eingezogen. Die Wände auch, wir haben uns schon ausgetauscht, er hatte da ein paar gute Ideen für den Hof!» Hosse hielt inne, als er bemerkte, dass sie nicht reagierte. «Alles okay bei dir?»

Sie sah auf. Hosse beobachtete sie eingehend.

«Ja, alles okay. Die Pathologie ...»

«Soooo ...» Fausto war zurück mit ihrem Wein. «Einmal Pinot für die Polizistin!»

«Danke.» Wencke lächelte ihn gequält an.

Als Fausto wieder verschwunden war, lehnte Hosse sich vor und griff ihre Hand. «Pathologie? Was war los?»

Wencke zog ihre Hand weg und lehnte sich zurück. Sie sah Hosse einen Moment lang an, dann senkte sie die Stimme. «Wir haben die Lei… wir haben Warzenheiner gefunden. Im Güllebecken.»

«Oh …» Er machte große Augen. «Das ist doch was Gutes, oder? Ist das gut?»

Wencke zuckte mit den Schultern. Sie spielte mit ihrem Weinglas. «Ja, ist es. Ich hatte wohl gehofft, dass wir ihn nicht finden. Ach, keine Ahnung.» Sie blies Luft durch die Lippen. Jetzt, wo sie zur Ruhe kam, tat ihr jeder Knochen weh. «Wir waren schon in der Pathologie in Altona. Ich hatte vergessen, wie seltsam das ist.»

Hosse runzelte die Stirn. «Ganz schön was los heute, was? Seid ihr denn weitergekommen?»

Wencke setzte sich auf und nickte. «Wir haben DNS.»

«Was?» Hosse machte es ihr nach. «Das sagst du erst jetzt? Vom Täter?»

«Psst! Nicht so laut!» Wencke sah sich um, aber die anderen Gäste hatten wohl nichts mitbekommen. «Möglich. Morgen wissen wir mehr.»

Hosse flüsterte. «Das ist ja Wahnsinn! Einer vom Kiez?»

«Ja, der Pathologe hat's gefunden, an dem …»

«Soooo …» Fausto balancierte zwei große Teller mit Gyros zu ihnen. «Zweimal Sirtaki-Teller!» Er platzierte beide Teller auf dem Tisch und sah sie zufrieden an. «Lasst's euch schmecken!»

«Danke, Fausto! Das sieht hervorragend aus!» Hosse griff sofort nach dem Besteck und begann zu essen. Fausto lächelte glücklich und ging wieder hinter die Theke.

Wencke betrachtete den Berg Gyros auf ihrem Teller. Sie hatte immer noch den Eukalyptusbalsam in der Nase, aber wenigstens war der Güllegeruch verflogen. Sie nahm einen Bissen. Es war saftiger, als es aussah, nicht zu trocken, dachte sie, aber dann dachte sie an Warzenheiners Finger und hörte auf zu kauen. Sie legte die Gabel ab und nahm einen Schluck Wein.

«Also», Hosse tat es ihr nach, «ihr habt 'ne DNS-Spur? Wisst ihr schon, von wem? War's einer von den Kiezgrößen?»

«Schnee-Schorsch. Aber …»

«Ha!», Hosse triumphierte, «Kiezmord! Ich hab's gewusst!»

«Psst! Wir müssen den erst noch vernehmen. Morgen dann.»

Hosse winkte ab. «Ach, das ist doch nur 'ne Formalität! Wahnsinn, dein erster Fall als Beraterin – gelöst!» Hosse winkte in Richtung Bar. «Fausto! Noch zwei Ouzo!»

«Na ja, gelöst …» Sie nahm wieder einen Schluck Wein.

«Na, wieso, DNS ist DNS, oder nicht?»

Sie schaufelte Gyros auf ihre Gabel. «Ja, schon. Warten wir mal morgen ab!»

«Soooo …» Fausto erschien wieder mit einem Tablett Ouzo, er hatte sich ebenfalls einen eingeschenkt. «Gibt's noch was zu feiern?»

«Und ob!» Hosse strahlte über's ganze Gesicht, und Wencke warf ihm einen warnenden Blick zu. Er verstand. «Es wurde erfolgreich beraten!»

«Auf die Polizistin!», rief Fausto und dieses Mal hatte es das ganze Restaurant gehört. Urplötzlich verstummten das Gelächter und die Gespräche. Unter den neugierigen Blicken der Sorumer nahm Wencke ungelenk ihren Ouzo von Faustos Tablett und kippte ihn hastig hinunter. Zwei Tische weiter prostete ihr Georg Piersich wissend zu. Seine Frau Hanne versuchte umständlich, sich umzudrehen, um die Quelle des Aufruhrs auszumachen. Wencke hatte Kopfschmerzen. Ihr ganzer Körper vibrierte. Nein, Moment, das war nicht ihr Körper. Das war ihre Jackentasche. Und sie vibrierte nicht nur, sie klingelte auch noch. Wencke kramte ihr Smartphone hervor und zwinkerte ein paarmal das Display an. Kleist. Sie tippte zu hart auf das Display, erst beim dritten Anlauf funktionierte es. «Hallo? Theo? Moment.» Unbeholfen grinste sie Hosse und Fausto an und eilte, immer noch unter Beobachtung von halb Sorum, aus dem Restaurant.

Vor der Tür schloss sie die Augen und atmete die kalte Abendluft tief ein. Sie kramte eine Zigarette aus ihrer Jacke und zündete sie an, bevor sie das Telefon wieder an ihr Ohr hielt. «Theo? So, jetzt. Sorry, wir sind beim Griechen.»

«‹Poseidon›?»

«Ja, woher ... ach, egal. Was gibt's?»

«Ich hab den Haftbefehl für Huber. Wir schnappen ihn uns morgen früh. Angeblich hat er sich tagsüber in der Holstenklause häuslich eingerichtet, da statten wir ihm mal einen Besuch ab.»

«Morgen schon.» Sie nahm einen tiefen Zug. «Sagst du Bescheid, wenn ihr ihn habt?»

«Wieso?»

«Was, wieso?»

«Kommst du nicht mit?»

«Ach so, soll ich?»

«Soll ich die Drecksarbeit alleine machen oder was?»

«Nee, ich frag ja nur ...»

«Wencke.»

«Okay, wann und wo?»

«Um neun, komm zur Wache.»

«Alles klar. Bis morgen, Kurzer!»

«Bis morgen.» Er hatte aufgelegt. Wencke nahm noch einen Zug von der Zigarette und steckte ihr Telefon in die Tasche. Als sie wieder das Restaurant betrat, sah sie in etwa ein Dutzend Augenpaare, die sie neugierig beobachteten. Sie hob eine Augenbraue. Die Augenpaare wandten sich peinlich berührt ab. Sie sah zu Hosse – aber der hatte sie nicht beobachtet, er unterhielt sich schon wieder angeregt mit Fausto. Vermutlich über Wandverkleidung oder so. Wencke seufzte und bahnte sich ihren Weg zurück zum Tisch.

KAPITEL 19

DIE HOLSTENKLAUSE wirkte dunkel und unglamourös am Morgen, genau wie der Kiez selbst. Sie lag etwas abseits der Reeperbahn, aber immer noch nah genug, um Touristen anzuziehen. Jetzt, um halb zehn Uhr morgens, verirrte sich allerdings kaum jemand hierher, der nicht hier lebte oder arbeitete.

«Sind wir sicher?» Wencke kniff die Augen zusammen und lehnte sich im Beifahrersitz vor. Ein paar leere Bierflaschen standen unter dem dunklen Panoramafenster der Holstenklause, daneben lag ein halber Döner. «Brauchen wir echt das SEK dafür?»

«Jupp.» Kleist winkte den vermummten Beamten der Spezialeinheit zu, die daraufhin aus ihrem Transporter stiegen. Er öffnete seine Tür. «Es ist davon auszugehen, dass er bewaffnet ist. Los geht's!» Bevor er ausstieg, wandte er sich noch einmal zu ihr um. «Du bleibst hinten!»

Wencke nickte und folgte ihm.

Einer der vermummten Kollegen trug eine Ramme bei sich und näherte sich nun vorsichtig der Eingangstür. Zwei weitere Vermummte krochen unter dem Fenster entlang und brachten sich in Position. Niemand sprach ein Wort. Mit Handzeichen gab er einem der knienden Kollegen zu verstehen, dass er den Türgriff probieren solle. Wencke und Kleist hielten die Luft an. Der vermummte Beamte griff nach dem Türgriff und zog an der Tür. Quietschend ging sie auf. Sein Kollege ließ enttäuscht die Ramme sinken.

Zwei der Beamten betraten eilig die Holstenklause, Kleist folgte mit wehendem Mantel. «Herr Huber? Hier ist die Polizei!», rief er und legte eine Hand an die Waffe an seinem Gürtel. «Herr Huber?»

Wencke beobachtete das Ganze von draußen. Außer den Rufen von Kleist und den anderen Polizisten war nichts zu hören. Sie lugte durch das Panoramafenster. Die Theke war leer, alle Tische und Bänke ebenfalls. Die verstaubten Lampen darüber waren aus alten Weinflaschen gefertigt.

Plötzlich kam Bewegung in die Sache. Aus dem Hinterzimmer taumelte eine Gestalt, groß und breit, Wencke konnte nur die Umrisse erkennen. Ihre Hand wanderte instinktiv zu ihrem Gürtel, doch als sie bemerkte, dass sie keine Waffe trug, steckte sie sie unbeholfen in die Jackentasche.

«Polizei!», rief Kleist. «Nehmen Sie die Hände hoch und gehen Sie langsam vorwärts!»

Die Gestalt kam näher. Es war Georg Huber, Schnee-Schorsch, erkannte Wencke jetzt. Er war erstaunlich groß, größer als Kleist. Er trug ein weißes Feinripp-Unterhemd und Unterhosen unter einem Wildledermantel mit Pelzbesatz. Sonst nichts. In seinem beeindruckenden dunklen Backenbart klebten Koksreste. Mit erhobenen Händen watschelte er vorwärts. «Jo, wos is'n hier los?», bayerte er und rülpste. Er war nicht nur zugekokst, sondern auch völlig betrunken. Wencke wusste nicht, ob sie beeindruckt oder enttäuscht sein sollte. Wie ein kaltblütiger Mörder wirkte er nicht gerade.

«Wer seids ihr denn?»

«Polizei, Herr Huber, Sie sind festgenommen!» Kleist zückte die Handschellen.

«Wos? I hob nix g'macht!»

Während Kleist einem empörten Schnee-Schorsch routiniert die Mordvorwürfe unterbreitete und ihm die Handschellen anlegte, stand Wencke unschlüssig vor dem Eingang. Sie wusste nicht, ob sie sich dazugesellen oder nur zusehen sollte. Sie wusste genau, was Kleist als Nächstes sagen würde, kannte jeden Handgriff, jede Bewegung, aber sie war keine Polizistin mehr. Sie ballte die Faust in der Jackentasche.

Einer der Kollegen kam aus dem Hinterzimmer mit einer Sporttasche in der Hand; er beriet sich kurz mit Kleist, der in die Tasche sah und die Augenbrauen hochzog. Er wandte sich an Huber. «Und das hier? Gehört das Ihnen?»

Wencke konnte nicht erkennen, was in der Tasche war, aber sie konnte es sich denken.

Huber pustete Luft durch die bierverklebten Lippen. «Noch nie gesehen.» Er kicherte.

Kleist nickte genervt und führte Huber mit Nachdruck aus der Holstenklause, er musste ihn regelrecht schieben. Als sie Wencke passierten, lächelte Huber breit und zwinkerte ihr unangenehm zu. Er hatte eine veritable Bierfahne. Sie kniff die Lippen zusammen.

«Als hätten Sie nicht schon genug Dreck am Stecken», kommentierte Kleist mit einer Kopfbewegung in Richtung der Tasche, schob Huber unzeremoniell in einen der Transporter und überließ alles Weitere den Kollegen.

«Das war ja einfach!», stellte er fest, als er schließlich wieder zu Wencke kam.

Wencke sah zu, wie die anderen Kollegen mit der Tasche in ihre Autos stiegen. Der Konvoi entfernte sich gemächlich.

«Kommst du?» Kleist war schon wieder an seinem Toyota.

«Jupp», murmelte Wencke und folgte Theo. «Koks?», fragte sie ihn, als sie wieder im Auto saßen.

«Weitläufig geschnupft, würd ich sagen. Garantiert das gleiche wie das von Warzenheiner.» Theo setzte zurück. «Aber so dicht wie Huber ist, können wir ihn erst später vernehmen.»

«Der saß hier alleine im Hinterzimmer und hat gesoffen?»

«Ich würde wetten, der hat auch gekokst.» Nach einem Moment setzte er nach. «Also, wenn ich Koksbaron wäre, würde ich das auch machen.»

Wencke nickte. «Hundertpro.» Sie sah aus dem Fenster. «Okay, also können wir herausfinden, ob das Koks das gleiche ist?»

«Ja, aber ist eigentlich nicht so wichtig.» Kleist wechselte schwungvoll die Spur in Richtung Altona. «Die DNS lügt ja nicht.»

Wencke lachte leise. «Ich seh schon die Schlagzeile im Sorumer Boten! *Warum in Wyrum? Brutaler Kiezmord auf Drägers Weide.*»

Kleist lachte. «Untertitel: *Jens war's nicht, sagt Bauer Dräger.*» Er griff nach ihrer Hand. «Gut, dass du wieder da bist, Dierksen!»

Wencke lächelte ebenfalls. «Gut, wieder da zu sein, Kleist! Auch, wenn ich nicht verhaften darf.»

«Ach, komm», er winkte ab, «als hättest du nicht cool im Hintergrund gepost und andere die Drecksarbeit machen lassen.»

Jetzt musste Wencke lachen. «Erwischt! Ich brauch 'ne Sonnenbrille fürs nächste Mal.»

Sie hatten die Autobahn erreicht. Kleist trat aufs Gas und

sah sie von der Seite an. Er lächelte breit. «Was machst du heute Abend?»

«Wieso, hast du noch 'nen Fall, den du nicht alleine lösen kannst?»

«Jupp, der dehydrierte Detektiv. Ich würde sagen, wir ermitteln zuerst mal bei Gisela.»

«Und wenn wir schon mal da sind ...»

«... stoßen wir an. Auf deinen ersten gelösten Fall als Beraterin! Und aufs nächste Mal!»

*

«Prost!» Kleist hob schwungvoll sein Schnapsglas, und eine beträchtliche Menge des grünlichen Inhalts landete auf dem abgewetzten Holztisch. «Auf einen Fall wie aus dem Lehrbuch. Schön! Auf dich, Wencke, die Beraterin!»

Wencke kippte herzhaft ihren Korianderschnaps runter, verzog das Gesicht und hob den Zeigefinger. «DNS macht doch immer alles platt! Aber noch haben wir nicht alle Untersuchungsergebnisse, nicht vergessen, Kurzer!»

Hosse stellte ihr ein Bier vor die Nase und küsste sie herzhaft auf die Schläfe. «Wie sagt man noch – das ist doch bestimmt 'ne Lappalie. Nee, Formalie! Eine Runde aufs Haus!»

Bei den letzten Worten wurde Dieter, der Anorak-Astrophysiker, wach, prostete ihnen von seinem Stammplatz aus zu und krächzte: «Ihr habt einen platt gemacht?»

«Das kannste wohl sagen!» Kleist prostete zurück. «Platt wie 'ne Flunder! Oder nee, hier, was gibt's denn in Bayern ... Brezeln! Platt wie 'ne Brezel!»

Wencke lachte und nahm einen Schluck aus ihrer Bierflasche. «Mensch, Theo, so euphorisch kenn ich dich ja gar nicht! Nu wart ma ab, die Beweisführung läuft ja noch, noch isser erst mal in U-Haft.»

«Ja, ja», warf Hosse ein, «jetzt hör mal auf und lass dem Theo seinen Ruhm! Wer will noch einen? Ich hab mal etwas Blue Curaçao druntergemischt.» Er schenkte eine Runde Kolik nach.

«Ich!», rief Theo.

«Ich auch!», lachte Wencke.

«Ich auch!», krächzte Pegel-Dieter.

«Kommt sofort!»

«So, Frau Polizeimeisterin, watt hatter denn gemacht?» Dieter drehte sich mühselig zu Wencke und Kleist herum. «Falsch geparkt?» Er lachte hustend.

«Nee.» Kleist war in Fahrt. «Besser! Obwohl, so entspannt, wie der sich aufm Kiez bewegt hat, könnte man fast meinen, mehr sei es nicht gewesen. Der hat nicht mal versucht zu fliehen. Saß einfach so in der Holstenklause rum, wir haben den quasi von der Bar gepflückt.»

Wencke runzelte die Stirn. Ein seltsames Gefühl nagte plötzlich an ihrem Magen. Bevor sie Kleist darauf ansprechen konnte, präsentierte Hosse stolz vier Schnapsgläser mit grünlichem Inhalt. «Nachschub!»

Sie nahmen Hosse die Schnapsgläser aus der Hand und tranken in einem Zug. Wencke verzog das Gesicht und hustete. «Oh, der knallt aber.»

Kleist würgte, grinste aber gleich danach wieder.

Hosse lachte. «Ich hol mal die Flasche her.»

Es war noch früh am Abend, Hosse hatte die Kneipe ausnahmsweise schon geöffnet. Außer Wencke und Kleist saß nur Anorak-Dieter an der Theke. Aber das immerhin schon seit einer Stunde.

«Erst mal den Gestank wegspülen!», sagte Wencke zu sich selbst und hielt Hosse ihr Schnapsglas hin. Er füllte es ohne Zögern.

«Riecht das wirklich so schlimm? So 'ne Leiche?», fragte er, während er Kleists Glas füllte und nach einigem Hin und Her auch das Glas von Dieter.

«Kannste dir nich vorstellen», murmelte Wencke. «Daran kannste dich auch nicht gewöhnen.» Sie dachte an den Besuch beim Pathologen, Warzenheiners Leichnam, leblos und hüllenhaft, die graue Haut, die eingefallenen Wangen. Wencke schüttelte sich unmerklich.

Sie tranken aus.

«Schlimmer als Christopher nach Regen?», fragte Hosse.

Wencke schüttelte den Kopf. «Viel, viel schlimmer! So süßlich. So Christopher nach Regen plus ... Eingeweide. Gut, dass ich vorher nix gegessen hab.»

Hosse schenkte nach. «Das wird ihn freuen zu hören!»

«Also, so schlimm fand ich das gar nich.» Kleist hielt sein Schnapsglas hoch. Hosse verstand.

Wencke war noch nicht fertig. «Und weißte, das alleine ist ja schon schlimm genug, aber dann noch die Gülle.» Sie fuhr sich mit den Händen durchs Gesicht.

«Ach, Gülle kennst du doch, du bist doch jetzt Landbewohnerin!»

Wencke ließ ihren Kopf auf das kühle Holz der Theke sinken. «Theo. Diese Mischung, diese MISCHUNG ...» Ohne den Kopf zu heben, wedelte sie mit ihrem Glas, das umgehend gefüllt wurde. Sie seufzte schwer und versuchte noch einmal, die Bilder abzuschütteln.

Hosse strich ihr eine Haarsträhne aus dem Gesicht. «Jetzt isser aber verhaftet, der Koks-Klaus?»

«Schnee-Schorsch», grummelte Wencke in die Theke. «Morgen wird er vernommen, wenn er wieder nüchtern ist. Hoffentlich riecht der dann nich auch so.»

Hosse stellte eine Schale mit Erdnüssen neben Wenckes Kopf. «Na, duschen wird er ja nich, oder?»

«Ugh.» Wencke hob schwerfällig den Kopf und beäugte die Erdnüsse.

«Wär doch praktisch, wenn er morgen plötzlich nach Gülle riechen würde», warf Kleist ein. «Dann muss er nicht mehr viel machen. Nur noch gestehen, dass er Borchert wegen Kokshandel-Streitereien um die Ecke gebracht hat. Olfaktorische Beweisführung.» Ihn schien der Anblick der Leiche wirklich nicht sehr mitgenommen zu haben – Wencke war immer wieder überrascht, wie professionell er sein konnte, gerade in den besonders harten Situationen. Eigentlich war er schon immer der Professionellere von ihnen beiden gewesen. Auch damals, trotz allem.

«Stimmt!» Sie stopfte sich ein paar Erdnüsse in den Mund und spülte mit Schnaps nach. Sie verzog den Mund. Egal. Nach und nach spülte der Korianderlikör den letzten Leichengeruch aus ihrer Nase. Mit vollem Mund fragte sie: «Wer macht das eigentlich? Wir? Oder Hajo?»

«Willst du dir das etwa entgehen lassen?» Kleist griff ebenfalls in die Erdnussschale. «Hajo ist aber bestimmt auch dabei.»

«Hajo ist dein Boss?», fragte Hosse beiläufig, während er noch mal Kolik nachgoss.

Wencke schluckte die Erdnüsse runter und betrachtete Hosse nachdenklich. Er sah heute wieder verdammt gut aus. So hinter der Theke, frisch frisiert, mit hochgekrempelten Ärmeln ... Sie betrachtete seine Unterarme. Er hatte echt schöne Unterarme. «Ja, nur der Boss. Also Theos Boss, nicht wirklich meiner. Vielleicht Vorgesetzter, weil er mich feuern kann. Ich bin da ja nur Freelancer. Sonst nix.» Kleist sah sie schräg von der Seite her an. Bevor sie sich um Kopf und Kragen sabbelte, angelte sie lieber nach Hosses Hemdkragen, um ihn über die Theke zu ziehen.

«Hey!» Hosse konnte gerade noch die Schnapsflasche abstellen, da wurde er schon leidenschaftlich geküsst. Er schmeckte nach Seife und Blue Curaçao.

«Eieiei», krächzte Pegel-Dieter, «nehmt euch mal'n Zimmer. Wir machen das hier schon mit dem Nachschenken!»

Hosse lachte in den Kuss und zog die Flasche aus Pegel-Dieters Reichweite. Er befreite sich aus Wenckes Griff. «Ah lecker, Liebe mit Koriander-Aroma! Ich bring dich mal besser nach Hause, was?»

Wencke grinste ihn selig an. Kleist machte leise Würgegeräusche und lachte, als Wencke ihn boxte, ohne den Blick von Hosse zu lassen. «Nur kein Neid, Theo!» Sie stützte den Kopf auf eine Hand und trank grinsend von ihrem Bier, das inzwischen warm geworden war.

Hosse griff nach dem Telefon. «Ich ruf nur schnell Jule an, dann fahr ich dich.»

«Hm.» Wencke nuckelte an ihrem Bier und ließ Hosse nicht aus den Augen. Sogar telefonieren konnte er gut.

«Komm, einen noch!» Theo schenkte vier Kolik nach. «Auf Berater-Wencke!»

«Jawoll!», krächzte Pegel-Dieter. «Man soll die Feste feiern, wie sie … hier, Dings!» Nachdem sie ausgetrunken und die Gesichter wieder entspannt hatten, setzte er nach: «Ist ja eh nicht normal, dass ihr so Glück habt, nech.»

Wencke schälte sich von ihrem Hocker. «Wieso?» Entgeistert sah sie Pegel-Dieter an.

«Na, haste mal nach oben geguckt? Merkur ist im Rückwärtsgang!»

«Hä?»

«Merkur. Der Planet.»

«Der geht rückwärts?»

«Jau.»

«Ja, ja, Dieter, lass ma gut sein.» Hosse war hinter der Theke hervorgekommen und griff Wencke um die Hüfte. «Komm ma mit, Frau Beraterin, du hast doch bestimmt noch nichts Ordentliches gegessen heute. Ich koch dir was.»

«Uh, was Heißes?»

Kleist stand ebenfalls auf. «Okay, das ist mein Stichwort! Leichengeruch, Gülle, Koksbarone – meinetwegen! Abgetrennte Finger – bitte sehr! Seifenschnaps – immer! Aber das hier ... Nee. Das halt ich nich aus.»

«Haha. Bis morgen, Kurzer!» Bevor Kleist sich an ihr vorbeischieben konnte, kniff Wencke ihn in die Wange. «Haste gut gemacht!»

Kleist ließ sie gewähren. «Das haben WIR gut gemacht, Dierksen! Bis morgen! Dann bringen wir das Ding zu Ende!»

«Ich nehm noch son Seifenschnaps», reibeiserte Pegel-Dieter.

«Ich auch.» Wencke ließ den Kopf wieder auf den Tisch fallen. «Zum Desinfizieren.»

*

«Siehste, einfach mal den Typen hinter der Theke fragen.» Hosse bog schwungvoll auf den Zufahrtsweg zur Alpaka-Farm ein.

«Hm?» Wencke hauchte gegen die Scheibe und malte einen Rinderkopf, den sie sofort wieder wegwischte.

«Na, ich hab doch sofort erkannt, dass das ein Kiezmord ist!» Er wischte sich imaginären Staub von der Schulter und zwinkerte sie an.

«Stimmt.» Sie lächelte verschmitzt zurück. «Schon mal über ’ne Umschuldung nachgedacht?» Ihre Zunge fühlte sich schwer an, ihr Hirn schwappte hin und her. «Umschulung, mein ich.»

Hosse lachte.

Wencke klatschte in die Hände. «Oh! Hosse! Wir könnten zusammenarbeiten, ich besorg dir ’nen Beratervertrag ...»

Hosse murmelte. «Ich könnte das Gästezimmer umbauen in ein Arbeitszimmer für uns ...»

«Jaaaaa, und dann spezialisieren wir uns auf Kiezmorde», sie kicherte, «dann geh ich da hin und erzähl dir alles, und du so: Kiezmord! Und dann ...»

Hosse parkte vor dem Haus. «Wir sind da, Beraterin Dierksen.»

Wencke hauchte gegen die Scheibe, um ein Herz zu malen. «Ich find, wir sind ein ziemlich gutes Team, Thekendetektiv Hosse.»

«Find ich auch! Komm, ich bring dich ins Bett.»

«Uiuiui!» Fast wäre Wencke aus dem Auto gefallen, als sie schwungvoll die Tür öffnete. Hosse konnte gerade noch über die Konsole greifen und sie wieder ins Auto ziehen. «Bleib mal sitzen, Beraterin Dierksen, ich helf dir.»

«Uh, trägst du mich?»

«Muss ich?»

«WillsudenJob?», lallte sie und zwinkerte ihm zu, in der Hoffnung, einigermaßen sexy auszusehen. Er lachte und stieg aus. «Na, denn ma los!»

KAPITEL 20

DIE KAMELE klingelten. Wencke stöhnte und öffnete langsam ein Auge – sofort machten sich brüllende Kopfschmerzen bemerkbar. Sie schloss das Auge wieder. Es klingelte immer noch. Das waren keine Kamele. Christopher war es auch nicht, der konnte nicht klingeln. Zumindest hatte er das noch nie getan. Er hätte sie eher wachgeschnauft. Mit geschlossenen Augen streckte sie einen Arm aus und schlug auf das Kopfkissen, auf dem sie Hosses Kopf vermutete. «Hörmaaufjetz!» Das Kopfkissen war leer. Vorsichtig öffnete sie das Auge wieder und blinzelte ein paarmal. Der Wecker war es auch nicht. Sie blinzelte noch mal. Es kam von unten. Der Fußboden klingelte.

Wencke atmete tief ein und hievte sich schwerfällig aus den Kissen. Das Wummern in ihrem Kopf wurde schlimmer, als sie vorsichtig die Lage sondierte. Ihr Mund schmeckte nach Seife. Der Flur. Der Fußboden im Flur klingelte. Weit weg vom Bett.

«Wassolldasdenn!» Grummelnd strich sie sich Haare aus dem Gesicht. Von Hosse oder Christopher war nichts zu sehen oder zu hören, keine Stimmen, kein Schnaufen, keine Küchengeräusche. Nur der Flur, der penetrant weiter klingelte. Eine Sekunde lang versuchte sie, den Flur mit purer Willenskraft zum Schweigen zu bringen, aber es half nichts – sie musste aufstehen. Sie schälte sich mit einiger Anstrengung aus der Bettdecke, brauchte eine Sekunde, um sich hinzustellen, und bereute diese Entscheidung sofort wieder. Alles drehte sich, ihr Kopf platzte fast, sie konnte sich gerade noch am Bettrahmen festhalten. «Aua», grunzte sie, tastete mit den Füßen nach ihren Pantoffeln und schlurfte in den Flur. Es war ihre Jacke, die klingelte. Sie lag am Eingang zur Küche auf dem Fußboden, neben den Sneakern und den Gummistiefeln.

Verwirrt starrte sie eine Weile auf Jacke und Sneaker und Stiefel. Die Gummistiefel standen doch normalerweise an der Tür zu Christophers Weide. Sie beugte sich ächzend hinunter und kramte in den Taschen ihrer Jacke, starrte dabei aber immer noch die Gummistiefel an. Wieso standen die jetzt hier, am anderen Ende der Küche, wo sie gar nichts zu suchen hatten?

Ihr Smartphone klingelte inzwischen fast wütend. Es war Theo, sagte das Display. Außerdem war es halb zehn. Wencke kniff die Augen zusammen – Scheiße! Das Verhör! Sie war zu spät! Das Smartphone klingelte weiter. Wortlos fluchend trat sie mit Schwung gegen die Gummistiefel, der linke flog quer durch den Flur und blieb neben der Haustür liegen. Fuck! Fuck! Fuck! Was mussten diese blöden Gummistiefel hier rumstehen? Die gehörten hier nicht her, die trug man auf der Weide, aber doch nicht im Ha…

Sie hielt inne. Die Stiefel. Die Stiefel gehören da nicht hin. Ihr Kopf wummerte immer noch, aber sie fühlte sich so klar wie schon lange nicht mehr. *Die Stiefel gehören da nicht hin.* Das musste es sein! Dieses nagende Gefühl, dass irgendwas nicht stimmte, dass alles zu glatt lief, dass das nicht alles gewesen sein konnte, plötzlich wusste sie, woher es kam! Die

Stiefel. Sie drückte hektisch auf dem Smartphone herum, das noch immer penetrant klingelte.

«Theo!»

«Wencke! Sag mal, spinnst du? Wo steckst du denn?» Theo klang verärgert. «Schnee-Schorsch ...»

«Die Stiefel!»

Theo stockte. «Was? Wo bleibst du denn, wir verhören den gleich!»

«Ja! Ich bin auf dem Weg, okay, ich brauch nur noch ...» Hektisch sah sie sich im Flur nach ihrer Hose um. «Fangt nicht ohne mich an!»

«Wencke, echt jetzt! Wir gehen jetzt rein, wir können nicht mehr warten!» Kleist wurde wütender. «Ich versuch schon seit Ewigkeiten, dich zu erreichen!»

«Scheiße, tut mir leid, Theo, ich hab verschlafen ...» Sie wischte sich mit der Hand übers Gesicht. Das würde er niemals akzeptieren.

Wie erwartet wurde Kleist lauter. «Das ist nicht dein Ernst! Verschlafen? Echt jetzt? Hast du sie noch alle? So besoffen waren wir gestern auch nicht!»

Wencke war den Tränen nahe. Scheiße. Scheiße. Scheiße. Ihr Kopf platzte. «Das war keine Absicht, ich weiß auch nicht, wie das passiert ist, Christopher hat mich nicht geweckt ...»

«Schon mal was von 'nem Wecker gehört? Und benutz endlich mal dein Scheiß-Telefon! Das ist doch nicht so schwierig! Ich dachte, ihr liegt irgendwo im Graben, Mensch!»

«Ja, tut mir leid ...»

«Ja, ach, spar's dir, komm einfach aufs Revier. Sofort!» Er schnaufte frustriert. «Hajo übernimmt, der ist stinksauer! Und ich lass mir nicht alleine von ihm den Kopf abreißen, Wencke! Sofort!»

Es piepte. Wencke sah auf das Display ihres Smartphones, hielt es sich wieder ans Ohr und betrachtete es dann noch mal. Kleist hatte einfach aufgelegt. Scheiße! Sie trat wütend gegen ihre Jacke, die neben dem Gummistiefel an der Haustür landete.

«Wencke? Bist du wach?»

Sie fuhr herum. Hosse und Christopher standen in der Küche. Sie waren wohl gerade von der Weide hereingekommen.

«Ist alles okay?» Hosse beobachtete sie besorgt.

«Wieso stehen meine Stiefel hier?»

Er lächelte mild. «Weil ich sie sauber machen wollte. Kaffee?»

Wencke fuhr sich verzweifelt durch die Haare. «Die stehen immer an der Tür zur Weide, da gehören sie hin! Wenn sie hier stehen, machen sie alles dreckig! Guck dir den Flur an!»

Hosse warf einen Blick in den Flur, auf die Stiefel und die Jacke, die immer noch herumlagen. Er zog die Augenbrauen hoch. «Jetzt setz dich erst mal. Der Kaffee ist gerade fertig.»

Wencke schüttelte den Kopf. «Sag mal, hörst du mir eigentlich zu?»

«Was ist denn los?»

«Was los ist? Ach nichts weiter, Hosse, ich kann jetzt keinen Kaffee trinken! Ich hab mal wieder Mist gebaut und muss aufs Revier und mich anschreien lassen. Kein Ding. Wo ist denn meine … Und die Gummistiefel gehören an die Tür zur Weide, verdammt noch mal!»

«Was? Was ist passiert?»

«Ich komm zu spät zum Verhör!»

«Was? Ich dachte, das ist nachmittags?»

«Nein, das war nie nachmittags, und wenn du mir einmal zuhören …» Sie kniff die Augen zusammen. «Boah, mein Kopf bringt mich um.» Genervt lief sie wieder in Richtung Schlafzimmer und klaubte ihre Hose vom Boden. Nach einem kurzen Geruchstest schlüpfte sie hinein und band sich eilig die wirren Haare zusammen. «Ich brauch ’ne Bluse! Scheiße!» Sie riss die Tür zum alten, wackligen Kleiderschrank auf, den sie von Onkel Johann übernommen hatte, und Mottenkugelduft kam ihr mit Wucht entgegen. Sie hielt die Luft an, zerrte eine Bluse und einen Blazer von ihren Bügeln und zog sich hektisch an.

Hosse erschien im Türrahmen mit einer Tasse Kaffee. «Soll ich dich fahren?»

«Nein!» Sie schob Hosse beiseite und rauschte in den Flur, schlüpfte in ihre Sneaker, griff nach ihrer Tasche und im selben Moment nach dem Türgriff und verschwand. Hosse und Christopher sahen ihr fragend hinterher.

*

Das Verhör war bereits in vollem Gange, als Wencke eine gefühlte Ewigkeit später das Revier erreichte. Es gab nur einen Verhörraum, gleich neben den Ausnüchterungszellen im Untergeschoss. Wencke war direkt die Treppen runtergerannt, als sie angekommen war, aber weil sie während eines laufenden Verhörs nicht hineindurfte, marschierte sie nun schon zum fünften Mal von einer beige getünchten Wand des Gangs zur anderen. Vier Schritte von Wand zu Wand. Acht, wenn man schnurstracks kehrtmachte und zurückmarschierte. Zwölf. Sechzehn. Nervös zog Wencke ihre Jacke aus und hängte sie sich über einen Arm. Zwanzig. Dreiundzwanzig. Nee. Noch einer. Vierundzwanzig. Sie sah zur Tür. Achtundzwanzig. Sie zog die Jacke wieder an.

Mit einem resoluten Quietschen ging die Tür auf. Wencke fuhr herum und stand einem großen, korpulenten Mann in einem Wildledermantel mit Pelzkragen gegenüber. Schnee-Schorsch. Er war inzwischen nüchtern und hatte freundlicherweise den Mantel zugeknöpft. Die nackten Füße steckten in Badelatschen, wie man sie auf dem Revier bekam, wenn man barfuß verhaftet wurde, weil man zum Beispiel unter Verdacht stand, einen Kiezmord begangen zu haben. Sein breites Grinsen wurde von seinem schwarzen, inzwischen nicht mehr biergetränkten Backenbart gesäumt. Sein Kopf war kahl, das fiel ihr jetzt erst auf. Er schien Wencke nicht zu erkennen, musterte sie nur abschätzig und wandte sich dann lachend zum Gehen. Hinter ihm erschien ein schlaksiger, bebrillter Mann im Anzug, der eine braune Aktentasche vor sich hertrug. Er würdigte Wencke keines Blickes. «Sie hören von uns!», konstatierte er und folgte Schnee-Schorsch Richtung Treppe.

Wencke schielte in den Verhörraum. Kleist saß noch am Tisch, eine aufgeschlagene Akte vor sich. Er hatte den Kopf in die Hände gestützt. Hajo stand mit hochrotem Kopf und verschränkten Armen am anderen Ende des Raumes. Als er Wencke sah, kniff er den Mund zusammen und rauschte dann schnurstracks auf sie zu und an ihr vorbei. «Mein Büro!»

Wencke sah ihm hinterher, wie er den Gang hinunterstapfte, dorthin, wo die anderen beiden verschwunden waren. Als er ebenfalls außer Sichtweite war, sah sie zu Kleist. «Theo?»

Kleist hatte sich immer noch nicht bewegt.

«Theo?»

Kleist hob langsam den Kopf und fuhr sich mit der Hand durchs Gesicht. Er atmete tief ein, klappte sorgfältig die Akte zu, strich den Deckel glatt und stand auf. Ohne Wencke anzusehen, ging er an ihr vorbei aus dem Raum. Die Furche auf seiner Stirn war noch tiefer als sonst.

«Theo?» Wencke sah ihm nach, wie er den Gang entlangschritt, als ginge er zu seiner Hinrichtung. Sein gerader Rücken mit den herabhängenden Schultern, die bedächtigen Schritte und die Hand, die verkrampft die Akte festhielt.

«Theo?», rief sie noch einmal. Er blieb stehen und drehte sich zu ihr herum. «Er war's nicht, Wencke. Wasserdichtes Alibi. Wir haben's verkackt. Schön, dass du auch endlich da bist.» Dann drehte er ihr wieder den Rücken zu und ging weiter. «Du hast Hajo doch gehört, oder?»

Wencke blickte in den nun leeren Verhörraum, die Luft darin war verbraucht und schwer, das Linoleum zerkratzt. Außer einem Tisch mit vier Stühlen, zwei auf jeder Seite, war der Raum leer. Nicht mal ein falscher Spiegel oder eine Kamera. Das hatte sie schon immer schade gefunden – die Kripo hatte solche Spiegel nicht. Als sie das zum ersten Mal feststellte, damals in der Ausbildung, war sie so enttäuscht gewesen, dass sie kurzzeitig darüber nachgedacht hatte, das Ganze hinzuschmeißen. «Wäre vielleicht klüger gewesen», murmelte sie und folgte Theo zur Hinrichtung.

Kapitel 21

«BEQUEMT SICH die Dame auch mal her!» Hajo saß an seinem Schreibtisch, als Wencke sein Büro betrat. Sie hatte sich schon die ganze Fahrt über ihren Text zurechtgelegt, aber als sie nun vor Hajo stand, fiel ihr nichts mehr davon ein. Sein Kopf war immer noch rot, er schwitzte und trank hektisch Kaffee. Wencke hatte plötzlich ein unbändiges Verlangen nach mindestens einem Liter davon, aber dann fiel ihr Blick auf Kleist. Der lehnte mit verschränkten Armen und heruntergezogenen Mundwinkeln am Fenster und beobachtete Wencke mit finsterem Blick. Er sah müde aus. Verschwitzt. Niedergemacht. Angebrüllt. Wencke zögerte und ließ dann die Tür leise ins Schloss fallen. Klick. Wie aufs Stichwort stand Hajo auf. «Spar's dir.»

Wencke zog die Schultern hoch. «Hajo ...»

«Spar. Es. Dir. Ganz peinliches Ding, Dierksen! Aber hey, wen interessiert's, er war's ja eh nicht. Wasserdichtes Alibi, er war in der Holstenklause, mit drölfundfuffzich Zeugen und Videobeweis! Wir haben uns nur beim Herausfinden ordentlich blamiert, weil ihr Profis das ganz professionell nicht vor der Vernehmung überprüft habt!» Er kam hinter seinem Schreibtisch vor. «Theo und ich haben das Von-Anwälten-plattgebügelt-Werden mal eben übernommen, ich hoffe, das macht dir nichts aus?»

Wencke wusste nicht, was sie antworten sollte. Die Kopfschmerzen kamen zurück.

Hajo schien aber sowieso keine Antwort zu erwarten, er redete sich in Rage. «Was sind das hier für Anfängerfehler? Wisst ihr eigentlich, wie weit ich mich für euch aus dem Fenster gelehnt hab?»

Kleist schloss die Augen. Die Predigt kannte er wohl schon.

Hajo wurde lauter. «Aber das ist ja noch nicht alles! Oh nein! Mal abgesehen davon, dass Huber nichts mit dem Mord zu tun hat und uns beim Verhör vor lauter Amüsemang ausgelacht hat, können wir froh sein, wenn seine Anwälte kein Verfahren gegen uns anstrengen! So wie die drauf sind, kriegen wir den nicht mal wegen der fünf Pfund Koks dran! Und!» Er fuhr sich durch sein schweißgetränktes, schütteres Haar. «Jetzt haben wir den ganzen Kiez aufgescheucht! Das wird es uns sehr viel einfacher machen, den Mörder zu finden! Dolles Ding! Ganz, ganz toll!»

Wencke holte Luft, aber Hajo fuhr ihr wieder über den Mund. «Ich will jetzt nichts von dir hören, Wencke! Das war's mit der Beratung! Dein Vertrag ist beendet! Aufgelöst! Finito! Und Theo», er fuchtelte in Kleists Richtung, «ab an den Schreibtisch! Und beweg dich ja nicht weg da! Ich will keinen von euch auch nur in der Nähe dieses Falles sehen! Scheiße! Raus!»

Die Tür fiel leiser hinter ihnen zu, als Wencke erwartet hatte, als sie und Kleist Hajos Büro verließen. Wencke fühlte sich wie ausgespuckt – und um das angebrachte Drama betrogen, so ganz ohne Türknallen und splitterndes Bürofensterglas. Die Tür war einfach mit einem Klick ins Schloss gefallen. Das hatte so eine faktische Endgültigkeit. Beendet. Aufgelöst. Finito. Klick.

Kleist raffte seinen Mantel über dem Arm zusammen und ging voraus, ohne sich nach ihr umzusehen. Sie wusste nicht, ob sie ihm folgen sollte.

«Theo?» Ihr Mund fühlte sich pelzig an, sie hatte sich nicht mal die Zähne geputzt.

Kleist stieg wortlos in den Fahrstuhl am anderen Ende des Großraumbüros. Kurz bevor sich die Tür schloss, streckte er eine Hand aus und hielt sie auf. Seine Miene war unverändert finster, seine müden Augen sahen durch Wencke hindurch. Wencke stieg schweigend ein. Im Erdgeschoss angekommen, folgte sie ihm zu seinem Wagen.

«Ich fahr dich nach Hause», sagte Kleist sachlich, ohne sie anzusehen. Wencke nickte und stieg auf der Beifahrerseite ein. Sie mussten reden. Kaum, dass sie ihre Tür schloss, wandte sie sich an Kleist. «Theo, es tut mir so ...»

Kleist hob die Hand und schloss sorgfältig seine Fahrertür. Er schnallte sich an. Lehnte den Kopf zurück. Dann schloss er die Augen, holte tief Luft und schrie. Reflexartig hielt sie sich die Ohren zu und kniff die Augen zusammen. So hatte sie ihn noch nie erlebt! Das war der lauteste, wütendste Schrei, den Wencke je von ihm gehört hatte.

Kleist schloss den Mund wieder, atmete ein paarmal ein und aus und ließ das Auto an. Gemächlich rollte der Toyota vom Parkplatz. Den Rest der Fahrt verbrachten sie schweigend. Wencke wagte nicht, sich zu bewegen, aus Angst, er könnte sie mitten auf der Autobahn aussetzen. Die dreißig Minuten nach Sorum waren ihr noch nie so lang vorgekommen. Sie schielte mehrmals unauffällig nach links, aber Kleist würdigte sie keines Blickes. Ein wenig sah er aus wie Bauer Hansen, so stoisch und unbeweglich saß er da.

Christopher stand an seinem Weidezaun wie ein gleichgültiges Begrüßungskommittee. Kleist fuhr schweigend an ihm vorbei und hielt vor der Haustür. Er wartete geduldig, bis Wencke sich entschieden hatte auszusteigen. Sie wollte etwas sagen, ihm erklären, wie leid es ihr tat, wie wütend sie war, dass sie sich das auch nicht erklären konnte, dass sie einfach zu dämlich war, so zu verschlafen ... aber schließlich stieg sie einfach aus. Sie beugte sich an der offenen Tür noch einmal hinunter und sah ins Auto. Kleist blickte stur geradeaus, die Hände um das Lenkrad gekrampft. Nach einem Nicken schloss sie die Tür. Klick. Kleist setzte sofort zum Wenden an und fuhr vom Hof, Wencke konnte ihm nur schweigend hinterhersehen.

Das Haus war dunkel und kalt, als Wencke in den Flur trat. Es war so still, dass ihre Ohren dröhnten. Der Hirsch auf dem Gemälde röhrte sie höhnisch von oben herab an. Die Gummistiefel lagen noch immer neben der Haustür. Sie ließ ihre Jacke daneben fallen, schlurfte ins Schlafzimmer und plumpste bäuchlings auf das Bett. Sie konnte Christopher hören, der neugierig von der Weide in die Küche stapfte und leise vor sich hin schnaubte, und schloss die Augen. Es gab keinen Grund, jetzt nicht mindestens die nächsten zwei Jahre zu schlafen. Oder doch? Da war noch was, irgendwas, was sie noch hatte sagen wollen – keine Entschuldigung, eher eine Erklärung, irgendein Detail. Es war klein, aber nicht unbedeutend, ein nagendes Etwas, das die Dinge geändert hätte. Etwas, das untergegangen war in dem ganzen Geschrei und den Vorwürfen und dem dröhnenden Schweigen. Was war es? Irgendwas Wichtiges ... Bevor sie den Gedanken richtig greifen konnte, war er schon wieder verschwunden, und Wencke schlief tief und fest – zumindest für ein paar Minuten. Denn es klingelte an der Tür. Wencke hatte so kurz geschlafen, dass sie noch nicht einmal Gelegenheit gehabt hatte, das Klingeln in ihre Kamelträume einzubauen, sie war gerade erst in die Tiefschlafphase gerutscht, da wurde sie schon wieder rausgerissen. Das Klingeln ging in ein hektisches Klopfen über. Dann klingelte und klopfte es abwechselnd. Wencke stöhnte.

Sie raffte sich mit letzter Kraft auf und schleppte sich in den Flur. Einen Moment lang dachte sie, es wäre Hajo, dem eingefallen war, dass er sie noch weiter anbrüllen wollte, aber dann erschien ihr das doch als etwas zu aufwendig – egal, wie wütend er war. Sie öffnete langsam die Haustür. Draußen stand Helga Suhrstedt mit erhobener Faust, bereit, noch einmal zu klopfen. Als sie Wencke sah, nahm sie den Arm runter und knipste ein Lächeln an. «Hallo, Frau Nachbarin!»

«Frau Suhrstedt?» Wencke fuhr sich durchs Gesicht.

Helga Suhrstedt lächelte unverwandt weiter. «Ja, stör ich? Ich will Sie auch gar nicht lange belästigen, aber ich hab Sie nach Hause kommen sehen und dachte, ich guck mal, wie es Ihnen so geht … Langer Tag?»

Wencke runzelte die Stirn.

Das Lächeln auf Frau Suhrstedts Gesicht verfestigte sich. «Gibt's denn schon was Neues?»

«Was Neues?»

Das war Helga Suhrstedts Stichwort, sie holte Luft. «Ja, also, ich war neulich beim Frische-Klötze, also nur um mal zu gucken, man muss ja Bescheid wissen, und die Therese Dräger, die hat da erzählt, dass Sie beim Jens auf der Weide was gefunden haben, und da wollt ich mal fragen, man macht sich ja Sorgen, und sie hat der Maria Klawitter wohl erzählt, dass das wohl 'ne *Leiche* war …», sie senkte die Stimme verschwörerisch, «... das behauptet zumindest die Maria, und man erzählt sich ja immer viel hier, nech, da wollt ich einfach mal fragen, ob das stimmt, weil, so 'ne *Leiche* in der Güllegrube, das ist ja nicht normal, also, dass da mal Kleinvieh reinfällt, das kennt man, die decken das ja oft auch nicht richtig ab, aber manchmal, da erzählt die Maria ja auch Sachen, also! Darf ich reinkommen?»

Wencke atmete aus. Sie machte keine Anstalten, die Tür weiter zu öffnen, aber das schien Frau Suhrstedt nicht zu stören, sie redete einfach weiter. «Wissense, die Maria, die hat ja viel Fantasie, nech.» Wieder senkte sie die Stimme und blickte Wencke intensiv an. «Die Klawitters, das is ja auch nicht alles so ... aber die Maria, die redet sich das manchmal auch schön, nech! Der ihr Stefan, erzähltse ja immer, der arbeitet in der Stadt – dabei stimmt das gar nicht, der fährt da nur hin, um sein Geld zu verplempern, inner Spielhalle, das haben wir ja alle mitgekriecht! Aber fragense mal die Maria, die schwört Stein und Bein, dass der irgendwas mit Medien macht! Der Klaus hat ihm schon 'ne Anstellung aufm Hof und die Einliegerwohnung gegeben, damit er seine Schulden abbezahlen kann, aber wennse mich fragen ...» Sie seufzte gravitätisch. «Früher, da war das so ein guter Junge, der hat mir immer den Rasen gemäht, und bei den Pfadfindern war der auch, aber jetzt ... Hoffnungslos! Aber was soll man da sagen, is ja ihr Sohn, nich meiner.» Sie lachte. «Mein Andreas, der hat so was ja nie gemacht, der ist jetzt in München ...»

«Frau Suhrstedt ...»

«Ja?»

Wencke wollte irgendwas Fieses sagen, irgendwas Spitzes, was Frau Suhrstedt erst verstünde, wenn sie Stunden später im Bett liegen und den Tag Revue passieren lassen würde, aber ihr Kopf war leer. «Ich kann nicht über laufende Ermittlungen ...», setzte sie deshalb an.

«Ja, ja, ich versteh schon!» Frau Suhrstedt winkte ab. «Ich wollte nur mal hören, ob Sie den Mörder schon haben, man traut sich ja gar nicht mehr raus, und wenn da jetzt noch so eine *Leiche* ...»

«Danke fürs Nachfragen.» Wencke begann, die Tür langsam zu schließen.

«Ja, selbstverständlich! Und wenn Sie mal jemanden brauchen, ich schick Ihnen gern den Heinz vorbei, der kann auch mal nach dem Rechten sehen hier.» Sie versuchte, in den Flur zu schielen, wo Wenckes Jacke und Schuhe auf dem Boden lagen.

«Danke. Wenn wir was Neues wissen, erfahren Sie es als Erste. Versprochen. Auf Wiedersehen, Frau Suhrstedt.»

«Gerne!»

Wencke schloss die Tür und starrte sie an. *Klick.* Frau Suhrstedt blieb noch einen Moment hinter der geschlossenen Tür stehen, aber schließlich wandte sie sich zum Gehen. Wencke schloss die Augen und schlurfte zurück ins Bett.

KAPITEL 22

DIE KAMELE dufteten nach Kaffee. Christopher war schlau, aber nicht so schlau, deshalb richtete Wencke sich langsam auf und pustete sich eine Strähne aus dem Gesicht. Sie hatte immer noch Kopfschmerzen, ihr Rücken war verspannt. 15:34 Uhr sagte der Wecker. Sie hörte Christopher in der Küche trippeln; Geschirr klirrte. Hosse. Sie knackte mit der Schulter und kletterte gähnend aus dem Bett. Hosse hatte ihr wohl Jacke und Schuhe ausgezogen und sie zugedeckt. Wann war er hergekommen? Auf Socken schlurfte sie in die Küche.

«Moin. Willst du jetzt ’nen Kaffee?» Hosse lächelte sie an und bedeutete ihr, sich zu setzen. Er stand am Herd, routiniert zerschlug er ein Ei, das in der Pfanne auf dem Herd zischte. «Du hast geschlafen wie ’ne Tote. Ich dachte, ich mach uns mal ein enorm spätes Frühstück. Spiegel oder Rühr?» Christopher stand neben ihm und beschnupperte die zerbrochenen Eierschalen. Als er Wencke sah, schnaubte er fröhlich.

Wencke sah von einem zum anderen. Sie sahen beide so sauber aus, so absichtlich bereit, den Tag zu beginnen – na ja, den Abend. Und beide betrachteten sie jetzt milde besorgt.

«Wie war das Verhör, Frau Beraterin?», fragte Hosse schließlich. «Hat er gestanden?»

Wencke schluckte. Und plötzlich fühlte sie sich wieder wie

zerkaut. Die Kopfschmerzen wurden stärker. Das Verhör, das keins gewesen war, Hajo mit seinem hohen Blutdruck und Theo mit seiner tiefen Enttäuschung. *Das war's mit der Beratung. Klick.* Sie wusste nicht, was sie sagen sollte. Sie war genauso enttäuscht von sich wie Theo, wenn nicht noch mehr – nein, das war mehr als Enttäuschung, sie schämte sich. Sie hatte schon wieder versagt.

Christopher und Hosse beobachteten sie aufmerksam. «Wencke? Ist alles okay? Wart ihr etwa schon wieder feiern? Liquid Lunch oder was?»

«Ich brauch 'ne Aspirin.» Sie wandte sich zum Gehen. «Oder zwei.» Ihre Stimme klang wie die von Anorak-Dieter. Sie hielt sich den Kopf. Gerade wollte sie allein sein.

Hosse lockerte gekonnt die Ränder des Spiegeleis in der Pfanne. «Aber nicht auf leeren Magen!»

«Ich hab keinen Hunger.»

«Na also, Proteine sind wichtig! Und 'nen Liter Wasser dazu?» Er tätschelte Christophers Mittelscheitel und zwinkerte ihm zu. «Ich sag's ja immer, nech, Wencke, sag ich, wenn du feiern warst, trink lieber noch einen Liter Wasser, bevor du schlafen gehst, aber auf mich hört ja …»

«Boah, ja genau …» Schnurstracks machte Wencke kehrt und marschierte zurück in die Küche. Wütend rauschte sie auf Hosse zu, vergessen waren Kopfschmerzen und Müdigkeit. «Wenn ich nur auf dich gehört hätte, ich Dummerchen! Weißte was, ich hab auf dich gehört! Und weil ich auf dich gehört habe, hab ich jetzt Mist gebaut! Weil ich auf dich gehört habe, haben wir den Falschen verhaftet! Weil ich auf dich gehört hab …»

Entgeistert sah Hosse sie an. «Was? Wovon redest du überhaupt?»

«Kiezmord, von wegen!» Sie fuchtelte hilflos vor Hosses Nase herum. «Schnee-Schorsch hat ein Alibi!»

«Was?» Hosse ließ den Bratenwender auf das Ei fallen.

«Er war es nicht! Und jetzt können wir noch mal von vorne anfangen!» Wencke fuchtelte immer noch, aber diesmal mehr vor ihrem eigenen Gesicht. «Und ich *wusste* das, ich *hab das gewusst, ich hatte das im Urin,* ich hab's euch auch gesagt, ich wusste, dass da was nicht stimmt, aber ich hab ja nicht drauf gehört, ich hab mich bequatschen lassen, dass es ein Kiezmord ist, obwohl ich *wusste,* dass es keiner ist, *ich bin so blöd!*»

«Also, jetzt mach mal halblang! Das ist doch nicht meine Schuld!»

«Nee, das ist meine Schuld, ich bin so bescheuert!» Ihre Stimme kippte. «Mann, ey! Hätt ich mich da bloß nicht bequatschen lassen! Und jetzt durfte ich mir direkt wieder 'nen Anschiss abholen, wie son Anfänger, weil die Dierksen, die hat's ja nicht drauf, die baut ja immer nur Scheiße, die kommt nicht nur zu spät zu einem Verhör mit dem einzigen Verdächtigen, die versaut auch noch die Ermittlung, weil sie sich reinquatschen lässt! Wieso ist die nicht auf ihrem Alpaka-Hof geblieben? Ach so, ja, *das wollte sie ja,* aber man braucht ja ihre Expertiiiiise!» Sie warf die Arme in die Luft. «Wo gehst du hin?»

Hosse war inzwischen an ihr vorbei in den Flur gegangen und zog seelenruhig seine Jacke an. «Ich muss in die Kneipe. Meld dich, wenn du dich beruhigt hast.»

«Echt jetzt? Das ist alles, was dir dazu einfällt?»

«Was soll ich denn sagen, Wencke?» Er verschränkte die Arme. «Soll ich zu deinem Chef gehen und die Schuld auf mich nehmen dafür, dass es kein Kiezmord war? Soll ich vor dir auf die Knie fallen, weil ich dich unterstützt hab? Das ist aber auch wirklich gemein von mir!» Jetzt wurde er auch lauter. «Als ob ich dich in irgendwas reinquatschen könnte! Als ob das irgendwer könnte! Ich hab noch nie so einen Dickschädel wie dich getroffen, nicht mal Christopher kommt da durch!» Er öffnete die Haustür. «Er hat übrigens schon gefressen. Ich hab ihn gefüttert, damit du ausschlafen kannst. Schien nötig. Noch so ein perfides Ding von mir!» Er knallte die Haustür zu.

Wütend und zerzaust blieb Wencke allein zurück und schloss die Augen. Als sie sie wieder öffnete, sah sie Christopher an einem Korb mit frischen Croissants auf dem Küchentisch knabbern. Den frischen Blumenstrauß daneben hatte er wohl während ihres Streits kahl gefressen. Nur den Kaffee hatte er noch nicht angerührt. Das Ei in der Pfanne wurde knisternd schwarz. Kommentarlos zog Wencke mit einer Hand die Pfanne vom Herd und mit der anderen den Korb mit Croissants unter Christophers Schnauze weg, um ihn in den Backofen zu schieben. «Weißt du, wo die Aspirin sind?»

Christopher zwinkerte sie an.

Sie ließ sich auf einen Stuhl fallen und schloss die Augen. Die Hektik von gestern kam zurück, die Wut, das Geschrei. Sie überlegte kurzzeitig, einfach wieder ins Bett zu gehen, stattdessen öffnete sie die Augen, fuhr sich durch die wirren blonden Haare und murmelte in Richtung des Alpakas. «Alles scheiße, Puschel.»

Christopher legte den Kopf schief.

Es war kalt in der Küche, das merkte sie jetzt, die Tür zur Weide stand noch auf, und Wencke umarmte sich instinktiv, als sie aufstand, um sie zu schließen. Dann stand sie eine Weile unschlüssig vor dem frischen Kaffee, den Hosse gekocht hatte und der verführerisch duftete. Sie kippte die Kanne im Spülbecken aus, nahm eine Flasche Korn und ein Wasserglas vom Regal und ließ sich wieder auf den Küchenstuhl fallen. Nägel mit Köpfen. Leiden mit Schnaps. Fast war sie ein bisschen enttäuscht, dass es Korn war und kein Korianderlikör. Guten Korn hatte sie nicht verdient. Und sie hatte das Bedürfnis, sich den Mund auszuwaschen. Christopher beobachtete sie interessiert.

«Sag Bescheid, wenn du raus willst.» Sie goss ein. Nahm einen großen Schluck. Dann noch einen. Sie schenkte nach. «Eins sach ich dir», setzte sie an und wedelte mit dem Glas in Christophers Richtung, «bleib bloß Alpaka. Geh bloß nicht zur Kripo!» Sie nahm noch einen Schluck. «Du kriegst nur auf die Fresse. Und puschelig ist auch nix.»

Christopher kam näher und schnupperte am Glas. Wencke tätschelte seinen Kopf. «Nee, das is nix für dich. Erst, wenn du achtzehn bist.»

Christopher summte zustimmend.

«Aber hier, willste noch Heu? Okay, dann nich. Weißte, das is ja noch so ein Ding. Wir waren doch zufrieden, oder? Hm?»

Christopher antwortete nicht.

Wencke griff hinter sich in die Schublade und zog ihre Zigaretten heraus. Sie zündete sich eine an und legte sie sofort im Aschenbecher ab. «Ich mein, wer braucht denn das, Karriere, Fälle lösen, pfht!» Sie schwang die Flasche hin und her. «Wir haben hier doch supergut rumgepuschelt, du und ich! Wir hatten was zu essen und was zu tun und 'nen Schlafplatz, und niemand hat uns hier angebrüllt oder rumkrakeelt. Es war doch alles super! Oder?»

Christopher lauschte gebannt.

«Ich mein, was brauchen wir denn sonst? Ich hab dich, du

hast mich, wir haben den Hof, ich kann uns was kochen, wenn nötig ...» Sie leerte das Glas und schenkte nach.

Christopher legte den Kopf schief und schnaubte unverbindlich.

«Ja, ja. Okay. Aber verhungern müssen wir nich, oder? Guck mal, wir können hier machen, was wir wollen, und keiner schreit uns dafür an, und wir brauchen von niemandem 'ne Erlaubnis. Was brauchen wir denn sonst? Ich sach dir, was. Nix! Wir brauchen keinen Chef und keinen Theo und keinen Hosse und ...» Sie hielt inne und holte tief Luft. «Nein, wir brauchen die nich, Puschel! Wir haben uns! Oder?» Sie verzog das Gesicht und verbarg es in ihren Händen. «Scheiße! Scheiße, Puschel!» Sie konnte spüren, wie Verzweiflung in ihrer Kehle hochwallte. Tränen brannten in ihren Augen. Ein Schluchzer lauerte unter ihrem Kinn. Sie ballte die Fäuste. Nein, Wencke Dierksen heulte nicht! Und schon gar nicht wegen so was! Wencke Dierksen hatte auch damals nicht geheult, und sie würde jetzt nicht mit der Heulerei anfangen! Das hatte noch nie irgendwem genutzt! Sie rieb sich die Augen und stand auf. «Haben wir noch Wein?»

Christopher summte.

«Ach ja.» Sie öffnete den Kühlschrank und zog eine halb volle Flasche Weißwein heraus. Schniefend zielte sie damit auf das Schnapsglas. «Ha! Ups!» Eine beträchtliche Menge Wein landete neben dem Glas, sie wischte die Pfütze mit dem Ärmel auf und leerte das Glas, um noch mal nachzuschenken. Langsam wurde die Verzweiflung von Wut abgelöst, die sich wie ein heißer Klumpen in ihren Magen senkte. «Wencke, ich brauch deine Hilfe! Wencke, das ist ein Kiezmord! Wencke, nun hör doch mal auf uns! Wencke, du darfst das nicht alleine entscheiden! Boah!» Sie ließ sich wieder auf den Stuhl fallen.

«Männer!» Sie drehte das Glas hin und her. «Nicht du, Puschel. Du bist der einzige Mann in meinem Leben, der was taugt! Das weißt du doch!» Sie prostete ihm zu. Die Zigarette war inzwischen zu Asche verbrannt.

Christopher summte.

Sie leerte das Glas und redete sich kieksend in Rage. «Das ist doch scheiße! *Ja, klar helf ich dir, Theo, kein Problem, komm ruhig rein und bring hier alles durcheinander! Oh, Hosse, meinste wirklich, dass das ein Kiezmord war? Na, wenn DU das sagst! Nananana!* Wie wär's mal mit Dazulernen! Bauchgefühl! Hallo!»

Christopher wich der Hand aus, mit der sie halbherzig versuchte, ihn zu tätscheln. «Du bist ein guter Zuhörer, Puschel.» Wie am Abend in der Bar ließ sie den Kopf auf die Tischplatte fallen und grummelte ins Holz. Sie konnte einen Schluchzer runterschlucken, der sich den Weg durch die Wut in ihre Kehle gebahnt hatte. «Guten Tag, Wencke Dierksen, komplett inkompetent, aber wenigstens nicht langweilig. Was hab ich mir dabei gedacht?», motzte sie in die Tischplatte. Die Wut verdampfte zu Resignation.

Christopher beobachtete sie aus sicherer Entfernung.

«Ich hätte Schalterbeamtin werden können! Oder Bestatterin! Ach nee, Leichen.» Sie verzog den Mund. «Oder hier, Fitnesstrai... Nee. Anwältin? Nee. Sommer... dings. Wie heißt das, wenn man Wein verköstigt?» Sie hob den Kopf wieder und betrachtete ihr Glas und Christopher, der sich darin spiegelte. «Alpaka-Bäuerin. Das war ich doch schon! Dabei hätt ich einfach bleiben können, aber nein ... Hey, sollen wir mal so Touren anbieten? Für gestresste Städter?»

Christopher schnaubte.

«Okay, war ja nur 'ne Idee.» Seufzend lehnte sie sich zurück. «Puschel, ich glaub, ich muss mich dem stellen. Ich kann höchstens noch Astrophysikerin werden.»

Christopher trippelte nervös.

«Ja nun! Was soll ich denn machen? Da gibt's wenigstens keine toten Dealer auf der Bullenweide, und da kann ich mich auf Fakten verlassen, da brauch ich mein Bauchgefühl nich, ab und an find ich ein schwarzes Loch oder auch nicht, kein Druck, ne! Und da muss ich auch nicht in Gülle rumstiefeln oder mir wackelige, von Dackeln aufgenommene Videos angucken von anderer Leute Füße und ...» Sie hielt inne. Ihr Blick fiel auf ihre Jacke, die Hosse ordentlich im Flur aufgehängt hatte, und die Gummistiefel, die immer noch dort standen. Ohne den Blick abzuwenden, stand sie auf. Da war doch noch was. Plötzlich war ihr Kopf ganz klar. Das Detail. Das nagende Gefühl im Magen. Das Etwas, das alles änderte.

«Sag mal, Puschel», sie blieb vor den Stiefeln stehen, «hast du schon mal einen Koksbaron in Gummistiefeln gesehen?»

Christopher trippelte.

«Ja eben. Ich auch nicht.» Sie ging in den Flur. «Kunstleder, okay. Echtes auch gern mal. Aber Gummi?»

Christopher trabte ihr hinterher und stupste sie an.

«Willst du raus? Na, wenn die Natur ruft ...» Sie nahm die Gummistiefel, ging damit in die Küche und öffnete die Tür, die zur Weide führte. Das Alpaka drängelte sich eilig an ihr vorbei auf die Weide. Kälte schlug ihr wieder entgegen. Es war heute sehr früh dunkel geworden, so dunkel, dass Wencke den Stall am anderen Ende der Weide nur schemenhaft erkennen konnte. Christopher störte das nicht, er verschwand geschäftig im Nichts. Sie war kurzzeitig von seinem Mut beeindruckt, doch dann fiel ihr Blick wieder auf die Gummistiefel. «Wo ist eigentlich der Laptop?»

Sie fand ihn im Wohnzimmer. Ein Klassiker war angemessen, beschloss sie und drehte die Anlage voll auf. Slayer. Dann fuhr sie den Laptop hoch und ließ sich auf die Couch fallen.

Da waren sie, die Gummistiefel. Obwohl es auch auf dem Video dunkel war und man kaum etwas erkennen konnte, war Wencke sicher. Warzenheiners Mörder trug Gummistiefel. «Welche Kiezgröße trägt denn Gummistiefel?» Sie spulte zurück. Und dann noch mal. Bootsmann hechelte, die Männer stritten sich und dann, für den Bruchteil einer Sekunde. Gummistiefel. «Vielleicht war er nur gut vorbereitet», murmelte sie, während sie sich fahrig den Zeitstempel im Video notierte. Ihr Blick fiel auf die Wand, die Hosse ihr angelegt hatte, und den Zettel, auf dem «Wyrum?» notiert war. «Aber dann bleibt immer noch die Frage, wieso die sich in Wyrum treffen und nicht in der Stadt. Ist das nicht viel zu umständlich, so doof mitten auf der Bullenweide?» Sie dachte laut vor sich hin. «Angenommen, dass das kein Kiezmord war ... dann muss das jemand gewesen sein, der weiß, dass es diese Weide gibt. Und der solche Gummistiefel hat.»

Es rumpelte an der Tür zur Weide. Christopher war fertig.

«Puschel, hör mal», sie sprang auf und eilte in die Küche, «das war garantiert kein Kiezmord!» Fast wäre sie gestolpert. «Das war einer von hier!»

Christopher drängelte sich wieder herein, an ihr vorbei ins Wohnzimmer, als wolle er das Video ansehen. Wencke griff die Weinflasche vom Tisch und folgte ihm.

«Der kannte sich da aus, Puschel! Der, der ...» Hektisch machte sie Notizen auf weiteren Blättern. «Der kommt aus der Gegend.» Sie überflog ihre Notizen und sah zur Wand. Als sie den Zettel mit der Beschriftung «Ortskenntnisse» fand, unterstrich sie das Wort zweimal und setzte zwei Ausrufezeichen dahinter. Auf einen neuen Zettel schrieb sie «Dräger» und auf einen weiteren «Güllegrube». Auf das nächste Blatt schrieb sie «Hansen» und auf ein weiteres «Leon». Sie sah zum Video. Nach kurzem Zögern nahm sie noch ein Blatt und schrieb «Gummistiefel» darauf.

Sie kritzelte und notierte und klebte an die Wand und kaute auf dem Stift und kritzelte und notierte und klebte. Als sie wieder aufsah, war die Wand übersät von Notizzetteln und roten Fäden. Die Musik war aus. Der Wein war leer. Ihr Kopf hämmerte wieder. Christopher stand mitten im Wohnzimmer und kaute auf einem zerknüllten Blatt herum. Gerade als Wencke es ihm aus dem Maul zog, klopfte es an der Haustür.

KAPITEL 23

ES DAUERTE EINE Weile, bis Wencke sich zur Haustür vorgearbeitet hatte. Es klopfte noch einmal, bevor sie öffnen konnte, und halb erwartete sie Hosse, vielleicht mit einem Blumenstrauß, vielleicht noch wütend, egal, das würde warten müssen, das hier war jetzt wichtiger! Das hier änderte alles! Schwungvoll riss sie die Tür auf.

«Theo?»

«Die Nummern.» Kleist hatte eine ernste Miene aufgesetzt, aber seine Hände zitterten.

«Was?»

«Die Nummern. Kann ich reinkommen?» Er schob sich an Wencke vorbei und bog direkt ins Wohnzimmer ab. «Gah!»

Christopher kaute auf den Resten des Notizzettels und sah Kleist neugierig an.

«Kannst du den mal ...»

Wencke schob Christopher aus dem Wohnzimmer in die Küche und schloss die Küchentür. Wo eben noch das Alpaka gestanden hatte, war nun die Wand mit Notizzetteln und Verdächtigen zu sehen.

«Oha.» Kleist zog die Mundwinkel nach unten, und sein Gesichtsausdruck änderte sich von erschrocken zu beeindruckt.

«Ich hab ein bisschen recherchiert, mir ist da was eingefallen. Was für Nummern?» Wencke ordnete hilflos ihre Haare zu einem Zopf. Das Chaos aus Wand und Weinflaschen war nicht schönzureden. Kleist sah Wencke eindringlich von unten bis oben an. «Hast du dich seit gestern gar nicht umgezogen?»

Wencke strich ihre zerknitterte Bluse glatt. «Welche Nummern, Theo?»

«Mir ist auch was eingefallen.» Theo schaffte Platz auf der Couch, setzte sich und zog etwas aus der Manteltasche. «Warzenheiners Notizblock. Ich weiß jetzt, was die Nummern bedeuten!»

«Was? Darfst du den überhaupt …»

Kleist zog die Augenbrauen hoch.

«Okay.» Wencke setzte sich zu ihm. «Erzähl!»

Theo zog ein zusammengefaltetes Blatt Papier aus der anderen Manteltasche. «Guck's dir selbst an.»

Skeptisch betrachtete Wencke das Blatt, wendete es und reichte es Kleist zurück. «Theo, das ist 'ne Rechnung.»

«Ja, genau.»

«Für deine Biokiste …»

«Auch richtig.»

«Was soll denn das jetzt …» Sie sah noch mal darauf. «Das ist ganz schön teuer.»

«Guck mal genau hin.» Er tippte ungeduldig mit dem Zeigefinger auf das Blatt, oben links, wo seine Adresse stand.

Und dann sah sie es auch. Sie nahm Kleist den Notizblock aus der Hand und blätterte hektisch darin. «Theo.»

«Hab ich recht oder hab ich recht?»

«Kurzer! Kundennummern! Das sind tatsächlich Kundennummern!»

«Und zwar nicht irgendwelche – das sind alles Kunden von Klawitter.»

«Bio-Klawitter! Bist du ganz sicher? Wissen wir das mit Sicherheit?»

«Absolut. Wir haben endlich die Kundenliste, um zu checken, ob Warzenheiner draufsteht, weißte noch? Er hat sich zwar angestellt, aber dann doch alles rübergeschickt. Ich hab's schon abgeglichen. Das sind alles ausnahmslos Klawitter-Kunden.»

«Theo!» Wencke zog Kleist von der Couch und umarmte ihn stürmisch. «Theo! Das ist die Liste mit Abnehmern! Das isses! Das muss es sein!» Hektisch sprang sie auf und begann, einige Blätter an der Wand neu zu arrangieren. «Hier, Warzenheiner macht mit Klawitter gemeinsame Sache», sie klebte die Blätter «Bio-Klawitter» und «WARZENHEINER (Opfer)» nebeneinander, «und zwar im Auftrag von Schnee-Schorsch ...», sie riss den entsprechenden Zettel ab und klebte ihn neben die anderen beiden, dann zog sie rote Fäden zwischen allen dreien.

«Hm.» Kleist stand auf und stellte sich neben sie vor die Wand. Er schüttelte den Kopf. «Das ergibt aber keinen Sinn. Klawitter hat keinen Grund dazu. Dem geht's gut, der macht Kohle, geht bald in Rente ... Sein Sohn übernimmt doch bald alles.»

Der Sohn. Stefan Klawitter mit dem Dobermann-Gesicht und dem Spielproblem. Wencke nahm ein weiteres Blatt und schrieb «Klawitter junior (Spielschulden)» darauf. Dann heftete sie es an die Wand, neben seinen Vater.

«Meinste?» Kleist betrachtete die Wand kritisch. «Also, ich glaube, dass wir erst mal», er holte den Notizblock von der Couch, «circa zweihundert potenzielle Mörder abchecken müssen.»

Wencke schüttelte den Kopf. «Vielleicht auch nicht.» Sie

zog das von Christopher angekaute Stück Papier, auf dem «Gummistiefel» stand, glatt. «Hier, das hab ich mir grad angeguckt. Der Mörder ist aus Sorum! Da bin ich mir sicher. Guck mal hier.» Sie drehte den Laptop in Kleists Richtung. «Gummistiefel. Und! Hier, die Biokiste!»

«Gummistiefel?»

«Das war garantiert kein Kiezmord, Theo. Niemals! Welche Kiezgröße, die was auf sich hält, trägt denn Gummistiefel? Da würd ich doch zumindest Schlangenlederimitat erwarten! Und selbst wenn doch ...»

«Vielleicht hat er jemanden beauftragt.»

«Ja, selbst wenn, Theo, was machen die in Wyrum? Wieso hier? Und ...» Sie tippte auf den Bildschirm. «Die Kiste! Es hat doch wohl keiner von denen ein Gemüse-Abo?»

Kleist nickte. «Auf der Kundenliste war keine Kiezgröße. Auch keine kleine Nummer. Nicht mal ansatzweise. Größtenteils Klientel aus Altona und Winterhude. Mehr als Punkte in Flensburg und ab und zu mal Verstoß gegen BtMG gibt's da nich. Das heißt ...»

Wencke ließ ihn den Gedanken zu Ende führen.

«Es ist sehr wahrscheinlich, dass die Kiste direkt von Klawitters Hof stammt.»

«Klawitter junior hatte Spielschulden, das hat mir Frau Suhrstedt erzählt. Das wäre doch ein Motiv ...»

«Ja, aber wofür?» Kleist wandte sich zu ihr. «Vielleicht war Warzenheiner gar nicht das Opfer, sondern eigentlich der Täter?»

Daran hatte Wencke noch gar nicht gedacht. «Was meinst du?»

«Klawitter junior macht Schulden bei Schnee-Schorsch, und Schnee-Schorsch setzt Warzenheiner auf ihn an?»

«Warzenheiner, ein Auftragskiller?» Wencke lachte. Synchron schüttelten beide den Kopf.

«Nee, Theo, da ist noch mehr. Wenn wir mal Schnee-Schorsch aus der Nummer raushalten ...» Sie nahm das entsprechende Blatt ab und hängte es etwas entfernt wieder auf. «Was haben Warzenheiner und Klawitter junior miteinander zu schaffen? Wieso hatte Warzenheiner die Kundenliste?» Ihr Blick fiel auf den Flyer. Der Brokkoli im Logo grinste sie enthusiastisch an. «Es muss ja direkt was mit dem Geschäft zu tun haben.»

«Was hat ein Grasdealer mit einem Bio-Bauern zu tun?» Kleist legte den Kopf schief. «Hat Stefan Klawitter doch für Warzenheiner angebaut?»

«Möglich. Ist aber ein schwaches Mordmotiv.»

«Hm. Er wollte aussteigen?»

Wencke schüttelte den Kopf. «Dafür muss man einen wie Warzenheiner nicht umbringen. Erklärt auch nicht das Koks.»

«Hm.»

Wencke trat näher an die Wand und betrachtete alle Notizzettel. Ihr Blick blieb wieder am Flyer vom Biohof Klawitter hängen. «Es ist hier, Theo, ich weiß es. Wir gucken genau drauf. Wir müssen es nur sehen.» Sie kniff die Augen zusammen und las ihn genau durch. Und dann noch mal. Gerade wollte sie ihre Lesebrille holen, da sah sie es. Ganz unten, klein gedruckt, unter «Extras». Sie tippte darauf. «Theo! Da.»

«Was?» Er trat neben sie und folgte ihrem Finger. «Kräutermischung Spezial?»

«Hast du das schon mal bestellt?»

«Nee, ich wusste gar nicht, dass es das gibt.»

Wencke klatschte in die Hände. «Das isses, Theo!»

«Gartenkräuter?»

«Theo! *Spe-zi-al!*» Sie zwinkerte ihm übertrieben zu.

Theo sah sie immer noch mit leerem Blick an.

Wencke seufzte. «Klawitter junior hat nicht für Warzenheiner angebaut! Er hat den Vertrieb für ihn übernommen!»

Kleist verstand. «Der Bio-Bauer liefert Gras für den Dealer an Städter?»

Wencke begann, im Kreis zu gehen, immer um den Wohnzimmertisch herum. «Warzenheiner liefert das Gras an Klawitter junior, der bewirbt es über den Flyer, die Städter bestellen und kriegen es mit der regulären Biokiste geliefert. Warzenheiner ist offiziell gar nicht im Geschäft, und Klawitter junior kriegt einen Anteil vom Erlös und bezahlt damit seine Spielschulden. Unerwartet, aber schlau.»

Kleist dachte weiter. «Klawitter junior hat ihn umgebracht? Aber wieso? Keinen Bock mehr auf die Zusammenarbeit? Bisschen drastisch, findest du nicht?»

«Wir müssen da noch mal hin.»

«Jetzt?»

Wencke nickte heftig.

Theo lachte nervös. «Ich meine, es ist Freitagabend, und wir sollten erst mal Hajo ...»

«Ich zieh mich um.» Schnurstracks marschierte sie aus dem Wohnzimmer und ließ Kleist und das Alpaka zurück, die ihr beide entgeistert nachblickten.

*

«Ich fahre!»

«Ganz sicher nicht!» Kleist öffnete die Beifahrertür und schob Wencke hinein. «Wie viel hast du getrunken?»

«Nicht so viel. Ein Korn. Bisschen Wein. Aber das war vor ’ner Weile.»

Theo runzelte die Stirn. Wencke stieg wieder aus und hüpfte auf einem Bein, während sie sich an die Nase fasste. «Bitte.»

Als Kleist wortlos um das Auto herumging, stieg sie schnell wieder ein und schnallte sich an. Er legte den Rückwärtsgang ein. «Rechts?»

«Links.»

«Okay.»

Sorum wirkte verlassen, die Straßen leer, nur in ein paar Küchen und Wohnzimmern brannte Licht. Außer dem Toyota machte nichts und niemand Geräusche im Dorf. Kleist betrachtete die vorbeihuschenden Häuser und Höfe.

«Es ist noch nicht mal sieben durch und hier is schon Schicht ...»

«Abendessenszeit! Die müssen die Kühe melken morgen früh.» Wencke wühlte sich durch Warzenheiners Notizblock. «Krass, alles Graskunden! Hast du geguckt, ob du wirklich nicht dabei bist?»

«Ich bin immer noch sauer auf dich, weißte.» Kleist nahm den Blick nicht von der Straße und sein Gesicht wirkte gefasst, aber Wencke sah, dass seine Fingerknöchel am Lenkrad weiß wurden.

«Ich weiß», sagte sie deshalb nur und nichts weiter. Jetzt war nicht der richtige Zeitpunkt.

Nach ein paar Minuten bogen sie links in den Wirtschaftsweg ein, der zum Biohof führte. Die Gewächshäuser, die den Weg säumten, wirkten kalt und verlassen, Kondenswasser hatte sich an den Scheiben gesammelt. Auch am Hofladen brannte kein Licht mehr. Die Transporter standen aufgereiht vor dem Laden. Es war niemand zu sehen. Kleist parkte direkt vor der Tür. «Da vorne links ist der Hauseingang», er stieg aus, «du wartest hier.»

Wencke stieg ebenfalls aus und ging auf den Hauseingang neben dem Laden zu. Kleist schlug betont dramatisch die Tür zu und atmete laut aus.

Neben der Haustür führte eine Treppe zum Untergeschoss. Das musste die Einliegerwohnung sein, in der Stefan Klawitter wohnte. Die weiß lackierte Tür schien relativ neu, neben dem Eingang standen zwei große Töpfe mit Lavendel.

Wencke sprang die Stufen hinab und drückte auf die namenlose Messingklingel. Keine Antwort.

Kleist folgte ihr eilig und drängte sich an ihr vorbei. «Ich mach das! Du bist suspendiert, du dürftest gar nicht hier sein!», flüsterte er und drückte ebenfalls auf die Klingel.

Wieder keine Reaktion. Er klingelte ein drittes Mal. Immer noch nichts. Gerade als Wencke den Arm hob, um wie Frau Suhrstedt hektisch an die Tür zu klopfen, hörten sie, wie sich ein Schlüssel im Schloss drehte. Sie sah Kleist an und trat einen Schritt zurück. Kleist zückte seinen Dienstausweis.

Die Tür öffnete sich langsam und quietschend. Dahinter erschien eine spitze Nase und gleich darauf der Rest eines skeptisch blickenden Stefan Klawitters. «Ja bitte?»

Kleist legte los. «Guten Tag, Kleist, Kripo Hamburg-Altona, das ist meine Kollegin Frau Dierksen. Herr Klawitter? Wir haben ein paar Fragen an Sie, dürfen wir reinkommen?»

Stefan Klawitter hielt den Türgriff immer noch fest in der Hand und machte keine Anstalten, sie weiter zu öffnen. Er schien zu überlegen. Dann schüttelte er den Kopf. «Nee, wieso?»

Wencke mischte sich ein. «Herr Klawitter, wir waren neulich schon mal hier, erinnern sie sich?»

Klawitter überlegte wieder. «Nee?» Er wirkte hager, hatte dunkle Ringe unter den Augen und war unrasiert. Sein zurückgekämmtes Haar war fettig, er trug eine dunkle Jeans und ein schwarzes T-Shirt. An seinem linken Fuß ragte der große Zeh aus einem Loch in der schwarzen Socke. Wencke schätzte ihn auf Ende dreißig. Sein Blick war rastlos, er sah immer wieder von Wencke zu Kleist, dann auf Kleists Dienstausweis und zurück.

«Es geht um einen Mord, Herr Klawitter.»

Klawitter fixierte sie mit großen Augen. Er antwortete nicht.

«Na gut, Sie müssen ja nicht mit uns reden.» Wencke machte Anstalten zu gehen und hielt dann inne, als hätte sie etwas gehört. «Oh, da kommt jemand! Kommen Sie, Herr Kleist, wir befragen da erst mal weiter. Vielleicht lassen die uns auch mal in die Transporter gucken!»

Klawitter horchte auf. «Oh, das geht nicht ...»

«Nein?» Wencke drehte sich wieder zu ihm um und sah ihn erwartungsvoll an.

«Das is bestimmt nur, äh ...», man konnte sehen, wie die Gedanken hinter seiner Stirn rotierten, «die Putzfrau! Die kann ja gar kein Deutsch, die kann Ihnen bestimmt nicht helfen.»

«Ach», Kleist legte nach, «ein bisschen Englisch können wir ja alle, das wird schon reichen.»

«Nein, nein!» Klawitter riss die Tür auf. «Vielleicht ist das auch mein ... Ach, kommen Sie halt rein.»

Wencke lächelte. «Danke, sehr freundlich!» Sie betrat schwungvoll Klawitter juniors Wohnung. Kleist nickte Klawitter junior freundlich zu und folgte ihr. Die Wohnung im Souterrain war recht dunkel, die Zimmer klein und die Decken niedrig. Kleist konnte sich gerade so aufrecht bewegen. Auch Stefan Klawitter schien gerade so aufrecht zwischen Fußboden und Decke zu passen.

«Hier rein?» Wencke deutete auf eine offene Zimmertür mit Glaseinsatz, hinter der sie das Wohnzimmer vermutete.

Klawitter junior nickte. «Ich hab aber nich so viel Zeit!», rief er ihr hinterher, als sie im Wohnzimmer verschwand.

«Wir wissen das zu schätzen, dass Sie sich die Zeit nehmen.» Kleist lächelte.

Im Wohnzimmer hing eine fliederfarbene Flagge mit einer stilisierten Lilie an der Wand. Das gleiche Symbol hatte Wencke auch schon auf den Kluften der Pfadfinder im Dorf gesehen. Vor dem einzigen rechteckigen und recht schmalen Fenster, das fast unter der Decke saß, hing ein Tuch mit Batikmuster, das den Raum in ein sattes Gelb tauchte. Auf der ausgesessenen Couch aus braunem Cord lagen zwei abgegriffene Bücher, auf dem Tisch stand eine leere Teetasse neben einem hölzernen Halter für Räucherstäbchen. Der Raum roch nach Vanille. Einen Fernseher schien Stefan Klawitter nicht zu besitzen, dafür aber eine TV-Bank, auf der eine kleine Buddha-Figur thronte.

Vom Wohnzimmer ging eine kleine Küche ab, die so schmal war, dass außer Wencke niemand mehr reinpasste. Die Oberflächen der Einbauschränke waren leer, am Kühlschrank waren mit Magneten ein paar Fotos von verschiedenen Pfadfindergruppen befestigt. Wencke öffnete die Kühlschranktür und lugte hinein. Veganer Brotaufstrich, eine Karaffe mit selbst angesetztem Kombucha, eine Salatgurke.

«Ähm. Das is jetzt aber ein bisschen ...», Klawitter junior schien etwas dagegen zu haben.

Wencke schloss die Kühlschranktür wieder. «Sorry, alte Angewohnheit.» Sie lächelte und ging zurück ins Wohnzimmer.

Stefan Klawitter stand immer noch mitten im Raum und rang nervös die Hände. «Ja, also ...»

«Ja! Herr Klawitter ... Darf ich Stefan sagen?»

Klawitter nickte unsicher.

«Stefan. Wencke. Wir kommen noch mal wegen des Toten auf der Bullenweide, Sie haben das ja sicher schon mitgekriegt.»

Klawitter sah sie mit großen Augen an.

«Kannten Sie den Toten?», fragte Kleist hinter ihm. Klawitter fuhr herum.

«Nee ... wieso?»

«Wir haben eine Biokiste von Ihrem Hof am Tatort gefunden.»

Klawitter blinzelte. «Nee, also das kann ja gar nicht ... also.» Er kniff die Lippen zusammen.

«Sie arbeiten hier auf dem Hof?» Wencke lenkte seine Aufmerksamkeit wieder auf sich.

«Ja.» Er schwitzte.

«Ihr Vater geht ja bald in Rente, nech? Das hat er uns erzählt. Sie übernehmen dann?»

«Ich ... ja.»

«Das ist aber praktisch, oder? Da können Sie ja den Job in der Stadt aufgeben.»

Klawitter blinzelte wieder. «Job in der Stadt? Ich hab keinen ...»

«Ach, dann hab ich da was falsch verstanden.» Wencke lächelte immer noch.

«Stefan», Kleist wanderte durch den Raum und blieb direkt

vor Klawitter stehen, «ich möchte Ihnen nicht zu nahe treten, aber ist es wahr, dass Sie Spielschulden haben?»

Klawitter trat einen Schritt zurück. «Was? Nee, wieso?»

«Wir können das überprüfen.»

Er blinzelte wieder. «Echt?»

Kleist und Wencke nickten synchron.

Klawitter legte die Stirn in Falten. «Ja, son bisschen. Aber das ist alles geklärt, Vaddern weiß das ja auch, ich arbeite ja auch dran ...»

Wencke nickte. «Wär ja auch schwierig, so verschuldet den Hof zu übernehmen, nech. Das finden die Banken eventuell auch nicht so doll.»

Stefan Klawitter runzelte die schweißig glänzende Stirn. «Was geht Sie das denn an?», fragte er dann. «Das hat doch gar nix mit dem Mord zu tun! Oder?»

Wencke zuckte mit den Schultern. «Das wollten wir Sie eigentlich fragen. Hat es was mit dem Mord zu tun?»

Klawitter schien überrascht. Er holte tief Luft. «Also! Ich bin doch kein ... Ich hab den nich ...» Er schüttelte energisch den Kopf. «Das können Sie mir auch gar nich ... Dings!»

«Nachweisen?» Kleist lächelte wieder.

Klawitter kniff die Lippen zusammen und verschränkte die Arme vor dem schmalen Brustkorb.

«Heiner Borchert», sagte Kleist und zückte sein Notizbuch. «Kennen Sie den?»

«Nee, wieso?»

Kleist machte sich auffällig Notizen. Als Klawitter in sein Notizbuch schielen wollte, klappte er es energisch zu, trat ein paar Schritte zurück und klappte es dann wieder auf, ohne ihn anzusehen. «Warzenheiner. Grasdealer, ziemlich große Nummer aufm Kiez.»

Klawitters linker Mundwinkel zuckte.

«Sie sollten uns das jetzt sagen, Stefan.» Wencke trat ebenfalls näher. «Wir können nicht ausschließen, dass da noch was kommt.»

Klawitter sah sie an. «Vom Kiez oder was?»

Wencke nickte.

Kleist fuhr fort. «Schnee-Schorsch, Georg Huber. Kennen Sie den?»

Er pustete Luft durch die Lippen und sah wieder weg. «Nee.» Er sah demonstrativ zur Uhr. «Ich muss jetzt auch los.»

«Pfadfindertreffen?» Wencke deutete auf die Fahne mit der Lilie.

«Nee, wieso?»

«Hätt ja sein können. Na gut, Stefan, dann wollen wir Sie auch nicht länger behelligen.»

Klawitter atmete sichtlich erleichtert aus.

Kleist klappte wieder geräuschvoll sein Notizbuch zusammen und streckte Klawitter die Hand hin. «Auf Wiedersehen!»

Klawitter nahm sie zögerlich und ließ sie von Kleist schütteln. «Ja ... da, bitte.» Er deutete auf die Haustür.

Wencke war schon vorausgegangen und öffnete sie. «Danke, Stefan! Rufen Sie uns, falls Sie Hilfe brauchen!» Sie nickte Kleist zu, der Klawitter eine seiner Visitenkarten in die schwitzige Hand drückte.

«Nur für alle Fälle. Aber jederzeit!» Er zwinkerte ihm zu und folgte Wencke nach draußen.

«Hilfe?» Stefan Klawitter sah irritiert auf die Visitenkarte in seiner Hand, bevor er den beiden zur Haustür folgte und sie eilig wieder abschloss.

KAPITEL 24

«NICHT DER beste Schauspieler, der Gute.» Wencke schnallte sich wieder an.

Kleist ließ den Motor an. «Wenn der Warzenheiner nicht kennt, bin ich hetero.»

Wencke schnaubte. «Hundertpro kennt der den.»

Kleist wendete und fuhr vom Hof. Sie ließen die Gewächshäuser und Felder zügig hinter sich. Am Ende des Wirtschaftswegs bremste Kleist ab und setzte den Blinker Richtung Hauptstraße. «Observieren?»

«Aber so was von!» Wencke sah prüfend nach rechts. «Da vorne war ein Feldweg, glaub ich. Wenn wir uns da hinstellen, müssten wir sehen können, wenn jemand hier rauskommt.»

Kleist bog nach rechts ab, wieder zurück Richtung Sorum-Zentrum. Ein paar Meter weiter fanden sie auf der rechten Seite tatsächlich einen schmalen Feldweg hinter einer Baumgruppe. Kleist bog noch einmal ab, wendete unzeremoniell und parkte versteckt hinter einer Ansammlung Fichten.

«Nächstes Mal kauf ich mir ein grünes Auto …», murmelte Kleist und kurbelte das Fenster runter, «hast du mal 'ne Zigarette?»

Wencke zog eine Packung aus ihrer Jackentasche und reichte sie Kleist. «Bin gespannt, wie lange das dauert jetzt.»

«Ich sag zwei Stunden.» Kleist zündete sich eine Zigarette an.

Wencke verzog das Gesicht. «Er sagte doch, er hätte jetzt was vor.»

Kleist pustete eine Rauchwolke in Wenckes Richtung. «Das hast du dem nicht ernsthaft geglaubt?»

«Nee, trotzdem ... okay, ich sag drei Stunden.»

Kleist lachte. «Die Wette gilt.»

Ein Specht klopfte rhythmisch eine Botschaft in den Baum über ihnen. Wenn er eine Pause machte, konnte man von weit weg das Rauschen der Autobahn hören. Sonst nichts. Wenckes Zigaretten gingen zur Neige. Sie sah auf die Uhr. Es waren noch keine zwei Stunden vergangen.

Sie sah nach links, Kleist war in sein Smartphone vertieft, geschäftig tippte er darauf herum. So schnell würde sie nie tippen können, dachte Wencke und schielte auf das Display.

Kleist bemerkte sie und hielt das Display zu. «Privatsphäre bitte.»

«Mit wem schreibst du denn da?»

«Sag ich dir nich.»

«Oh! Hast du ’nen Neuen?»

«Nein.»

Sie zwinkerte ihm zu. «Von dieser Dating-App?»

Kleist wandte sich ihr zu. «Ich bin immer noch sauer auf dich.»

Wencke seufzte. «Ich weiß.»

Kleist schob das Smartphone wieder in seine Jackentasche. «Du kannst mich nicht so hängen lassen, Wencke.»

«Ich hab doch gesagt ...»

Kleist unterbrach sie. «Weißt du, dass du dich mal nicht so sklavisch an die Vorschriften hältst, bitte sehr. Und ich will ja auch gar nicht behaupten, dass dein Riecher nicht der richtige war. Aber du kannst nicht ...»

«Ich hab mich doch entschuldigt, Theo!»

«Ich red nicht von damals! Ich red von Schnee-Schorsch! Was war das bitte? Erst muss ich dich quasi mitschleifen zur Verhaftung ...»

«Na ja, mitschleifen ...»

«Na ja, doch! Und dann schwänzt du mal eben so das Verhör? Ich mein, geht's noch?»

«Ich ...» Wenckes Kopf war leer. Sie wollte nicht schon wieder immer dieselben Floskeln herunterbeten: E*s tut mir leid, ich hab's versaut, kommt nicht wieder vor, ich weiß nicht, wie das passieren konnte*. Sie schwieg.

«Und ja, das war nicht dein Fehler, dass wir sein Alibi nicht vorher überprüft haben, aber ey, du hättest ja auch einfach mal mitdenken können! Oder mir beistehen! Mich das alleine ausbaden zu lassen war echt nicht fair!»

Wencke nickte. «Nein, war es nicht.»

Aber Kleist war noch nicht fertig. «Das ist mein Job, Wencke! Mein Lebensunterhalt! Du erbst 'nen Hof und 'ne Million und hängst deinen an den Nagel, bitte sehr, aber ich muss Miete zahlen! Ich hab einen Kredit und alles! Und vielleicht will ich mir auch irgendwann noch mal ein Haus kaufen oder so! Und überhaupt. Ich will da noch was erreichen, das geht wohl kaum, wenn ich einen Anfängerfehler nach dem anderen in der Akte stehen hab! Kannst du das bitte mal ernst nehmen?»

Wencke sah auf ihre Zigarettenschachtel. Eine war noch drin. Sie wandte sich an Kleist. «Ja, kann ich. Mach ich auch. Du hast recht. Es tut mir wirklich, wirklich leid, Theo, ganz ehrlich. Ich hab das nicht mit Absicht gemacht, aber ich weiß, dass es scheiße war. Ich mach so was nie wieder.»

Kleist sah sie prüfend an. «Pfadfinderehrenwort?»

«Wenn ich wüsste, wie das geht, ja.»

Kleists Handy summte. Irritiert sah er zu seiner Jackentasche herunter. «So.» Er hob die linke Hand und klappte Daumen und kleinen Finger ein. Sie tat es ihm nach.

«Jetzt sag's noch mal.»

«Es tut mir leid, Theo. Du hast recht, ich muss das ernst nehmen. Das war große Scheiße von mir, und ich verspreche, es nie wieder zu tun. Pfadfinderehrenwort.»

Kleist nickte. «Du kannst die Hand wieder runternehmen. Und mir deine letzte Zigarette geben.»

Wencke tat beides.

Das Handy summte wieder.

«Theo! Wer ist denn das?»

«Niemand!»

Nach vier Stunden hatten beide die Wette verloren. Nur ein paar Grillen zirpten, ansonsten herrschte absolute Stille. Nicht mal die Autobahn war mehr zu hören. Es war Vollmond. Wencke war eingeschlafen. Die Kamele fraßen Spiegeleier und schmatzten, dann traten sie ihr gegen die Schulter. Sie wedelte mit der Hand, aber die Kamele traten weiter. Sie öffnete die Augen.

«Du schimpfst im Schlaf, wusstest du das?»

«Was?»

«Geradezu gepöbelt hast du. Irgendwas über Eier?» Kleist öffnete seine Tür. «Ich muss mal eben austreten, ich bin sofort wieder da.»

Wencke fuhr sich durch die wirren Haare. «Und dafür weckst du mich? Soll ich dir leuchten?»

«Haha», Kleist stieg aus, «pass einfach auf, falls Klawitter junior doch noch auftaucht. In den letzten anderthalb Stunden hab ich niemanden gesehen.» Er richtete sich kurz auf, lehnte sich dann aber direkt wieder hinunter. «Gern geschehen übrigens. Bis gleich.» Er verschwand trippelnd in der Finsternis.

Wencke gähnte und setzte sich auf. Es war kalt im Auto, sie knetete ihre Hände. Sie legte den Kopf zurück und betrachtete den Mond, der hinter einer Wolke verschwand. Ohne ihn könnten sie absolut gar nichts sehen, nicht mal die Hand vor Augen. Sie seufzte. Was für ein Tag. Sie hätte Hosse nicht so anschreien dürfen. Es war nicht seine Schuld. Sie musste ihn anrufen, später, in Ruhe, und sich entschuldigen. Sie sah auf die Uhr, doch bevor sie die Uhrzeit registrieren konnte, riss ein Geräusch sie aus ihren Gedanken, ein Auto, das näher kam. Wencke sah in Richtung des Wirtschaftswegs und kniff die Augen zusammen. Lichtkegel, die näher kamen, ein Motorengeräusch, das lauter wurde. Die Wolken gaben den Mond frei; ein Transporter vom Biohof erreichte die Hauptstraße und bremste. Obwohl sie unmöglich zu sehen sein konnte, rutschte Wencke tiefer in ihren Sitz und beobachtete den Transporter unauffällig. Eine hagere Gestalt saß am Steuer, die Haare zurückgegelt, sein Profil mit der spitzen Nase war deutlich gegen das Mondlicht zu erkennen. Klawitter junior war immer noch schwarz gekleidet, er hatte sogar eine dunkle Jacke übergezogen. Undeutlich konnte Wencke das Logo auf der Fahrertür ausmachen, es war dasselbe wie auf den Kisten. Fröhliches Gemüse, «Biohof Klawitter» darüber im Halbkreis. Stefan Klawitter sah mehrmals in den Rückspiegel und aus dem Seitenfenster, bevor er schließlich nach links abbog. Seltsam, dass er sich hier so benahm ... Ahnte er, dass er beobachtet wurde? Er konnte ja nicht wissen, dass sie hinter den Fichten lauerten.

Wencke sah hektisch in Richtung der Baumgruppe, dorthin, wo Kleist verschwunden war. Sie konnte ihn weder sehen noch hören. Ob Klawitter ihn erwischt hatte? Unwahrscheinlich, sie hatte nichts gehört, keine Stimmen, keine Kampfgeräusche, nichts. Kleist war nicht so leicht zu überrumpeln. Und Stefan Klawitter nun wirklich kein Kampfsportler. Sie blickte wieder zum Transporter. Klawitter bog ab.

«Mensch, Theoooo! Jetzt oder nie!» Wencke zog ihr Handy aus der Tasche und tippte konfus auf dem Display herum. Das Handy piepte und blinkte, aber der Anruf an Kleist ging nicht raus. «Maaaaann!» Wencke steckte es genervt wieder weg und sah auf. Die Rücklichter des Transporters wurden immer kleiner. Sie öffnete ihre Tür und lehnte sich zischend hinaus. «Theo! Theoooo! Ey!» Nichts zu hören. Sie sah wieder in Richtung des Transporters. Er war in der Dunkelheit verschwunden. Scheiße! Ihr Blick fiel auf das Lenkrad. Dann auf den Zündschlüssel. Kleist hatte den Schlüssel stecken lassen! Noch einmal sah sie sich in alle Richtungen um, aber Kleist war immer noch nicht zu sehen. Sie schüttelte den Kopf. «Sorry, Kurzer, aber das geht jetzt wirklich nicht anders! Gefahr im Verzug!» Kurzerhand kletterte sie über die Mittelkonsole in den Fahrersitz, ließ den Wagen an und fuhr dem Transporter hinterher.

Wencke folgte dem Wagen mit einigem Abstand und ohne Scheinwerfer. Am Ende der Straße bog Klawitter junior nach links ab, weg vom Dorf und von der Zivilisation. Hier war Wencke noch nie gewesen, oder wenn doch, dann erkannte sie nichts wieder. «Nachts liegen alle Felder brach oder so ...», murmelte sie. Sie sah nichts als schemenhafte Äcker in der Dunkelheit und die Rücklichter des Transporters in etwa zweihundert Metern Entfernung auf der Landstraße. Hier draußen gab es keine Straßenlaternen, ohne Licht war nichts mehr zu sehen. Vermutlich waren sie schon wieder auf Wyrumer Gebiet. Sie fuhr Schritttempo.

Nach ein paar Minuten wurde der Transporter plötzlich langsamer. Auf der linken Seite tauchte eine Scheune auf, durch deren abgeklebte Fenster schwach Licht schien. In der Dunkelheit der Felder und Äcker wirkte sie wie eine überdimensionale Laterne, Wencke musste unwillkürlich an ein Lebkuchenhaus denken, eines wie es ihre Mutter zur Weihnachtszeit immer auf den Wohnzimmertisch gestellt hatte. Mit Teelicht drin. Der Transporter bog ab und kam hinter der Scheune zum Stehen. Von der Hauptstraße aus war er nun nicht mehr zu sehen. Wencke hielt am Straßenrand und beobachtete Klawitter junior, der aus dem Transporter kletterte, nach vorne zur Straße und zum Scheunentor stapfte und rhythmisch dagegen klopfte. Wencke musste ein bisschen grinsen, weil er sich dabei schon wieder so konspirativ umsah. «Als könnte man hier irgendwas erkennen», murmelte sie und sank trotzdem wieder tiefer in den Fahrersitz des Toyotas.

Das Tor öffnete sich, ein Lichtkegel und laute Musik strömten heraus und belebten für einen Augenblick die verlassene Landstraße, bevor das Tor wieder zufiel. Ob so ein Scheunentor im Nirgendwo überhaupt beim Zufallen ein Geräusch machte, wenn es niemand hörte?

Wencke stieg vorsichtig aus. Um nicht unnötig Lärm zu machen, ließ sie die Fahrertür geöffnet und eilte auf Zehenspitzen auf die andere Seite der Landstraße, dorthin, wo die Scheune stand. Sie schlich über die Wiese, um sich nicht durch Schritte auf dem Asphalt zu verraten. Vermutlich war das aber sowieso egal, bei der Lautstärke der Musik in der Scheune hätte sie auch mit Pfennigabsätzen auf der Straße stöckeln können. Oder steppen. Oder laut singen. Oder fluchen – so wie jetzt gerade, als sie bemerkte, dass sie mit einem Fuß in Pferdeäpfel getreten war.

An der Scheune angekommen, vermied sie das Tor und versuchte zunächst, durch die schiefen Bretter der langen Seitenwand zu schielen. Sie konnte jedoch nichts erkennen, anscheinend waren die Wände von innen isoliert oder abgeklebt, es fiel nicht mal ein Lichtstrahl durch die Schlitze. Gegen den Lärm half die Isolierung nicht, Hip-Hop wummerte gegen das Holz, eine Männerstimme deklarierte, dass Chabos wüssten, wer der Babo sei, Gelächter von diversen jungen Stimmen brandete auf und ebbte wieder ab. Es klang wie eine Party, und als Wencke weiter um die Ecke zur Rückwand der Scheune schlich, entdeckte sie etwa ein Dutzend Fahrräder, die achtlos abgelegt worden waren. Klawitters Transporter parkte in einigem Abstand zur Scheune daneben.

Eine Teenagerparty? Was machte Stefan Klawitter auf einer Teenagerparty? Er war ja wohl kaum DJ im Nebenberuf … vielleicht Gras verkaufen? Oder war er tatsächlich zu einem Pfadfindertreffen gefahren? Aber trafen sich Pfadfinder überhaupt mitten in der Nacht? Und hörten die Hip-Hop?

Wencke drehte sich um und beäugte Klawitters Transporter genauer. Weit und breit waren keine anderen Autos zu sehen. Das Logo auf der Fahrerseite war etwas verblichen, wenn man genau hinsah – das strahlende Gemüse hatte schon bessere Zeiten gesehen. Die Fahrertür war offen! Gute alte Sorumer Tradition! Die meisten Sorumer ließen nicht nur Haustüren offen, sondern auch die Autoschlüssel stecken, so wie Klawitter hier. Wencke kletterte in die Fahrerkabine und schielte hinein, aber auf den ersten Blick war nichts Interessantes zu entdecken: Gummibärchen auf dem Beifahrersitz, ein paar leere Wasserflaschen im Fußraum, ein Einkaufschip auf der Mittelkonsole, Dreck im Fahrer-Fußraum. Der Schaltknüppel sah aus wie ein Brokkoli-Röschen. Wencke war beeindruckt von so viel Konsequenz. Ob die anderen Transporter wohl auch alle eine Gemüse-Schaltung hatten? Vielleicht Sellerie? Rettich?

Sie sprang vorsichtig wieder hinunter und ging zur hinteren Tür. Auch die war nicht abgeschlossen, Wencke öffnete sie so leise wie möglich, trotzdem quietschten die Angeln beträchtlich. Außer ein paar leeren Biokisten und ein paar Spanngurten war nichts auf der Ladefläche zu erkennen. Unter leisem Quietschen schloss sie die Tür wieder.

Sie sah sich um. Die andere lange Seite der Scheune hatte sie noch nicht inspiziert, vielleicht hatte sie dort mehr Glück und fand einen Spalt zum Hindurchspähen? Plötzlich hörte sie hinter sich ein Rascheln im Gras. Sie duckte sich hinter den Transporter und schaute sich vorsichtig um. Kleist? Wer oder was auch immer es war, es musste ziemlich nah sein, weil sie es trotz des Krachs aus der Scheune gehört hatte. Sosehr sie sich auch konzentrierte, konnte sie nichts entdecken. Sie hielt den Atem an. Nur die Musik aus der Scheune war zu hören. Wenn da jemand war, dann konnte er sich nicht verstecken. Noch ein paar Augenblicke wartete sie ab, dann richtete Wencke sich wieder auf. Vielleicht nur eine Feldmaus oder ein besonders mutiger Hase. Jens würde es wohl kaum gewesen sein.

Sie schlich weiter um das Gebäude herum und sah sich um. Plötzlich blieb sie abrupt stehen. Da war ein Loch in der

Bretterwand, klein und rund – geradezu absichtlich hineingebohrt sah das aus –, durch das ein schmaler, runder Lichtstrahl fiel und ein einzelnes Grasbüschel erhellte, als wäre dort ein Topf mit Gold vergraben. Wencke schlich näher heran und stellte sich auf die Zehenspitzen. Sie konnte gerade so in die Scheune hineinlinsen. Rechts von ihr, an der Rückwand der Scheune, lag ein Haufen Rucksäcke und Jacken. In der Mitte, genau in Wenckes Sichtlinie, standen zwei Biertische. Auf den Bänken saß eine Gruppe Pfadfinder, in Uniform. Zwölf Jungen zählte sie. Ganz hinten links konnte Wencke Leon Hansen erkennen, der sein Halstuch auf dem Kopf trug und ausladend zum Rhythmus der Musik gestikulierte. Die anderen lachten und sangen mit. Oder sprachen eher. Rappten? Sie waren jedenfalls gut drauf. Klawitter junior war nicht zu entdecken, vielleicht befand er sich im toten Winkel des Gucklochs. Vor Leon auf dem Tisch lag Brokkoli. Beide Biertische waren voll davon, erkannte Wencke jetzt, und die Pfadfinder packten den Brokkoli in kleine Tütchen. Wencke blinzelte. Das war kein Brokkoli.

Sie tastete in ihrer Jackentasche nach ihrer Brille, die sie natürlich nicht dabei hatte. Innerlich mit den Augen rollend streckte sie sich noch etwas mehr auf Zehenspitzen hoch, um an dem Loch zu schnuppern. Kein Zweifel. Gras! Sie ließ sich wieder auf die Füße sinken. Die Pfadfinder verpackten Marihuana! Das war der Beweis, den sie gesucht hatten!

Sie schielte noch einmal durch das Loch, um nach Klawitter junior zu suchen, da klingelte plötzlich ein Telefon. Und noch mal. Nicht lauter als die Musik, aber schriller. *Ihr* Telefon! Wencke schreckte hoch und stapfte hastig über die Wiese von der Scheune weg in Richtung des Transporters, während sie das Handy aus der Tasche zerrte. Sie sah auf das Display.

Theo! Mist, der musste schon seit einer Ewigkeit in der Dunkelheit rumstehen! Na, wenigstens schien ihm nichts passiert zu sein. Fahrig drückte sie auf dem Display herum. «Theo?» Gerade als sie ins Handy flüstern wollte, dass er sich keine Sorgen machen sollte, dass sie Klawitter zu einer Scheune gefolgt war und ein Rudel Pfadfinder mit Drogen beobachtete und dass er Verstärkung schicken sollte, raschelte es wieder hinter ihr im Gras. Sie sah sich um. Nur Bootsmann, der kläffte. Moment. Bootsmann? Wencke wollte sich gerade darüber wundern, da wurde alles schwarz.

KAPITEL 25

DIESMAL WAREN ES aber wirklich Kamele. Eindeutig. Sie schepperten gewaltig im Chor und trampelten Wencke immer wieder ganz kameltypisch heftig auf dem Schädel herum. Und die Arme hielten sie ihr auch fest. Und den Mund zu. Wie Kamele das halt so machen.

Wencke öffnete ein Auge. Keine scheppernden Kamele weit und breit. Dafür brüllende Kopfschmerzen. Erstere wären ihr lieber gewesen. Sie kniff die Augen wieder zu und wollte sich an den Kopf fassen, konnte ihre Arme jedoch nicht heben; als sie schließlich an sich heruntersah, stellte sie fest, dass sie mit einem Spanngurt gefesselt war. In ihrem Mund steckte ein Lappen, der nach Kartoffeln schmeckte. Sie spuckte ihn herzhaft aus. Sie war allein, es war kalt und dunkel, schemenhaft konnte sie gestapelte Plastikkisten um sich herum erkennen. Der Transporter! Sie war auf der Ladefläche.

Wenigstens waren ihre Füße frei; sie versuchte, sich an den Kisten abzustützen und aufzurichten, verlor jedoch den Halt und plumpste wieder auf den Boden. Die leeren Biokisten fielen krachend um und machten den Kamelen Konkurrenz. Ächzend schloss Wencke die Augen wieder, bis der Schmerz nachließ. Der Transporter fuhr nicht, und von draußen war nichts zu hören, nur entfernt das Wummern aus der Scheune. Zumindest wusste sie, wo sie war.

Sie versuchte, den Spanngurt zu lösen, wiegte sich hin und her, atmete tief ein und wieder aus – aber er gab nur ein bisschen nach, nicht genug, um sich herauszuwinden. Wo war eigentlich ihr Handy? Sie versuchte, in ihre Jackentaschen zu schielen. Nein, Moment, das Handy hatte doch geklingelt! Theo hatte angerufen. Sie hatte abgehoben, aber nicht mit ihm gesprochen, weil ... Hatte sie es fallen lassen? Ihr Kopf wummerte. Jemand musste sie gehört und ihr eins über den Schädel gezogen haben – hatte diese Person das Handy? Hatte Theo das mitbekommen? Sie wand sich weiter im Spanngurt.

Plötzlich ging quietschend die Tür zum Laderaum auf, und eine Gestalt kletterte rasch herein. Wencke schloss sofort die Augen. Die Person bewegte die Tür leise hin und her, als testete sie das Quietschen. Wencke öffnete vorsichtig ein Auge. Groß, schlaksig, gegelte Haare – Klawitter junior! Er testete immer noch das Quietschen der Tür, je weiter er sie zuzog, desto lauter quietschte es. Immer wieder sah er vorsichtig nach draußen. Wencke schloss das Auge wieder. Klawitter junior seufzte gestresst und zog die Tür betont vorsichtig zu. Wencke hörte kein Klicken. Das Schloss war nicht eingerastet. Klawitter junior räusperte sich. Wencke rührte sich nicht.

«Frau Dierksen», sprach er sie an. «Hallo?»

Sie rührte sich nicht.

«Oh, Mann ... nicht schon wieder!» Klawitter klang nervös. Er atmete laut. «Frau Diiiierksen?», versuchte er es erneut. «Ich seh doch, dass Sie meine Kisten umgeschmissen haben.» Er tippte mit dem Fuß auf den Boden. «Und den Lappen hammse auch ausgespuckt.»

Wencke öffnete die Augen. Klawitter atmete sichtlich erleichtert aus. Im Laderaum konnte er sich nicht ganz aufrichten, er stand gebeugt da und beobachtete sie mit schief gelegtem Kopf. Er roch nach Marihuana und Tabak. Seine dunklen strähnigen Haare fielen ihm ins Gesicht, und mit seinen großen dunklen Augen und dem flüchtigen Kinn wirkte er jünger als vorhin in seiner Wohnung – sie schätzte ihn jetzt auf Anfang dreißig. Wie er da so stand, hager, groß gewachsen und schief, mit nervösem Blick, sah er aus wie eine Vogelscheuche in Arbeitshosen und Gummistiefeln, nicht so sehr wie ein Dobermann. Er schwitzte.

Die Gummistiefel. Wencke schielte auf seine Füße – die Stiefel passten zu denen, die sie im Video gesehen hatte. In der Wohnung waren sie ihr nicht aufgefallen, er musste sie wohl im Auto gehabt haben. Sie sah wieder hoch. Er schien keine Waffe zu haben, zumindest entdeckte sie keine. Besonders bedrohlich wirkte er nicht, nur gestresst. Er rang unbewusst die Hände, als wüsste er nicht, was er als Nächstes tun sollte. Er hatte keinen Plan!

Wencke fasste allen Mut zusammen und beschloss, die Flucht nach vorne anzutreten. «Lassen Sie mich sofort gehen, Stefan, das ist doch Wahnsinn hier!» Ihre eigene Stimme dröhnte in ihrem Kopf.

Stefan Klawitter schien das tatsächlich in Erwägung zu ziehen. Einen Moment stand er da und betrachtete sie prüfend, dann drehte er eine der leeren Kisten um und setzte sich ungelenk darauf. Er rieb sich mit den Handflächen über die Beine. Aus einer der Taschen an seiner Hose zog er eine Taschenlampe, legte sie auf den Boden und schaltete sie an. Wencke kniff geblendet die Augen zu. Vermutlich hatte er sie damit k.o. geschlagen. Er bemerkte ihr Unbehagen und richtete den Strahl weg von ihr, auf die Tür hinter sich. So konnte sie ihn besser sehen, er hatte dunkle Ränder unter den Augen und war sehr schlecht rasiert. Sein Blick huschte hin und her, dann sah er sie wieder an.

«Tut mir leid, das da ...» Er deutete auf seinen Kopf und seufzte verzweifelt. «Da hab ich wohl überreagiert ... Aber Sie müssen das auch verstehen ...»

Wencke nickte. Empörung wirkte nicht. Dann Freundlichkeit. «Is nich so schlimm. Machen Sie mich jetzt bitte los, ja?»

«Ja.» Er stand auf. «Nein!» Er setzte sich wieder. «Sehense», er knabberte an seinem Daumennagel, «das geht halt nich so einfach jetzt. Nu hamm Sie das gesehen hier. Das sollten Sie aber nicht. Ich hab das nicht so geplant, aber einfach lostüddeln kann ich Sie ja auch nicht. Dann sagen Sie doch Bescheid, das müssen Sie ja als Polizistin.» Er sah sie fragend an. «Oder?»

Ruhig bleiben. Bei Geiselnahmen zählte jedes Wort, das hatte sie gelernt, damals auf der Polizeischule. Den Täter nicht provozieren. Kooperieren und überzeugen, dass das hier nicht notwendig ist. Er schien sowieso kein Interesse daran zu haben, sie umzubringen.

«Nee, ich muss gar nichts sagen», sagte sie deshalb, «ich bin keine Polizistin mehr!»

Er horchte auf. «Hammse Vaddern aber so erzählt! Und mir auch, vorhin!»

«Nein, das war der, mit dem ich da war.» Theo! Hoffentlich hatte Theo was mitbekommen! Klawitter guckte skeptisch. Wencke fuhr fort. «Ich bin gar nich Polizistin, nur Beraterin, aber mein Vertrag ist beendet, ich muss gar nix! Ich kann einfach wieder nach Hause gehen. Ich hab eh nix gesehen und hab gar nix zu erzählen. Muss gar keiner wissen, das hier.» Sie rang sich ein Lächeln ab. Ihr Kopf wummerte im Takt mit dem entfernten Bass aus der Scheune. Der Bass klang irgendwie lauter als eben noch. Aber der Transporter hatte sich nicht bewegt, und die Scheune war ja wohl kaum näher rangekommen. Wencke sah zur Tür, an Klawitter vorbei. Sie war aufgegangen. Einen Spalt nur, aber immerhin.

Klawitter schien das nicht bemerkt zu haben, er fuhr sich durch die Haare und stützte seinen Kopf in die Hände. «Nee, so einfach is das nich. Mann, was mach ich denn jetzt mit Ihnen? Ich kann Sie doch nicht auch noch ...»

Unauffällig sah Wencke an ihm vorbei zur Tür – vielleicht kam mal ein Pfadfinder vorbei, der nach Hause wollte oder pinkeln musste. Doch der Türspalt blieb dunkel, außer dem Bass war nichts zu hören.

Klawitter stöhnte gestresst und zündete sich eine Zigarette an. Er rauchte hektisch, wippte mit dem Fuß, hustete.

Zeit schinden. Deeskalieren. «Kann ich auch eine haben?»

Er schüttelte den Kopf, ohne sie anzusehen. «Nee. Ich mach Sie nich los.»

Da. Ein kleines Licht. Oder? Doch, da war was! Draußen vor dem Transporter, im Gras. Nah am Boden. Es bewegte sich minimal, aber es war definitiv da. Was war das? Ein Mensch? Warum kroch der am Boden? Wencke kniff die Augen zusammen.

Das war kein Mensch! Das Licht bewegte sich, im Kegel der Taschenlampe erschien eine Dackelschnauze, in der etwas flaches Rechteckiges steckte. Bootsmann! Ihr Handy! Und das kleine Licht, das oben auf ihrem Handy leuchtete, bedeutete, dass es gerade etwas aufzeichnete. Wencke biss sich auf die Unterlippe.

Klawitter war noch immer ahnungslos. Er warf die Zigarette auf den Boden und trat sie aus. «Ich rauch auch eigentlich gar nicht! Sie machen mich ganz nervös hier! Wie sind Sie überhaupt auf mich gekommen?»

Bootsmann beobachtete die Szene interessiert durch den Türspalt mit aufgeweckten Knopfaugen. Das kleine Licht darunter leuchtete beständig.

«Bin ich doch gar nicht», log Wencke.

Klawitter hielt verwirrt inne. «Wie, sindse nicht? Sagen Sie jetzt nicht, dass Sie zufällig hier sind, das ist absolut unmöglich, Sie waren doch vorhin noch bei mir! Und überhaupt – hier kommt man von Sorum aus nur mit Absicht her.»

Wencke nickte. Bootsmann nahm alles auf. Sie entschied, zumindest halbwegs die Wahrheit zu sagen. «Ich bin noch mal zum Hof zurück, weil ich was vergessen hatte, und da ...»

«Was denn?»

Sie überlegte kurz. «Ich wollte nur noch mal mit Ihrem Vater sprechen.»

«Ach so. Der is nich da. Der is beim Oldtimer-Treffen in Heringsdorf.» Er runzelte die Stirn. «Worüber?»

Sie räusperte sich. Hatte sie überhaupt die Cloud aktiviert? Bestimmt. Ganz bestimmt!

«Den Mordfall auf der Bullenweide natürlich.» Sie beobachtete ihn eingehend. Sein rechtes Auge zuckte, er schwitzte wieder.

«Ist Ihnen dazu jetzt vielleicht noch was eingefallen?»

Klawitter vergaß, ahnungslos zu gucken. «Mir? Nee!» Er winkte ab. «Ich hab doch schon gesagt, was soll ich denn da ... Nee, woher denn ... Ich kenn den ja auch nicht ...»

Wencke setzte nach. «Sie sind nich son guter Lügner, nech?» Das konnte jetzt schiefgehen oder auch nicht.

Egal. Hauptsache Bootsmann nahm zumindest den Ton

auf. Die Gummistiefel passten. Ihre Theorie über Warzenheiner und Stefan Klawitter passte. Ihr Bauchgefühl passte. Sie brauchte ein Geständnis.

«Was?»

«Kannten Sie den? Das Opfer?»

«Was?» Er lachte aufgesetzt. «Nee, ich sach doch ...» Er pfriemelte eine weitere Zigarette aus der Schachtel und zündete sie mit zitternder Hand an.

Wencke beschloss, aufs Ganze zu gehen, sie sprach absichtlich lauter als sonst. «Na, wegen dem ganzen Marihuana in der Scheune, ich meine, das ist ja sicher nicht zum Eigenkonsum, und Borchert war Dealer, also ...»

Klawitter sah sie mit großen Augen über seine Zigarette hinweg an. «Sie haben doch eben gesagt, dass Sie das nich gesehen haben!»

Sie kniff die Lippen zusammen. «Es ist halt naheliegend, ein ermordeter Dealer, 'ne Tonne Gras in der Scheune ...»

«Ist es überhaupt nicht!» Er nahm noch mal einen Zug und hustete wieder. «Das is purer Zufall! Und das is keine Tonne, nur ein Zentner! Und woher wollen Sie überhaupt wissen, dass das meins ist? Ha!», rief er aus und gestikulierte wild mit der Zigarette. «Sie können mir gar nich beweisen, dass das meins ist!» Er wollte wieder einen Zug nehmen, hielt jedoch inne. «Oder?»

Wencke tat so, als hätte sie dieses, zugegeben gar nicht so verkehrte, Argument nicht gehört. Bis jetzt hatte sie nur die Pfadfinder mit dem Gras gesehen, nicht Klawitter. Sie brauchte mehr. Sie setzte nach. «Bauen Sie das hier irgendwo an? In einem der Gewächshäuser Ihres Vaters? Und Die Pfadfinder verpacken das, damit Borchert das dann in der Stadt vertickt?» Sie wusste, dass das nicht stimmte, aber sie wollte Klawitter zum Reden bringen. Doch der war immer noch nicht sehr gesprächig.

«Nee!» Er warf auch diese Zigarette auf den Boden und trat sie aus. «Ich bau hier gar nix an! Schön wär's, Mann …»

Wencke nickte und setzte sich ächzend auf. Ihre Arme schmerzten und wurden taub, sie ballte ihre Hände zu Fäusten und öffnete sie wieder. Es half nichts. Sie zog eine Grimasse. «Das ist echt unbequem hier.»

Stefan Klawitter beobachtete sie verzweifelt, er sprang wieder auf. «Ja nun, was soll ich denn machen!» Seine Stimme wurde immer lauter. «Sie kommen hier an und schnüffeln rum, und dann unterstellen Sie mir hier Sachen …»

«Ich frag doch nur!»

«Ja, hören Sie doch mal auf damit! Ich bau hier nix an, so war das doch alles nich! Sie können hier doch nich einfach so was behaupten! Ich hab das doch alles geregelt, das ist die letzte Fuhre, und dann wär Sense, das hätt nie einer rausgefunden, aber nein, Sie kommen hier an und erzählen, ich wär, hier, Dings … Wie heißt der Typ aus Dings?»

«Escobar.»

«Escobar!» Er gestikulierte sich in Rage. «Wenn ich das wäre, hätte ich Heiner überhaupt nich gebraucht! Und überhaupt, das ist doch alles völlig übertrieben, das war ein Unfall, dieser Scheißbulle …»

Wencke sah nach draußen. Das Licht war noch da.

«Was war ein Unfall?»

Klawitter hielt inne. «Was?»

«Das ist doch alles völlig übertrieben, das war ein Unfall, dieser Scheißbulle?», wiederholte sie und versuchte, so sachlich wie möglich zu klingen. Man konnte regelrecht sehen, wie Klawitters Hirn hinter seiner schweißigen Stirn arbeitete.

«Was?»

«Das haben Sie gerade gesagt.»

«Nee, hab ich nich.»

«Doch.»

«Mann, ich hab den nich ermordet!» Klawitter setzte sich wieder. Seine Stimme zitterte. Er sah zu Boden. Wencke schwieg.

«Ich wollte nur, dass der mich in Ruhe lässt. Mann! Scheiße!» Er versuchte, sich eine weitere Zigarette anzuzünden.

Wencke verstand. «Hat Borchert Sie erpresst?» Klawitter wich ihrem Blick aus und atmete hustend eine Wolke Tabakrauch aus, protestierte aber nicht. Bingo. «Womit denn?»

«Mann, hörnsieaufjetzt!» Wieder sprang er auf und stieß sich fast den Kopf. Wütend schlug er mit der Faust gegen die Decke der Ladefläche. «Das ist schon alles beschissen genug hier! Was fahren Sie mir auch nach, Mann!»

Das kleine Licht war weg. Klawitters Wutanfall musste Bootsmann erschreckt haben. Mist.

«Scheiße!» Klawitter hatte die offene Tür entdeckt.

KAPITEL 26

«WAR DIE SCHON die ganze Zeit auf?» Klawitter sah sie an. Wencke versuchte, möglichst harmlos mit den Schultern zu zucken, konnte jedoch nur schief damit rollen. Plötzlich klickte der Spanngurt. Sie hielt die Luft an. Klawitter hatte es nicht bemerkt, er linste nervös aus dem Transporter. Wencke hoffte inständig, dass Bootsmann einfach das getan hatte, was er am besten konnte: mitsamt ihrem Handy abhauen. Sie bezweifelte, dass das, was das Handy aufgenommen hatte, als Geständnis durchging, aber zumindest bewies es, wo sie war, falls Klawitter sie nicht freiließ. Falls das GPS aktiviert war. Und falls Bootsmann tatsächlich etwas Brauchbares aufgenommen hatte. Falls das Video in ihrer Cloud gespeichert wurde. Und falls Theo so schlau war, nachzusehen. Eine Menge Bedingungen, Dierksen.

«Ist da jemand?» Klawitter hockte an der Tür und blickte hektisch hin und her. Nur der Bass und das Gelächter aus der Scheune waren zu hören. «Hallo?»

Der Spanngurt hatte sich gelöst, Wenckes Hände kribbelten. Sie wackelte unauffällig mit den Oberarmen, bis sie ihre Arme halbwegs frei bewegen konnte. Klawitter flüsterte noch mal «Hallo?» nach draußen und drehte sich schließlich wieder zu ihr um.

«Habense etwa noch den Kollegen da? Den gut angezogenen?»

«Nee», Wencke schüttelte den Kopf und hoffte inständig, dass der Gurt nicht runterrutschen würde, «weiß keiner, dass ich hier bin.»

Klawitter schien das nicht so recht zu glauben, setzte sich aber wieder auf seine Kiste. Er schielte immer wieder nach draußen.

«Ganz schön stressig, son Grashandel, oder?» Wencke versuchte, mitfühlend zu klingen.

«Das könnense wohl sagen», murmelte Klawitter. «Ich mein, äh, keine Ahnung!»

Wencke legte den Kopf schief. «Weiß Ihr Vater davon?»

Stefan Klawitter antwortete nicht. Dann schüttelte er langsam den Kopf.

Das Licht draußen war verschwunden, aber Wencke musste wissen, ob sie recht gehabt hatte mit ihrer Theorie, deshalb versuchte sie es erneut. «So ein Unfall, das is ja keine Straftat.»

«Was?»

«Also, wenn das ein Unfall war mit Borchert ...»

Klawitter stand ruckartig wieder auf. «Jetzhöraufmensch! Der hat mich provoziert!» Wencke lehnte sich instinktiv etwas zurück. So schnell wie er aufgestanden war, setzte er sich wieder und fiel in sich zusammen. «Was mach ich denn jetzt?»

«Noch eine rauchen?»

«Ja.» Er pulte seine Zigarettenschachtel wieder aus der Tasche und zündete sich eine an. Eine Weile rauchte er schweigend. Ab und zu hustete er mit geschlossenem Mund. Wencke beobachtete ihn eingehend. Er schien über die letzten Tage nachzudenken. «Ich bin doch kein Mörder!», murmelte er dann, ohne sie anzusehen.

Wencke nickte. «Womit hat er Sie erpresst?»

«Wieso erpresst?»

«Wusste er von Ihren Spielschulden?»

«Sach ma!» Er sprang wieder auf, Wencke hielt die Luft an und spannte ihre Arme an, bereit ihn abzuwehren, aber er schien noch immer unentschlossen, ob er sie nun angreifen sollte oder nicht. Bevor er sich entscheiden konnte, raschelte es draußen wieder, noch deutlicher als vorher.

Klawitter fuhr herum.

Das war Wenckes Chance!

Es kam ihr wie eine Ewigkeit vor. Sie nahm allen Mut zusammen, zog ihre Füße heran und stieß sich vom Boden ab. Mit voller Wucht stürzte sie sich immer noch halb gefesselt auf Klawitter und rammte ihn mit dem Kopf. Sie traf seinen Magen, und er stieß ein gutturales Geräusch aus, das wie Christopher klang, wenn er sie morgens wach schnaufte, verlor den Halt und purzelte kopfüber aus dem Transporter. Wencke konnte sich gerade noch fangen, schüttelte den Spanngurt ab und griff hinter sich nach der Taschenlampe. Dann sprang sie hinterher. Ihr Kopf wummerte im Takt mit der Musik. Sie widerstand dem Drang, sich an die Schläfe zu fassen.

Klawitter war zu überrascht, um sich zu wehren. Er hustete feucht und sprang dann ungelenk mit ausgestreckten Armen auf. «Was machen Sie denn?», rief er verwirrt, seine Stimme überschlug sich. «Wenn uns einer hört! Aua!» Er hielt sich mit einem Arm den Bauch, während er mit dem anderen immer noch in ihre Richtung wedelte. «Mann! Was soll das denn?»

Wencke richtete den Strahl der Taschenlampe direkt auf ihn und schrie, so laut sie konnte. «Was ist auf der Bullenweide passiert, Klawitter?»

«Was?» Klawitter versuchte, seine Augen zu schützen. «Was soll das denn jetzt?»

«Warzenheiner! Sie haben ihn umgebracht, ich kann es beweisen!» Dass das eigentlich gelogen war, wusste Klawitter ja nicht.

Klawitter wedelte mit den Händen. «Nein, nein, ich sag doch, so war das nicht!»

«Wie dann?» Ihre Stimme überschlug sich fast. Klawitters Stimme auch, allerdings eher aus Verzweiflung. «Das war ein Unfall, Mann! Das hab ich doch gerade gesagt!» Er hielt sich abwechselnd eine Hand vor die Augen und streckte sie dann wieder in Wenckes Richtung, als könne er sich nicht entscheiden, wie er das Licht aus der Taschenlampe abwehren wollte. Wencke wedelte bedrohlich damit hin und her.

Klawitter setzte nach. «Wir haben uns da nur unterhalten, der Heiner und ich!»

«Sie haben sein Gras verkauft!» Wencke wedelte erneut mit der Lampe. «Die Biokisten! Kräutermischung Spezial!»

Klawitter rang gestresst die Hände. «Jaaa, können Sie jetzt mal die Lampe runter...»

«Nein!» Wencke schrie wieder, so laut sie konnte. Sie hoffte, dass einer der Pfadfinder sie hören konnte. Falls nicht, war ihre einzige Chance nur noch, schneller zu laufen als Klawitter. Aber vorher brauchte sie ein Geständnis.

«Aber Sie wollten aussteigen, und deshalb haben Sie ihn umgebracht!» Sie glaubte selbst nicht an diese Theorie, aber auch das wusste Klawitter ja nicht.

«Nein!» Klawitter blinzelte. «Also ja! Aber nein, das war nich so! Ich wollte aussteigen, ja, aber nur, weil er meinte, das geht nich mehr mit dem Gras, weil das eh bald legalisiert wird, und er hätte da 'ne Quelle für Koks und ...»

«Er wollte, dass Sie stattdessen Koks verticken?» Fast hätte Wencke die Taschenlampe gesenkt.

«Jaaa, aber ich wollte das nich, ich bin doch kein Dings ...»

«Escobar!», schrie Wencke lauter als nötig.

«Ja!» Klawitter schrie auch. «Ich wollte mir nur ein bisschen was dazuverdienen! Ich hab doch Schulden! Aber Koks, das ist mir zu heiß!»

«Also hat er Sie erpresst!»

«Nein! Also ja! Also nein! Er hat's versucht, aber ich bin ja nich doof, ich hab halt Nein gesagt!»

«Und dann haben Sie ihn umgebracht!»

«Was? Nein! Das war Jens!»

«Was?»

«Der Bulle! Da auf der Weide, der vom Dräger! Den hatten wir doch nich gesehen! Der kam da plötzlich ... Und da wollt ich weg, weil die Viecher, Sie wissen ja, wie die sind! Die machen einen platt, da kennen die nix! Aber Heiner hat das nicht kapiert, der wollte mich festhalten, und da hab ich ihn geschubst, und er ist gestolpert, und da isser wohl ... in den Weidezaun gefallen.»

Wencke wedelte weiter bedrohlich mit der Taschenlampe. «Ach so! Und Jens hat ihn dann direkt fein säuberlich in die Güllegrube geworfen? Das ist aber nicht nett, dass Sie hier ein armes Nutztier beschuldigen!»

«Neiiin, so war das doch nicht! Und was heißt hier überhaupt armes Nutztier, haben Sie den mal ... ich mein, der nützt doch nix!»

«Klawitter!»

«JA!» Er gestikulierte theatralisch im Lichtkegel. «Ich hab gesehen, dass Heiner sich nicht mehr bewegt hat! Ich wollte den doch nich ... Aber der hat nichts mehr gesagt, und da dacht ich, okay, dann hat sich das wohl erledigt, und dann wollt ich weg, aber dann war da jemand …»

Bootsmann. Bootsmann hatte ihn gestört.

«Ja und? Weiter?» Wencke tat langsam der Hals weh von der ganzen Schreierei.

Klawitter schrie zurück. «Da hab ich Angst bekommen! Ich mein, wie sieht denn das aus!»

«Hände hoch!» Kleist!

«Theo!» Wencke wedelte mit der Taschenlampe. «Theo! Hier!»

«Was?», kiekste Klawitter.

Aus der Dunkelheit tauchte eine Pistole auf, dann zwei ausgestreckte Arme und schließlich Kleist. «Wencke, alles okay?» Er näherte sich langsam.

«Ja!», schrie Wencke, immer noch zu laut.

«Wie sind Sie denn jetzt …?» Klawitter seufzte verzweifelt. «Ich denk, Sie sind allein, das haben Sie doch gesagt!»

Kleist griff langsam in seine Jackentasche und zog Handschellen heraus. «Wencke!»

Wencke reagierte sofort, fing die Handschellen auf, klemmte sich die Taschenlampe unter die Achsel und ging langsam auf Klawitter zu, der sie und Kleist entsetzt ansah. «Och nee, das muss doch jetzt nicht …»

«Hände auf den Rücken!», kreischte Wencke ein letztes Mal.

In dem Moment raste ein Streifenwagen die Landstraße herunter und tauchte die Szene in surreales Blaulicht. Als er neben der Scheune hielt und zwei Beamte ausstiegen, seufzte Klawitter und gehorchte mit leidiger Miene. Seine Schultern fielen herunter.

Wencke legte ihm die Handschellen an und überprüfte ihren Sitz zweimal. Und dann noch einmal. Dann übergab sie

Klawitter an Theo, ging langsam wieder zum Transporter und setzte sich erschöpft auf die Ladefläche. Ihr Kopf tat höllisch weh. Und ihr Hals auch.

Kleist wandte sich unterdessen sachlich an Klawitter. «Stefan Klawitter, ich verhafte Sie wegen Körperverletzung mit Todesfolge sowie Störung der Totenruhe.»

«Was? Aber ich hab doch grad gesagt, ich *hab* den nich ...»

«Sie müssen sich dazu nicht äußern. Moin ...»

«Moin.»

«Moin.»

Die beiden Beamten hatten den Transporter erreicht. Wencke nickte ihnen halbherzig zu. Ihr Schädel wummerte noch mehr als vorher. Wo war eigentlich ihr Handy? Sie musste Hosse anrufen. Bootsmann. Bootsmann hatte das Handy. Hatte er Theo hergeführt? Sie sah sich um, konnte ihn jedoch nirgendwo entdecken. Sie musste Hosse anrufen. Ihr Kopf tat weh.

«Moin?», sagte auch Klawitter verwirrt, als die beiden Beamten ihn ohne Umschweife abführten.

«Ich komm gleich hinterher», sagte Kleist und steckte seine Waffe wieder ein. Er stapfte durch das Gras zum Transporter. «Wencke, alles okay? Brauchst du 'nen Krankenwagen?»

«Nee. Ich komm schon klar», murmelte Wencke und fiel ihm in die Arme.

KAPITEL 27

DIE KAMELE KLÄFFTEN. Dann schnüffelten sie in Wenckes Gesicht herum. Eine Hand landete auf ihrer Nase. «Geht zu Mutti, die hat gesagt, sie macht das», grummelte Hosse und drehte sich noch mal um.

Wencke öffnete die Augen. Sie lag auf dem Rücken, alles was sie sehen konnte, war Christophers Maul. Ihr Kopf tat schon weniger weh als gestern noch – wenigstens etwas. Vorsichtig richtete sie sich auf. Hosse lag neben ihr mit dem Gesicht im Kissen und schnarchte betont laut.

«Der Arzt hat gesagt, ich soll mich schonen!», murmelte sie in seine Richtung.

Keine Reaktion.

«Boah, mein Kopf! Das ist aber auch eine besonders erschütternde Gehirnerschütterung!»

Nichts.

«Ich weiß ja nicht, ob ich es in diesem Zustand bis zur Weide schaffe ...»

Hosse schnarchte auf.

Sie schälte sich unter übertrieben lautem Ächzen aus der Decke und schob Christopher vor sich her aus dem Schlafzimmer. «Auf, Puschel, Frühstück! Und wenn's mich umbringt!»

«Machste Kaffee?», murmelte Hosse hinter ihr aus dem

Bett, ohne sich zu bewegen. Sie winkte ab. «Ja, ja. Schön, dass du eingezogen bist, du bist mir eine große Hilfe!»

«Lieb dich!», grunzte Hosse ins Kissen.

Im Flur nahm Wencke ihre Jacke vom Haken. Sie schlurfte langsam weiter in die Küche, schlüpfte umständlicher als sonst in die Gummistiefel, öffnete das neue kleine Gatter an der Tür und folgte Christopher nach draußen. Mit schweren Armen fütterte sie das Alpaka und schlurfte zurück in die Küche, um den Kaffee aufzusetzen. Gerade als sie versuchte, sich zu erinnern, wo das Kaffeepulver war, hörte sie aus dem Schlafzimmer aufgeregtes Bellen und Jammern. «Wenckeeee ...»

«Kaffee braucht noch», rief sie und hielt sich reflexartig den Kopf. Sie hatte noch eine kleine Beule vom Klawitter-Rammen, ihre Reaktionszeit war nicht die beste und ab und zu vergaß sie noch Dinge, aber ansonsten ging es ihr eigentlich wieder gut. Nur das Pflaster an der Stirn, das die Beule verdeckte, verriet, dass sie noch nicht wieder ganz auf dem Damm war. Eine Nacht hatte sie im Krankenhaus verbringen müssen, und das auch nur, weil sie kurz ohnmächtig geworden war. Reine Vorsichtsmaßnahme, alles halb so schlimm, und das hatte sie auch Hosse erzählt, als sie wieder zu sich gekommen war. Theo hatte ihn angerufen, und Hosse war seitdem nicht von ihrer Seite gewichen.

Wencke war froh darüber und hatte nicht protestiert, als er vor zwei Tagen mit zwei Reisetaschen und einem Karton Bücher eingezogen war.

«Wie soll ich mich sonst ordentlich um dich kümmern?», hatte er gesagt, und: «Wenn ich gehen soll, dann geh ich.»

Gerade jammerte er wieder aus dem Schlafzimmer. «Wenckeeee!»

«Jaha, ich sach doch! Braucht noch!» Sie hatte das Pulver gefunden und schaltete den Wasserkocher an.

«Dein Zeuge!»

«Was?»

«Fütter deinen Zeugen!»

Ah! Wencke schlurfte zurück ins Schlafzimmer. «Bootsmann! Komm! Lass den armen alten Mann in Ruhe!»

Bootsmann bellte aufgeregt und sprang vom Bett, wo er versucht hatte, Hosse das Kopfkissen zu klauen. Er folgte Wencke mit wedelndem Schwanz in die Küche und ließ sich füttern. Wencke häufte vorsichtig Kaffeepulver in einen Becher und goss noch vorsichtiger heißes Wasser darüber. Mit dem Becher in den Händen lehnte sie sich in die offene Tür zur Weide. Der heiße Kaffee wärmte sie auf.

Es war kalt geworden, Raureif lag auf dem Gras. Bald würde Christopher wieder im Haus schlafen wollen, vielleicht könnte Hosse ihm wirklich eine eigene kleine Ecke neben dem Gästezimmer bauen. Sie tätschelte Christophers Kopf. Und dann aus Prinzip auch Bootsmanns kleinen Dackelschädel. Als sie wieder aufsah, bemerkte sie einen roten Toyota, der gemächlich die Einfahrt heraufkam. Er hupte enthusiastisch. Sie winkte ihm zu und machte sich daran, Hosse zu wecken.

Kleist wedelte mit einer Tüte Brötchen, als er aus dem Toyota stieg. «Moin! Hast du schon gefrühstückt?»

Wencke begrüßte ihn an der Haustür, die sie hinter sich zuhielt. «Gefrühstückt? Es ist noch nicht mal neun durch, Theo, ich bin grad erst aufgestanden. Moin!»

«Ach, wie konnt ich das vergessen?» Kleist grinste und deutete auf die Tür. «Was soll denn die Geheimnistuerei? Hast du etwa 'nen anderen?»

«Nee, ’nen Neuen!», rief Hosse aus dem Flur und zog die Tür auf. Er hatte sich ein T-Shirt und seine alte Jogginghose angezogen, und auf dem Arm hielt er Bootsmann, der Kleist neugierig ansah. «Moin, Theo! Kaffee?»

Hosse sah aus wie ein fleischgewordener Hausmann, dachte Wencke, es fehlte nur die Schürze.

Wencke schlüpfte zurück ins Haus. «Ich zieh mir mal was an. Komm rein, Kurzer, komm rein!»

Hosse wandte sich zur Küche, wo das Alpaka neugierig über das Weidetür-Gatter lugte. «Christopher, der Stadtmensch ist da! Geh mal auf die Weide so lange!»

*

«Bootsmann haut wirklich immer ab, ich hatte schon überlegt, die Weide mit Kaninchendraht zu verstärken.» Wencke goss heißes Wasser in einen Becher mit Kaffeepulver und stellte ihn Kleist vor die Nase. «Nur wenn er Hunger hat, bleibt er da und jiepert. Hafermilch, nech?»

Kleist nickte und schielte zum Alpaka hinterm Gatter. Christopher beobachtete ihn entspannt. Kleist versuchte, ihn zu ignorieren.

Wencke füllte seine Tasse mit Hafermilch auf. «Aber ich hab auch keinen Bock, ihn hier einzusperren, also hat er jetzt das hier.» Sie hob Bootsmann hoch und deutete auf sein Halsband. Bootsmann wedelte freundlich mit dem Schwanz.

«Was ist das? Ein Tracker?»

«GPS», Wencke zwinkerte, «Hosses Idee.»

«Genau wie das Gatter.» Hosse räusperte sich.

Weil Bootsmann versuchte, ihr das Gesicht abzulecken, setzte Wencke ihn wieder auf den Boden.

Kleist grinste in seinen Kaffee. «Dass Hansen dir den Hund einfach so gegeben hat ...»

«Ja nun, ob der jetzt von hier abhaut oder von da ... Für ihn ist wohl das ganze Dorf sein Revier. Hosse nennt ihn den Sheriff von Sorum. Und Hansens haben jetzt einen Rottweiler.»

Kleist lachte.

«Sacht ma, is die Sache denn eigentlich gegessen?» Hosse biss herzhaft in sein Marmeladenbrötchen.

«Ah! Ja, deshalb komm ich ja her – also auch.» Kleist stellte eilig seine Tasse ab. «Stefan Klawitter hat gestanden. Also noch mal offiziell. Wollt ich dir persönlich erzählen. Der hatte tatsächlich ein Vertriebssystem über die Biokisten-Abos seines Vaters aufgezogen, um seine Spielschulden zu bezahlen. Einmal ‹Kräutermischung Spezial› dazugebucht und schon gab's 'ne entspannende Lieferung zum Blumenkohl.»

Hosse schmunzelte. «So hat Warzenheiner das früher auch immer genannt. Wieso hat Klawitter das überhaupt mit Warzenheiner aufgezogen? Hätt er das nich selber anbauen können?»

«Haben wir ihn auch gefragt. Er sagt, das wär zu auffällig gewesen. Outsourcen hat besser geklappt.»

«Sein Vater sollte nichts wissen», ergänzte Wencke.

«Genau.»

«Und Warzenheiner hat ihn dann erpresst», fuhr Wencke fort, «das hatte er schon zugegeben.»

«Genau. Der wollte, dass Klawitter auch Koks vertreibt.»

Wencke nickte. «Schnee-Schorsch. Also haben die doch geklüngelt.»

«Vermutlich. Finden wir noch raus. Ich hab auch Croissants mitgebracht!» Kleist angelte nach der Tüte und fischte eines heraus. «Jedenfalls wollte Klawitter das nicht», er steckte sich ein Stück Croissant in den Mund, «unnesgabfftreit.»

Hosse runzelte die Stirn. «Streit mitten auf der Bullenweide?»

«Ja, sagt ja keiner, dass die beiden sehr schlau waren, nech. Jedenfalls treffen die sich da nachts, weil sie glauben, dass sie da keiner sieht, die beiden streiten sich, Warzenheiner wird handgreiflich, Jens taucht auf und macht Terz, Klawitter und Warzenheiner erschrecken sich und tadaaa – Klawitter schubst Warzenheiner beim Wegrennen in den Elektrozaun. Elektrozaun plus Herzschrittmacher – Kurzschluss. Puff.» Kleist untermalte den letzten Satz theatralisch mit den Händen. «Dr. Bode hat das bestätigt: ungewöhnlich, aber möglich.»

«Und wieso hat Klawitter Warzenheiner in die Gülle geschmissen?», fragte Hosse.

Wencke antwortete an Kleists Stelle. «Na, weil er dachte, dass ihn jemand gehört oder gesehen hatte.» Sie deutete auf Bootsmann, den einzigen Zeugen. «Spuren beseitigen.»

Kleist nickte und nahm einen tiefen Schluck Kaffee. «Ich sach ja, er war jetzt nicht der Organisierteste. Die Güllegrube war halt nah dran.»

«Na ja», warf Hosse ein, «immerhin organisiert genug, um die Pfadfinder zum Verpacken anzuheuern. Das is 'ne Nummer ...» Er schüttelte ungläubig den Kopf.

«Die sind erst mal alle zu Hause, ich hab mich gefühlt wie beim Elternsprechtag, als die alle abgeholt wurden. Das gibt vermutlich Hausarrest bis zur Volljährigkeit», erzählte Kleist und grinste. «Kann übrigens sein, dass du noch mal ein Statement abgeben musst, Wencke.»

«Ja, ich weiß.»

«Hast du das nicht schon gemacht?» Hosse sah sie besorgt an.

«Ja, so halbwegs, aber da war ich ja hirnerschüttert.»

«Bist du doch immer noch!»

«Die brauchen auch noch ein bisschen, um dein Handy auszuwerten. Das kriegst du in ein paar Tagen wieder. Gut, dass Bootsmann so viel aufgezeichnet hat!» Kleist beugte sich zu dem Dackel herunter, um ihn zu tätscheln, aber Bootsmann wich ihm aus und versteckte sich unter Wenckes Stuhl. Kleist richtete sich enttäuscht wieder auf. «Na, denn nich.»

Wencke zögerte kurz, ob sie wirklich fragen sollte, was ihr im immer noch erschütterten Hirn herumging, doch bevor sie sich dagegen entscheiden konnte, rutschte es ihr schon raus. «Hast du schon mit Hajo gesprochen?»

Kleist verstand, er hob seinen Kaffeebecher hoch, als wolle er sich dahinter verstecken. Seine Stimme wurde leiser, fast so, als wollte er eigentlich nicht antworten. «Ja. Ich darf wieder raus in die freie Wildbahn, aber erst mal auf Probe. Muss ihm engmaschig Bericht erstatten.» Er zögerte. «Ob du deinen Vertrag wiederkriegst, hat er nicht gesagt. Deinen Alleingang fand er nicht so prickelnd, auch wenn du Klawitter quasi überführt hast. Aber geholfen hat's dir sicherlich nicht.»

«Na ja, ist ja als Zivilistin nicht verboten, jemandem nachzufahren, oder?» Wencke zwinkerte halbherzig. Sie wusste, dass sie wieder Mist gebaut hatte. «Tut mir leid, Theo ...»

«Ja, ja, jetzt hör auf. Ich hätte ja auch schneller pinkeln können. Und das Verhör haben wir dieses Mal auch ohne dich hinbekommen. Gieß ma nach.» Energisch hielt Kleist ihr seinen Becher entgegen.

Gerade als Wencke das Kaffeepulver in seine Tasse geben wollte, klingelte ein Handy. Irritiert sah sie auf, erinnerte sich dann jedoch, dass ihr eigenes noch in der KTU war. Hosse machte keine Anstalten, nach seinem zu suchen.

«Oh, Mist, das ist meins.» Kleist hielt noch immer den Becher in der ausgestreckten Hand und suchte mit der anderen erfolglos in seiner Jackentasche, bis Hosse ihm den Becher abnahm. Als er aufs Display blickte, richtete er sich auf. «Oh!»

Hosse und Wencke horchten auf. Das Handy klingelte weiter. Auch Bootsmann beobachtete Kleist schwanzwedelnd und begann aufgeregt zu kläffen.

«Bootsmann, aus!» Wencke hob den Dackel auf ihren Schoß und versuchte, ihn zu beruhigen, aber Bootsmann zappelte und kläffte weiterhin Kleists Handy an.

Der runzelte die Stirn, stand dann auf und ging schnurstracks in den Flur. «Sorry, ich muss da mal eben ran ...» Er öffnete die Haustür und schlüpfte hinaus.

Bootsmann kläffte.

Wencke sah Kleist verwirrt hinterher. «Was war das denn jetzt?» Als sie zu Hosse sah, wackelte der nur vielsagend mit den Augenbrauen.

«An ’nem Sonntagmorgen? Also Hosse, echt. Bootsmann! Ist gut jetzt!»

Bootsmann jaulte leise, hörte aber auf zu bellen.

Hosse zuckte lächelnd mit den Schultern und nahm sich noch ein Croissant.

Wencke lachte und häufte erst das Kaffeepulver in Kleists Becher, dann goss sie mit einer Hand heißes Wasser darauf. «Hast du seine Ohren gesehen?»

«Dunkelrot.»

«Das ist jetzt aber nicht Tom?»

«Tim.»

«Das ist jetzt aber nicht Tim?»

«Ach, Wencke, wo die Liebe hinfällt ...» Er lehnte sich zu ihr herüber und küsste sie auf die Wange. Gerade als Wencke sich ihm zuwenden wollte, zappelte Bootsmann noch einmal, sprang auf den Boden und rannte in den Flur.

«Bootsmann! Hiergeblieben!» Wencke sprang auf und hielt sich den Kopf. «Aua.»

Hosse stand ebenfalls auf und sah sie besorgt an. «Nicht so schnell!»

«Es geht schon, ich ...» Aus dem Flur waren Kratzgeräusche zu hören, dann das Quietschen alter Türangeln. Wencke horchte auf. «Hat Theo die Tür zugezogen?»

«Was?»

Sie eilte in den Flur. «Bootsmann! Hierher!»

«Wencke, nicht so schnell!»

«Scheiße! Bootsmann!»

«Hey, mein Handy!»

EPILOG

DIE TÜR WAR AUF. Bootsmann kannte sich im Haus und auf dem Hof noch nicht so gut aus, aber er wusste genau, wo die Tür nach draußen war. Manchmal saß er im Flur und beobachtete die Menschen, die durch die Tür hinausgingen und wieder hereinkamen. Er war immer etwas traurig, wenn sie hinausgingen, und freute sich, wenn sie wieder hereinkamen, denn dann warfen sie seinen Ball und der nette Mann gab ihm Leckerlis und ging mit ihm zusammen durch die Tür, um sich von Bootsmann sein Revier zeigen zu lassen. Manchmal durfte er sich abends sogar zu den Menschen auf das weiche Sofa setzen – so was hatte der Alte ihm nie erlaubt.

Es gab noch eine andere Tür, die nach draußen führte, dorthin, wo der große Hund lebte, der kein Fleisch fraß. Aber dort war ein Gatter, das Bootsmann nicht öffnen konnte. Der nette Mann mit den Leckerlis hatte es angebaut, und Bootsmann hatte genau zugesehen. Dort konnte er nicht hinaus.

Aber die Tür, durch die die Menschen kamen, war jetzt offen! Der große fremde Mann mit dem weichen Mantel hatte sie geöffnet und stand nun auf dem Hof. Und er hatte ein Spielzeug in der Hand, schwarz und rechteckig, so eines wie der Alte es immer liegen gelassen hatte.

Bootsmann schlüpfte durch den Türspalt und rannte auf den Hof. Die Menschen begannen zu schreien, er blieb stehen und sah sich schwanzwedelnd um. Der große Mann ging in die Knie, das kleine schwarze Ding in der Hand. Er wollte spielen! Bootsmann kläffte auffordernd und rannte zu ihm, schnappte ihm das Spielzeug aus der Hand und lief davon.

Die Menschen riefen lauter, also rannte er schneller. Mit wehenden Ohren preschte er vom Hof auf die Straße. Der große Mann hinter ihm wurde langsamer. Bootsmann rannte und rannte. Er würde einen schönen Platz suchen, um das Spielzeug zu verbuddeln, damit es ihm niemand wegnehmen konnte. Und dann würde er wieder zurück nach Hause laufen und mit den netten Menschen auf dem Sofa sitzen und Leckerlis fressen.

Es war noch früh am Morgen, und sein Revier war groß. Vielleicht könnte er es dort verbuddeln, wo der Alte immer den Mist aufhäufte? Oh ja! Dort hatte er schon viele Spielzeuge versteckt, und dort roch es auch immer so interessant! Fröhlich schwanzwedelnd trabte Bootsmann mit seiner Beute im Maul die Straße hinunter.

ENDE

Daniele Palu

Marconi und der tote Krabbenfischer

Ein St.-Peter-Ording-Krimi

400 Seiten

Commissario Marconi, Münchner mit italienischen Wurzeln, verschlägt es an die Nordsee – nach St. Peter Ording. Nach dem Tod seines Bruders ist er der Vormund für dessen Kinder Klara und Stefano. Mit seinem Umzug zu den reservierten Nordfriesen, denen Marconi nicht viel abgewinnen kann, wird er zum Dienststellenleiter der örtlichen Polizeiwache degradiert – und gleich auf die Probe gestellt: Ein toter Krabbenfischer, in seinem Boot von einer Harpune durchbohrt. Eigentlich Sache der Kripo Flensburg, aber da sonst nichts zu tun ist … Mit seinen Kollegen, dem regeltreuen Jens und der resoluten Eva, nimmt Marconi die Ermittlungen auf, während er zu Hause «Spaghetti Krabbonara» für die Kinder kocht und sich mit dem Jugendamt herumschlägt. Dabei ist mit mehreren heißen Fährten im Mordfall schon genug zu tun: Hat Elektrofischer Henning Voss den Toten auf dem Gewissen, weil er ihm ins Gehege kam? Oder hat eine Umweltschutzorganisation ihre Finger im Spiel, der die Schleppnetzfischerei gegen den Strich geht?